SERIE INFINITA

M

El parque prohibido
Andrés Ibáñez

montena

Primera edición: mayo de 2005

Adaptación de la portada: departamento de diseño de Random House Mondadori

© 2005, Andrés Ibáñez
© 2005, de la edición en lengua castellana para todo el mundo:
  Grupo Editorial Random House Mondadori, S. L.
  Travessera de Gràcia, 47-49. 08021 Barcelona
© PhotoDisc/ Getty Images, por la ilustración de la portada

Quedan rigurosamente prohibidas, sin la autorización escrita de los titulares del *copyright*, bajo las sanciones establecidas en las leyes, la reproducción parcial o total de esta obra por cualquier medio o procedimiento, comprendidos la reprografía y el tratamiento informático, y la distribución de ejemplares de ella mediante alquiler o préstamo públicos.

Printed in Spain – Impreso en España

ISBN: 84-8441-254-7
Depósito legal: B. 16.982-2005

Compuesto en Fotocomposición 2000, S. A.

Impreso en Novagrafik
Vivaldi, 5. Montcada i Reixac (Barcelona)

GT 1 2 5 4 7

Para Nicolás, que cayó de las nubes cargado de regalos.
Para Mario, que vino en un elefante con una manzanita roja
en la mano.
Para María, que vino montada en un cisne con una perla
en la frente.
Para Bárbara, que vino de la ciudad de los sueños felices
y fue la primera niña.
Para Rasa, que vino de las montañas donde crece el té
y sonríen los dioses.

Índice

PRIMERA PARTE: FUERA

Había una vez...	13
Ranipruvamdambaransánkara	19
Papá está enfermo	26
El Girasol	31
Fridolín se escapa	37
El autobús del parque	40
Tarde de lectura	48
Rani está enfadada	60
En la embajada de Lankapur	67
El juego del escondite	72
El secreto del Parque de las Lilas	80
Pensamientos	88
El hotel de la calle de la India	92
La historia de Abraxas	102
La regla del acechador	111

Segunda parte: Dentro

En el fondo de la tierra 129
El pasaje oscuro 134
Pájaros nocturnos 143
El comienzo 152
El parque de abajo 162
El ángel caído 174
El mar de los deseos 186
El laberinto de la reina Naya 189
El sacrificio 201
Prisioneros 207
La ley de la obediencia 215
La pradera 222
Río abajo 226
De caza 230
El valor 242
Lo que pasó en la isla 251
Mar en calma y próspero viaje 265
La entrada del bosque 268
El árbol Bo 278
Final 284

Nota del autor 293

Primera parte

FUERA

Había una vez...

Había una vez una ciudad llamada Fléroe, situada al norte de un verde y montañoso país llamado Aquitania. En el centro de la ciudad había un parque llamado «Parque de las Lilas», que estaba cerrado desde hacía muchos años. Fléroe era una ciudad muy bella y muy alegre. Sus cielos estaban casi siempre azules, y en las calles había cerezos y magnolios. Todos los que visitaban la ciudad se quedaban sorprendidos con sus palacios blancos, con sus grandes plazas llenas de flores, con sus museos de dinosaurios y de cuadros antiguos, pero en realidad, el gran misterio de Fléroe era el Parque de las Lilas.

Fridolín pasaba todos los días frente a una de las puertas del parque cuando iba al colegio. Era una puerta de hierro, muy alta, y estaba cerrada y sujeta con gruesas cadenas llenas de candados. Dos soldados, vestidos con un uniforme verde y con una metralleta al hombro, guardaban la puerta para que nadie se atreviera siquiera a acercarse allí, y un enorme tanque pintado de verde y de marrón estaba siempre apostado al pie de las escalinatas.

—¿Por qué está cerrado el parque? —le preguntaba Fridolín a sus padres casi todos los días durante el desayuno.

Como Fridolín preguntaba todos los días lo mismo, sus padres no se daban prisa en contestarle. Su padre, que se llamaba Hugo Bonpensant, y su madre, que se llamaba Rosa Bonpensant (porque en Aquitania la mujer tomaba el apellido del marido cuando se casaba) servían la mesa del desayuno, ponían el platito de crema, las cerezas, las tostadas, la compota de fresa, los vasitos de zumo de manzana, el tarro de la miel, el aromático café de los mayores y las humeantes tazas de chocolate de los niños sobre el mantel de cuadritos blancos y rojos de la mesa, y Fridolín, que no se desanimaba fácilmente, volvía a preguntar:

—¿Por qué está siempre cerrado el Parque de las Lilas?

—Eres un pesado, Fridolín —le dijo su hermana, que tenía dos años menos que él y se llamaba Freda, Freda Bonpensant.

—Eres un pesado, Fridolín —le dijo su madre sirviéndole el chocolate en la taza.

—Todos los días preguntas lo mismo —le dijo su padre, que por la mañana siempre tenía cara de dormido, estaba ronco y tenía que carraspear varias veces antes de hablar.

Rosa tenía una tienda de flores en la planta baja del edificio donde vivían. Hugo, el padre, era poeta, y tenía su estudio en el centro de Fléroe. Todos los días, después de llevar a los niños al colegio, se marchaba a su estudio, donde tenía sus manuscritos y sus libros, y se pasaba toda la mañana trabajando en sus poemas.

En caso de que te lo preguntes, un estudio es un piso pequeño que no se usa para vivir, sino sólo para trabajar.

Hacía varios años que Hugo Bonpensant no publicaba ningún libro de poemas, y Freda y Fridolín esperaban con impaciencia la aparición del próximo que, según les había dicho su padre, se llamaría *Las tres palabras del manzano*. Fridolín y Freda le habían preguntado muchas veces a su padre por qué el libro se iba a llamar así, y qué significaba aquello de «las tres palabras del manzano», pero Hugo Bonpensant les decía que esa clase de preguntas no se le pueden hacer a un poeta, del mismo modo que uno no se pone a preguntarle a un rosal por qué da rosas y no girasoles, o a una piña por qué tiene ese sabor tan particular y no otro cualquiera.

—¿Cuando tú eras pequeño el parque ya estaba cerrado? —preguntó Fridolín, que cuando cogía un tema no lo soltaba fácilmente.

—No, Frido —le dijo su padre con paciencia—. Cuando yo era niño, el parque estaba abierto, y todo el mundo podía entrar en él. Mi padre, tu abuelo Augusto, nos llevaba allí a menudo a pasear. Y había un estanque con patos, y un zoológico, y un palacio de cristal... Te lo he contado mil veces...

—Pero ¿por qué lo cerraron? —insistía Fridolín.

—Pasó algo muy malo en el parque —le dijo su hermanita, que estaba comiendo una tostada con compota de fresa y tenía toda la boca, y la barbilla, y la punta de la nariz manchadas de rojo—. Y por eso ahora está lleno de mostuos.

—Se dice «monstruos» —le dijo Fridolín.

—¡¡Mostuos horriiiiibles!! —le dijo su hermana poniéndose bizca.

—Pasó algo muy malo en el parque —dijo la madre—. Ya lo sabes, Fridolín. Te lo hemos contado un millón de veces. Ahora el parque es un sitio muy peligroso, y por eso está absolutamente prohibido entrar en él.

—Y por eso todas las entradas están cerradas y hay soldados a lo largo de la verja, y si intentas entrar te capturan y luego te llevan a la cárcel —le dijo su hermanita, que había oído tantas veces la historia que ya se la sabía de memoria.

—¿Y nadie se ha metido nunca en el parque? —preguntaba Fridolín.

—A los que se meten, les disparan —le dijo su padre—. Es muy peligroso entrar en el parque.

—Pero si es tan peligroso —razonó Fridolín, que era un niño muy listo y siempre pensaba mucho las cosas—, ¿por qué iba a querer nadie meterse allí?

Su padre y su madre se miraron y quedaron en silencio.

—La gente está loca, ya lo sabes —le dijo su padre—. Hacen cosas aunque sean peligrosas.

—Pero ¿qué hay en el parque? —preguntó Fridolín—. ¿Es verdad que hay monstruos?

—No, no hay ningún monstruo —dijo su madre con voz firme—. Los monstruos no existen. Sólo existen en los cuentos.

—Pero en el colegio todos los niños dicen que el parque está cerrado para que no se escapen los monstruos —insistió Fridolín.

—Si hay un mostuo dentro, puede salir y comernos a todos —dijo Freda muy preocupada—. ¡Puede salir por la noche, cuando estamos todos dormidos...!

—Eso de los monstruos es una leyenda —dijo Rosa Bonpensant—. Freda, termínate tu tostada y tu chocolate.

—Entonces, ¿qué hay, un dragón? —preguntó Fridolín.

—Los dagones tampoco existen —le dijo su hermanita muerta de miedo.

—¿Un dinosaurio? —insistió Fridolín—. ¿Un Tiranosaurus Rex?

—Los dinosaurios tampoco existen —le dijo su hermanita que ahora estaba blanca de terror.

—¿Una bomba? —preguntó Fridolín—. ¿Un agujero tan grande que si te acercas te caes y ya no puedes salir? ¿Arenas movedizas? ¿Un volcán?

Fridolín hacía estas preguntas a sus padres todos los días, y todos los días los padres le decían que no lo sabían, que no tenían ni idea de qué era eso tan horrible que había dentro del Parque de las Lilas.

Y era la verdad. En Fléroe nadie sabía a ciencia cierta por qué era tan peligroso el Parque de las Lilas y por qué no dejaban entrar nunca allí a nadie. De todas formas, el parque llevaba tantos años cerrado que ya casi nadie se hacía tantas preguntas como Fridolín.

Los ciudadanos de Fléroe se habían acostumbrado a que el inmenso Parque de las Lilas estuviera siempre cerrado. En cierto modo era bueno para la ciudad que el parque fuera un misterio, un misterio rodeado de un halo siniestro y romántico, uno de esos misterios que dan miedo cuando se habla de ellos por la noche y a la luz del fuego, porque eso hacía que innumerables visitantes de otros países fueran a la ciudad para acercarse a las verjas del famoso Parque de las Lilas.

Sobre todo en los meses de verano, cuando había vacaciones, la ciudad estaba llena de visitantes que querían contemplar el Parque de las Lilas a través de las verjas y se acercaban allí a hacerse una foto con los soldados que vigilaban las puertas. Una de las visitas más populares de Fléroe era el autobús descubierto de dos pisos que recorría la verja del parque. Los turistas se subían a lo alto del autobús con sus cámaras de fotos, con sus prismáticos, con sus teleobjetivos, y desde allí contemplaban el parque e intentaban averiguar qué era aquello tan misterioso que se encerraba allí dentro, aquello que había obligado a las autoridades de Fléroe a cerrar el parque para siempre.

Algunas veces uno gritaba, mirando por sus prismáticos:

—¡Lo he visto! ¡Lo he visto!

Y aseguraba que había visto al monstruo: un horrible lagarto con alas multicolores, o un gigante cubierto de pelo blanco con un solo ojo en la frente, o el larguísimo cuello de un dinosaurio surgiendo entre los árboles, pero eran todo fantasías, porque nadie había conseguido nunca fotografiar, siquiera de lejos, al famoso «monstruo del Parque de las Lilas».

La leyenda del parque no disminuía por eso, sino todo lo contrario.

Ranipruvamdambaransánkara

Después de desayunar, toda la familia Bonpensant se vestía y salía de casa. Hugo ayudaba a su mujer a levantar la reja metálica de la tienda de flores, que se llamaba «Flores Bonpensant», luego los padres se daban un beso y Hugo se iba a llevar a los niños al colegio, Fridolín cogido de su mano izquierda y Freda de su mano derecha. El colegio Esclarmonda de Foix donde iban los hermanos no estaba muy lejos y, como ya hemos dicho, para llegar hasta él había que pasar al lado de una de las puertas del famoso Parque de las Lilas. Fridolín y su hermana pasaban por allí todos los días, pero a pesar de todo Fridolín nunca podía dejar de mirar con curiosidad la gran puerta de hierro sujeta con gruesas cadenas cargadas de candados y protegida por soldados, tanques y, tal como le había explicado su padre, casetas de ametralladoras y cámaras de cine ocultas a la vista. Siempre había por allí muchos curiosos, sobre todo turistas extranjeros, que se acercaban a la puerta del parque para hacerse fotos. Y muchas veces alguno de los visitantes extranjeros se acercaba al padre de Fridolín y le preguntaba:

—Pero, oiga, ¿el parque nunca lo abren?
—Nunca.
—Pero ¿por qué?
—Es un sitio muy peligroso —le decía entonces Freda al curioso, abriendo mucho los ojos—. Hay mostuos horrorosos dentro que se comen a las personas, y si abrieran las puertas saldrían a la ciudad y nos comerían a todos. ¡Y a usted también!
—Exactamente —decía el padre de los niños—. Ahora ya sabe usted la razón.

Algunos eran tan ingenuos que se creían la explicación de Freda al pie de la letra y se marchaban de allí aterrados. Otros intentaban acercarse a la verja con sus cámaras de fotos con la esperanza de ver a alguno de los monstruos que había allí dentro y hacerle una foto para luego enseñársela a sus amigos.

En la clase de Fridolín nadie tenía mucho interés por el Parque de las Lilas. Los amigos de Fridolín se llamaban Amapola, que siempre presumía de saberlo todo; Roto, que era el que más alto se subía a los árboles y siempre se rompía los pantalones y por eso le llamaban Roto; y Abbás, que siempre tenía miedo por todo. Los padres de Abbás eran de un país de Oriente Medio, y la primera lengua de Abbás era el árabe.

Ese día también surgió el tema del Parque de las Lilas.
—El Parque de las Lilas está lleno de indígenas caníbales —le dijo Amapola, que tenía un padre y una madre que eran profesores de la universidad y siempre usaba palabras muy raras—. Es un sitio horrible, Fridolín, ¿por qué siempre estás hablando del Parque de las Lilas?

—¿Qué quiere decir caníbales? —preguntó Abbás, ya temblando de miedo.

—Caníbales quiere decir lo mismo que antropáfogos —dijo Amapola, que siempre que le preguntaban lo que significaba una palabra contestaba con otra todavía más rara.

—Querrás decir antropófagos —le corrigió su profesora, que se llamaba María Jesús y siempre se divertía con las conversaciones de sus alumnos.

—Eso, antropófagos —dijo Amapola—. Quiere decir personas que comen carne humana. Mis padres no comen carne.

—Mis padres sí comen carne —dijo Fridolín—, pero no comen carne humana.

—Sólo los antropófagos comen carne humana —dijo Amapola—. ¡A lo mejor tus padres son antropófagos!

—¡Qué cosas dices! —protestó Fridolín.

—Mis padres también comen carne —dijo Abbás—, pero no comen carne de cerdo.

—¿Y tampoco comen jamón? —preguntó Roto—. ¡Porque el jamón está hecho de cerdo!

—No —dijo Abbás.

—¿Cómo que no? —se indignó Roto—. ¡El jamón está hecho de cerdo, te lo digo yo!

—Digo que no, que no comemos jamón.

—¿Ni salchichón?

—Tampoco.

—Pero ¿por qué? —preguntó Roto escandalizado—. ¿Por qué? ¿Me puedes explicar por qué? ¿Me lo puedes explicar?

Abbás ya estaba muerto de miedo y a punto de llorar pensando que Roto iba a darle un puñetazo.

Entonces Natalia le dijo a Amapola:

—Pues si tus padres no comen carne, entonces son vegetalianos.

A todos les encantó aprender otra palabra rara: según explicó Natalia, los vegetalianos eran los que comían sólo vegetales.

—Los vegetalianos comen hierba como las vacas —dijo Roto.

—Pues los que comen animales son como los antropófagos —le dijo Amapola muy enfadada.

—¡Estás loca! —le dijo Natalia.

—¿Y no te aburres de comer sólo vegetales y vegetales y vegetales? —le preguntó Fridolín.

—No sólo comemos vegetales —dijo Amapola—. También comemos pasta, y pizza, y sopa de lentejas, y tortilla de patatas, y pastel de chocolate.

—Entonces tus padres no son vegetalianos —contraatacó Roto—. Los vegetalianos de verdad no comen chocolate ni pizza. Yo tengo una tía vegetaliana y sólo come galletas integradas, que están malísimas porque no tienen azúcar, porque ella dice que el azúcar es malo. Ella dice que todo lo que sabe rico es malo. ¡Ella sí que es vegetaliana, y no tus padres!

—No se dice vegetaliano, sino «vegetariano» —les dijo María Jesús—. Y no se dice galletas integradas, sino «integrales». Y ahora, todos a jugar, que es la hora del recreo.

Y todos echaron a correr, gritando, y se pasaron el resto del recreo jugando por entre los árboles del patio del colegio. Era primavera, y todos los árboles estaban en flor y llenos de hojas nuevas, y hacía calor, y daba gusto correr por la sombra y por el sol y esconderse detrás de los arbustos del fondo del jardín donde, tiempo atrás, había habido una piscina que más tarde habían rellenado de arena y donde Fridolín, un día, había visto un ratón.

Luego sonó el timbre y todos corrieron de nuevo hasta el edificio del colegio para formar.

Pero cuando entraron de nuevo en la clase, les esperaba allí una sorpresa. Había dos personas mayores, un hombre y una mujer, hablando con María Jesús. Estaban vestidos de forma muy elegante. De hecho, Fridolín jamás había visto a nadie vestido con tanta elegancia: era como si vinieran de una fiesta en el palacio de un cuento de hadas. La mujer llevaba un gran sombrero blanco orlado de encaje, y un collar de perlas y unos zapatos blancos de tacón; el hombre tenía unos grandes bigotes negros y llevaba un traje negro y un lazo de pajarita verde con pintitas doradas, y lucía en la mano izquierda un anillo con una piedra verde. Tenían ambos la piel muy oscura, y Fridolín supo al instante que eran de otro país. Hablaban con un acento curioso que a Fridolín le recordó, quién sabe por qué, al sabor de la avellana y al de la vainilla.

Al ver allí a aquellos dos señores tan elegantes, tan altos y tan morenos hablando con su profesora, los niños, que siempre entraban en la clase saltando y jugando y persiguiéndose, se sintieron cohibidos y fueron entrando uno por uno, muy educados y calladitos.

—Niños —dijo la profesora—. Vais a tener una nueva compañera de clase.

Estaba escondida detrás de sus padres, porque era muy, muy tímida. Su madre la cogió suavemente de los hombros y la presentó a la clase.

—Se llama Ranipruvamdambaransánkara —les dijo a los niños.

—Eso —dijo la profesora que, evidentemente, no había tenido tiempo de aprenderse un nombre tan largo y tan difícil.

Ranipruvamdambaransánkara era una niña pequeñita y esbelta, de piel oscura y satinada como la de sus padres y ojos muy grandes y brillantes. Llevaba un vestido muy bonito de flores blancas y rojas y tenía dos lazos blancos en su pelo negrísimo y rizadísimo. Parecía muy, muy, muy enfadada. Estaba con los labios apretados y los brazos cruzados.

—Rani, saluda a tus compañeros —le dijo su madre, hablando con aquel acento que a Fridolín le sonaba a avellana y a vainilla.

—Rani viene de un país muy lejano —les dijo María Jesús a los niños—. Está en Asia, y se llama Lankapur. ¿Quién sabe cuál es la capital de Lankapur?

—¡China! —dijo Margarita, que siempre decía lo primero que se le venía a la cabeza.

—¡Londres! —dijo Roto.

—¡Hala, Londres! —le dijo Amapola—. ¡No tienes ni idea!

—¿En Lankapur son antropófagos? —preguntó entonces Natalia levantando el dedo.

Los padres de Ranipruvamdambaransánkara se rieron mucho cuando escucharon esa pregunta. María Jesús abrió unos ojos muy grandes, y ya iba a regañar a Natalia por hacer una pregunta tan impertinente cuando el padre de Ranipruvamdambaransánkara tomó la palabra con toda naturalidad.

—No, no somos antropófagos —dijo—. Pero comemos escarabajos voladores y arañas de colores y por las calles en vez de autobuses hay cocodrilos gigantes con sillitas de madera donde la gente se sube para que les lleven al trabajo. Se llaman «Drilobuses». «Drilo», de cocodrilo...

Todos los niños escuchaban encantados las cosas que decía el padre de Rani. Todos menos Rani, que estaba sentada muy derecha en la silla que le había indicado María Jesús y parecía muy, muy, muy enfadada.

—En Lankapur tampoco hay aviones —siguió diciendo el padre de Ranipruvamdambaransánkara—, cuando tenemos que ir a otro país nos subimos a una nube y vamos en nube. Pero claro, para llegar hasta las nubes han tenido que poner unas escaleras mecánicas altísimas. Como las del metro. ¿Sabéis cómo son las escaleras mecánicas del metro? Pues en Lankapur las usamos para subir a las nubes.

Roto levantó la mano.

—Sí, dígame —le dijo el padre de Rani etcétera.

—¿Hay dinosaurios en Lankapur? —preguntó Roto.

—Me alegra que me preguntes eso —dijo el padre de Rani—. No, en Lankapur no hay dinosaurios, pero sí hay serpientes gigantes de mar. Salen por la noche y se comen a los caballos y a los elefantes, sobre todo a los elefantes blancos, y a veces se ponen a viajar por las carreteras durante toda la noche y se pierden y no saben volver al mar.

—¿Y entonces qué pasa? —preguntó Roto.

—Krisnababapuramgarammasala —le dijo entonces la mujer a su marido tocándole suavemente en el brazo—. Tenemos que marcharnos ya.

A todos les dio pena que aquel señor tan divertido tuviera que irse.

Durante el resto de la clase, se pasaron todo el rato mirando de reojo a Rani, pero ella no les miraba a ellos. Ni les miraba, ni les hablaba, ni les contestaba. ¿Por qué estaría tan enfadada?

Papá está enfermo

—Mamá —le dijo Fridolín a su madre cuando estaban terminando de comer.

—Está cerrado porque dentro hay algo muy, muy peligroso, y si alguien se metiera allí dentro podría pasarlo muy mal.

—¿De qué hablas? —dijo Fridolín.

—¿No ibas a preguntarme por qué está siempre cerrado el Parque de las Lilas? —dijo su madre con gesto de cansancio.

Habían comido los tres solos, porque Hugo Bonpensant, el padre de Fridolín y de Freda, no se encontraba bien y se había echado a dormir un rato.

—No —dijo Fridolín—. Iba a preguntarte qué es un diplomático.

—Ah. ¿Por qué lo preguntas?

—Porque a mi clase ha venido una niña nueva y su padre es diplomático. Son de un país que se llama Lankapur.

—Los diplomáticos viven en otros países —dijo Rosa Bonpensant—. Mira, tú sabes que hay muchos países en el mundo, ¿verdad? Pero como todos los países son amigos, cada uno envía a unas personas de un país al otro para que se conozcan mejor. Como una representación de un país en el otro país. Por eso, los de Lankapur tienen una casa en Fléroe donde vive gente de Lankapur, y en Lankapur hay una casa donde vive gente de nuestro país. Esa casa se llama embajada, y la persona que dirige esa casa se llama el embajador. A lo mejor el padre de tu amiga es el embajador de Lankapur.

—¿Y eso pasa con todos los países? —preguntó Fridolín.

—Con todos los países que son amigos —le explicó su madre.

—¿Hay países que son enemigos?

Su madre estaba recogiendo los platos de la mesa y poniéndolos en la pila y pareció no oír a Fridolín.

—¿Hay países que son enemigos? —volvió a preguntar Fridolín, que cuando se agarraba a un tema ya no quería soltarlo por nada del mundo.

—Podías ayudar un poco —le dijo su madre—. Ya eres mayor, y nunca ayudas en nada.

—¿Papá hoy no come con nosotros? —dijo Freda—. ¿Por qué papá no come hoy con nosotros?

—Papá está cansado y se ha echado a dormir —le dijo su madre.

—¿Hay países que son enemigos, mamá? —volvió a preguntar Fridolín.

—¿Qué quieres? —le dijo su madre de mal humor, mientras vaciaba los restos de la fuente en el cubo de basura, empujando los restos de comida con un cucharón metálico—. ¿Por qué preguntas siempre lo mismo una y otra vez? ¿No ves que estoy ocupada?

—¿Hay países que son enemigos? —preguntó Fridolín.

—No lo sé, Fridolín –le dijo su madre con resignación–. Hay países que tienen malos gobernantes. No es que haya países enemigos, es que hay países que tienen gobernantes que sólo buscan la guerra. El problema no son los países, ni las personas, ni el color de la piel, ni la raza, ni nada de eso, sino los gobernantes...

Cansado de esta conversación y del poco interés que ponía su madre en contestarle, Fridolín se fue a ver a su padre. Estaba tumbado sobre la cama, completamente vestido y con los zapatos puestos, y dormía tranquilamente.

—Mamá –dijo Fridolín–. ¿Por qué papá está durmiendo vestido?

Su madre estaba fregando los platos y no le contestó. El chorro de agua caliente estaba abierto, y el detergente hacía pequeñas burbujas verdes, algunas de las cuales flotaban en el aire y luego estallaban una tras otra.

—Mamá –repitió Fridolín–. ¿Por qué papá está durmiendo vestido?

—Porque está enfermo.

—Papá está muy enfermo, ¿verdad? –preguntó Fridolín–. Muchos días está enfermo, ¿no, mamá?

—Papá está siempre enfermo –dijo Freda–. Se pone malito y no puede comer. Mamá, ¿papá se va a morir?

Entonces Rosa Bonpensant cerró el grifo y se volvió, secándose las manos en el delantal.

—No, Freda –le dijo a su hija pequeña, acariciándole la mejilla con sus manos calientes y enrojecidas por el agua y el detergente–. No, papá no se va a morir. No te preocupes.

—Si no me preocupo –dijo Freda, que era demasiado pequeña para saber realmente lo que significa morirse.

—Mira, Fridolín —le dijo entonces su madre a su hijo mayor—. Tu papá no está realmente enfermo. ¿Quieres saber lo que pasa de verdad? Tu papá no tiene trabajo.

—Mis amigos dicen que ser poeta no es un trabajo.

—Ser poeta sí es un trabajo —le dijo su madre—. Pero los poetas de verdad están siempre escribiendo, leyendo, preparando conferencias, estudiando y reuniéndose con otros poetas. Y tu papá no hace nada de eso. Tenemos un problema en la familia, Fridolín, esa es la verdad. Tú ya eres mayor, y por eso te lo puedo decir.

—¿Tenemos un problema? —dijo Fridolín.

—Sí, Fridolín. Por eso necesito que seas más responsable, que me ayudes un poco. Tu hermana es muy pequeñita, pero tú podrías ayudarme un poco.

Fridolín se quedó ligeramente preocupado, preguntándose cuál sería aquel problema del que hablaba su madre, aquel problema del que hablaba sin hablar. Su padre solía estar enfermo a menudo, pero se ponía bien enseguida. A veces estaba enfermo durante varios días, pero luego se recuperaba y se encontraba de nuevo como una rosa. Fridolín se preguntaba qué clase de enfermedad sería aquella que tenía su papá. Sin duda no era ninguna de las que él conocía, porque su papá no tenía tos, ni granitos, ni estornudaba, ni le dolía la tripa, y siempre que Fridolín había estado enfermo le había pasado alguna de esas cosas, o todas al mismo tiempo. Entonces, pensándolo mejor, se dio cuenta de que su padre se quejaba a menudo del estómago, y se pasaba días sin poder comer. Y también se quejaba de dolor de cabeza, y su madre tenía que bajar a la farmacia a comprarle pastillas para el dolor de cabeza, y él se las tomaba con un vaso de agua.

Finalmente, pensó que el problema debía de ser el hecho de que su padre se durmiera con toda la ropa puesta. Esto era algo realmente extraño, porque lo normal es que cuando uno se va a dormir se ponga el pijama. A lo mejor esta era precisamente la enfermedad de su papá, querer dormir con toda la ropa puesta. O a lo mejor se ponía enfermo precisamente por eso, por dormir con jersey y con zapatos.

El Girasol

Al día siguiente, Hugo Bonpensant ya estaba bien de nuevo, pero parecía muy cansado. No se había afeitado, y tenía los ojos hinchados y rojos.

—¿No te vas a afeitar? —le dijo Rosa. Estaba de muy mal humor, y Fridolín y Freda se miraban por encima de la mesa del desayuno como preguntándose: «Pero ¿qué le pasa?». Y Fridolín se preguntaba qué era lo que él había hecho para enfadar tanto a su madre, pero lo cierto es que no había hecho nada, porque acababa de salir de la cama.

—¿Afeitarme? ¿Para qué? —dijo su padre—. Todo da lo mismo. Da lo mismo hacer que no hacer, afeitarse que no afeitarse.

A Fridolín aquella le pareció una idea interesante que merecía la pena discutir, pero vio que a su madre no le hacía ninguna gracia lo que había dicho su padre. Veía que su madre estaba muy cansada y también muy enfadada, y pensó que el mundo de los mayores era muy extraño y muy difícil de entender.

Como todas las mañanas, terminaron de desayunar y se prepararon para salir.

—Ve a llevar a los niños al colegio y luego vuelves directamente a casa —le dijo Rosa a su marido.

—Bueno, bueno —dijo él—. Yo ya soy mayorcito para hacer lo que me dé la gana.

—¡Vuelves directamente a casa! —repitió ella cada vez más furiosa.

—¿Hoy no vas a tu estudio? —preguntó Fridolín, que siempre oía todas las conversaciones de sus padres, hasta las que no debía escuchar—. ¿Hoy no vas a trabajar?

—Esto son cosas de mayores, Fridolín —dijo su madre—. Vete a la entrada y ayuda a tu hermana a ponerse la mochila.

Fridolín obedeció a su madre, pero mientras ayudaba a su hermanita escuchaba las voces de sus padres y, aunque no sabía qué era lo que decían, sabía que estaban discutiendo.

Fridolín estaba preocupado. Su madre le había dicho el día anterior que su padre no tenía trabajo, y ahora le decía a su marido que no fuera a su estudio y que volviera a casa inmediatamente. Allí estaba pasando algo que él no entendía. Su madre le había dicho que tenían un problema en la familia y que él ya era mayor para entenderlo, pero no era cierto, él no entendía nada. ¿Por qué no le había hablado claro su madre? Si pensaba que era mayor de verdad para entender ese problema que tenían, ¿por qué no le explicaba cuál era el problema?

Fridolín tomó una decisión: ese día, cuando su padre les dejara a Freda y a él en la puerta del colegio, se escaparía y le seguiría para ver adónde iba.

De modo que cuando Hugo Bonpensant dejó a los dos hermanos en la puerta de la verja del colegio, Fridolín hizo como que se dirigía hacia la entrada y una vez allí le dijo a su hermana:

—Corre, Freda, entra en clase, que a mí se me ha olvidado decirle una cosa a papá.

—Voy contigo —dijo su hermanita.

—No, Freda. ¡Entra ya, que vas a llegar tarde!

Entonces Fridolín salió del edificio del colegio y, asomándose con cuidado a la puerta de la verja, vio a su padre que se alejaba calle arriba caminando lentamente.

No iba de regreso a casa, por lo que Fridolín dedujo que su padre había decidido, a pesar de todo, irse a trabajar a su estudio.

Fridolín nunca había estado en el estudio de su padre y sentía mucha curiosidad por conocerlo. Esta, se dijo, era la oportunidad perfecta. Conocería por fin ese lugar mágico y del que tanto tiempo llevaba oyendo hablar y que debía de ser un sitio precioso, lleno de libros y con un búho disecado y cuadros muy bonitos colgados en la pared, y le daría una agradable sorpresa a su padre y averiguaría, por fin, cuál era aquel problema del que le había hablado su madre. Y seguro que su padre le leería algunos de los poemas que escribía.

Hugo Bonpensant iba caminando lentamente, deteniéndose de vez en cuando para mirar un árbol en flor o el escaparate de una tienda. Fue caminando y caminando, cruzó el río por un puente que tenía dragones de piedra y llegó a una zona de la ciudad en la que Fridolín no había estado nunca. Luego cruzó un pequeño parque en cuesta, subiendo por unas largas escaleras, y entró en un barrio de callecitas estrechas, muy animadas y llenas de tiendas. Finalmente, Fridolín le vio entrar en un bar que había al fondo de la calle. Se llamaba El Girasol, y tenía un girasol deforme pintado en el cristal y con la pintura rascada en varios puntos.

Ahora no sabía qué hacer. Si entraba en el bar, su padre le vería, porque era un local muy pequeño. Acercándose con cuidado, miró a través del cristal de la puerta, con su girasol toscamente pintado, y vio a su padre sentado en la barra bebiendo un vaso de vino. Se lo bebió de un trago, y le pidió al camarero que le pusiera otro, y también se lo bebió de un trago.

Fridolín estaba muy sorprendido, porque nunca había visto a su padre beber vino. Sus padres no tenían bebidas alcohólicas en casa, y Fridolín nunca les había visto beber vino ni cerveza ni nada parecido.

Vio cómo su padre le pedía al camarero que estaba al otro lado de la barra que le pusiera otro vaso de vino, y el camarero le dijo que no. Hugo pareció enfadarse.

—Ponme otro vaso de vino —le oyó decir—. ¡Te lo pagaré todo el viernes!

—No, no, se acabó —oyó decir al camarero—. ¿Sabes cuánto me debes ya?

—Te lo pago todo el viernes —volvió a decir su padre—. Vamos, Tomás, no fastidies...

—Lo mejor es que te vayas de aquí —dijo el camarero al que su padre había llamado Tomás—. No me debes nada, pero lárgate de aquí y no vuelvas.

—¿Qué vas a hacer? —dijo su padre—. ¿Echarme?

El camarero era un hombre fuerte y no tenía cara de bromas. Fridolín vio cómo levantaba la tabla de la barra, se acercaba a su padre y le cogía del brazo.

—Tranquilo, Tomás —le dijo otro de los clientes que estaba también acodado en la barra—. ¡No le vayas a pegar!

¿Aquel tipo iba a pegar a su padre? Cuando Fridolín oyó estas palabras sintió que le hervía la sangre.

Había aparecido otro camarero, un chico joven con el pelo muy corto que se parecía a Tomás, y Fridolín se imaginó que sería su hijo. Hugo se resistía, y entonces el camarero joven le cogió de las solapas de la chaqueta como si fuera a pegarle. Y Fridolín no pudo aguantar más, empujó la puerta y se lanzó hecho una furia contra el camarero joven.

—¡Deja en paz a mi padre! —gritó Fridolín.

Todos los que estaban en el bar se quedaron inmóviles de asombro. Todos: el camarero joven, que soltó la chaqueta de Hugo, Tomás, que a pesar de todo siguió agarrando a Hugo por el brazo, el padre de Fridolín y también los otros clientes.

—Fridolín —dijo su padre—. Pero ¿qué estás haciendo tú aquí?

—Quería conocer tu estudio —dijo Fridolín—. Quería ver cómo es el sitio donde trabajas.

Su padre tenía el rostro rojo. Tenía las mejillas rojas, y le miraba sin saber qué decir. Fridolín les miraba a todos a los ojos, a su padre, a Tomás, al camarero joven, al cliente que le había dicho a Tomás que no pegara a su padre.

Finalmente, el hombre que le había dicho a Tomás que no pegara a su padre dijo con su voz vulgar y desagradable:

—Pues ahora ya lo conoces, chico. ¡Aquí es donde tu padre trabaja!

—¿Aquí? —preguntó Fridolín extrañado.

—¡Viene aquí a trabajar todos los días! —dijo otro de los clientes muerto de risa.

Alguien más soltó una carcajada y Fridolín comprendió que le estaban tomando el pelo, que se estaban riendo de él porque era un niño y no comprendía nada. ¿Allí era donde trabajaba su padre? ¿Era aquel su estudio? Pero aquello no era un estudio, sino una taberna vulgar y corriente, con una barra de madera, unas cuantas mesas con taburetes, una perdiz disecada en la pared y unos barriles de vino al fondo, todo sucio y grasiento. ¿Dónde podía trabajar allí su padre? ¿Se sentaría en alguna de las mesas? ¿Allí, sentado en uno de aquellos taburetes era donde escribía sus poemas?

–Vámonos, Fridolín –le dijo su padre.

–¿Es este de verdad tu estudio? –le dijo su hijo.

Su padre le cogió de la mano con fuerza y salieron juntos de la taberna que se llamaba El Girasol.

Fridolín se escapa

Echaron a caminar calle abajo. Su padre iba en silencio, pero no parecía enfadado, sino más bien triste y avergonzado. Fridolín sabía que había hecho un montón de cosas malas: se había escapado, no había ido al colegio, había desobedecido y mentido, pero por alguna razón su padre no parecía enfadado con él.

—¿Adónde vamos? —preguntó Fridolín.

—A ningún sitio —dijo su padre—. Estamos paseando.

—Pero yo... tengo que ir al colegio.

—¿Por qué me has seguido, Fridolín? —le dijo su padre.

Fridolín no sabía qué decir.

—¿Era ese tu estudio de verdad? —le preguntó a su padre—. No entiendo cómo puedes trabajar allí. Con toda esa gente tan rara...

Su padre no dijo nada, y durante un rato siguieron caminando. Finalmente, llegaron de nuevo al borde del río, lo cruzaron y comenzaron a caminar por calles que le resultaban a Fridolín más familiares.

—Te voy a dejar en casa de los abuelos —le dijo su padre—. Yo me tengo que ir, no puedo llevarte ahora a casa.

—Pero ¿adónde vas tú? —le preguntó Fridolín.

—Te has portado muy mal —le dijo su padre—. No deberías haberte escapado. Podías haberte perdido.

—No quiero quedarme con los abuelos —dijo Fridolín—. Quiero irme contigo.

—No puedes venir conmigo —dijo Hugo.

—Pero ¿por qué no? ¿Por qué no? —dijo Fridolín a punto de llorar.

—Tengo que ir a trabajar. ¿No entiendes que las personas mayores tienen que trabajar?

—Mamá dice que no tienes trabajo —dijo Fridolín.

—¿Ah, sí? —dijo su padre—. ¿Eso dice?

—Sí. Dice que no estás enfermo, que lo que pasa es que no tienes trabajo.

Hugo Bonpensant suspiró profundamente. Habían llegado frente al portal de la casa de los abuelos paternos de Fridolín. Al niño siempre le había gustado ir a esa casa y quería mucho a sus abuelos, pero no entendía por qué su padre no le dejaba ir con él.

—Mira, Fridolín —le dijo su padre—. Tu madre y yo... Tu madre ya no quiere vivir más conmigo. Quiero decir que tu madre ya no quiere que viva más con vosotros. Yo os quiero mucho a los dos, a Freda y a ti, os quiero muchísimo...

—Pero ¿adónde vas a ir?

—A otra casa.

—¿A tu estudio?

—Sí, Fridolín, a mi estudio.

—Pero yo no quiero que te vayas de casa.

—Ya lo sé, Fridolín. Quería decírtelo para que te vayas haciendo a la idea.

—Pero ¿por qué no le dices a mamá que no quieres marcharte? ¿Es que mamá ya no te quiere?

—Es complicado, Fridolín... Es muy complicado.

—Hablaré yo con mamá. Le diré que no quiero que te vayas.

—No, no, Fridolín... Esto son cosas de mayores. Tú no hables de esto con mamá. No le digas que yo te he contado nada...

—¿Por qué no? —dijo Fridolín, sintiendo que se iba a echar a llorar—. ¿Por qué no?

Su padre le miró sin saber qué decir. Se acercó al portal de la casa de los abuelos y llamó al timbre.

—¿Quién es? —dijo una voz.

—Soy Hugo —dijo el padre de Fridolín—. Estoy aquí con Fridolín. Vamos a subir...

—¿Hugo? —dijo la voz de la abuela de Fridolín—. ¿Qué le pasa al niño? ¿Está enfermo?

Fridolín se había quedado tan horrorizado con las cosas que su padre acababa de decirle que sentía como si le hubieran dado un golpe en la boca del estómago y se hubiera quedado sin respiración. De pronto sintió que no quería ir a casa de sus abuelos, que no quería hablar con nadie y que lo único que deseaba era estar solo. Sin pensarlo dos veces, y aprovechando que su padre estaba de espaldas a él, hablando con los abuelos a través del telefonillo, se dio la vuelta y echó a correr calle abajo.

El autobús del parque

Fridolín corrió, corrió, corrió. Corrió como un loco sin saber adónde iba. Cruzó las calles casi como un sonámbulo, sin mirar si venían coches o no, y un par de veces oyó el claxon de automóviles cercanos que le pasaban rozando.

Finalmente, dejó de correr y siguió caminando sin fijarse por dónde iba. Y de pronto se encontró tan agotado que decidió sentarse en un banco a descansar.

Fridolín sentía cómo le palpitaba con fuerza el corazón. ¿De modo que aquel era el problema del que le había hablado su madre? Ahora lo comprendía todo. Cuando su padre decía que estaba enfermo no estaba realmente enfermo, sino que había bebido tanto vino que lo único que deseaba era tumbarse en la cama sin desvestirse, en mitad del día, y ponerse a dormir. Y cuando les dejaba a Freda y a él en el colegio no se marchaba a trabajar. Su padre no tenía ningún trabajo ni ningún estudio. Lo único que hacía su padre era beber, beber hasta emborracharse. Se iba al bar El Girasol y se pasaba toda la mañana bebiendo vino, y como no tenía trabajo, no podía pagar, y se le iban acumulando las deudas. Fridolín comprendió que su padre era un borracho, y se sintió profundamente avergonzado de él. Y sintió también una enorme lástima por su padre, y también por su madre, y por su hermanita Freda, y por él mismo.

Se puso en pie de nuevo. Había ido corriendo sin fijarse por dónde iba y ahora no sabía dónde estaba. Frente a él había una gran avenida con un bulevar central por el que corrían los tranvías. Había una hilera de personas que parecían aguardar para cruzar la calle, y Fridolín se unió a ellos para esperar a que se pusiera verde el disco. Al cabo de un rato el grupo de personas se puso en marcha, pero no cruzaron. Iban caminando todos a lo largo de la acera en dirección a un gran autobús de dos pisos que les esperaba allí al lado con el motor encendido.

—¿Qué...? —dijo Fridolín al verse frente a la puerta del autobús—. Pero si yo no...

—Vamos, niño, ¿subes o no subes? —le dijo el conductor.

De modo que Fridolín subió. Se metió en el autobús, subió por la escalera de caracol hasta el piso superior y se encontró en la parte de arriba de uno de esos autobuses de dos pisos y sin techo que llevan a los turistas para contemplar el Parque de las Lilas.

En aquel grupo a nadie le extrañó la presencia de Fridolín. Nadie le preguntó nada ni le pidieron ningún billete, de modo que Fridolín se sentó en uno de los asientos y esperó a que el autobús se pusiera en marcha.

Cuando ya todo el mundo estaba sentado y los asientos estaban llenos, una azafata vestida con un traje color berenjena y un gracioso gorrito en la cabeza apareció en el pasillo del centro y avanzó hasta colocarse en la cabecera del autobús, donde cogió un micrófono. En ese momento el autobús se puso en marcha.

—Muy buenos días —dijo la azafata—. Mi nombre es Aurelia, y voy a ser su guía en este paseo alrededor del Parque de las Lilas.

»Como ustedes saben, no es realmente un paseo alrededor del parque, ya que el parque es tan enorme que si quisiéramos rodearlo del todo tardaríamos mucho tiempo. El parque no era tan grande antes, pero desde la caída del meteorito del quince de noviembre de 1970, no ha dejado de aumentar de tamaño. Cada año se hace un poco más grande.

»Se preguntarán ustedes cómo es posible que aumente de tamaño un parque que se encuentra en el centro de una ciudad. En estos momentos, no tenemos forma de contestar esa pregunta. El parque está en el centro de la ciudad, pero al mismo tiempo cada mes y cada semana y cada día que pasa se hace un poquito más grande. Algunos lo explican diciendo que el parque crece, pero no hacia fuera, sino hacia dentro.

Fridolín se dijo que nunca había oído decir que en el parque hubiera caído un meteorito. ¿Sería aquello verdaderamente lo que había pasado, o era otra de las muchas leyendas que circulaban sobre el parque?

El autobús avanzaba ahora a buena marcha en dirección a las verjas del parque, que ya se adivinaban al final de la avenida, y Fridolín se sintió de pronto muy contento. Hacía un día maravilloso, y el autobús casi rozaba al pasar las ramas de los castaños y de los magnolios de las aceras. Desde allí arriba se tenía una vista magnífica de la avenida por la que ahora corrían, y Fridolín se dio cuenta de que iba a poder ver el parque mucho mejor de lo que lo había visto nunca.

—Como ustedes saben —continuó Aurelia—, el parque está cerrado desde hace casi treinta años. El acceso al parque está absolutamente prohibido. No se extrañen, por lo tanto, si vemos numerosos soldados, vehículos militares e incluso tanques a lo largo del parque. La protección del Parque de las Lilas es motivo de seguridad nacional.

—¿Se pueden hacer fotos? —preguntó alguien.

—Está permitido hacer fotos, usar binoculares, lo que deseen —dijo la azafata—. Lo que no está permitido es acercarse al parque. La verja está electrificada para impedir que nadie pueda saltarla.

—¿Y haciendo un túnel por debajo? —preguntó una señora que estaba sentada cerca de Fridolín y que iba con dos niñas idénticas y con vestidos de cuadritos rosados idénticos y con idénticos lazos rojos en el pelo—. Haciendo un túnel por debajo, uno podría meterse.

—No es tan fácil como usted cree —dijo la azafata—. Hay paredes subterráneas de hormigón que protegen el parque.

—Pero ¿qué es lo que hay dentro? —preguntó un señor que llevaba un sombrerito verde y tenía acento extranjero.

—Eso también es materia de seguridad nacional —dijo la azafata—. Como saben, el quince de noviembre de 1970 cayó algo del cielo. Nadie sabe muy bien qué es. Existen varias fotos del acontecimiento. La teoría más extendida es que fue un meteorito, un pequeño meteorito que cayó en el centro del parque provocando una gran explosión. En las fotos, que pueden ustedes admirar en el piso inferior del autobús, y también en el libro que vende el conductor por doce táleros, se ve cómo un rayo de luz cae del cielo a la tierra, un gran rayo de luz que se estrella, aparentemente, entre los árboles del parque.

»Hubo decenas de muertos pero, curiosamente, no se produjo ningún incendio. El parque se cerró y permaneció cerrado durante varias semanas, hasta que los científicos y el ejército confirmaron que, fuera lo que fuera lo que había caído del cielo, aquello no revestía el menor peligro. En un principio se pensó que se trataba de una bomba atómica o alguna otra arma de parecidas características, que había estallado o se había estrellado en el centro del parque por accidente, pero no había radiactividad. No había contaminación. El aire estaba limpio. De modo que abrieron el parque de nuevo.

»Nadie sabía qué era lo que había caído del cielo, y en el lugar donde, al menos en teoría, había tenido lugar el impacto no se encontró nada en absoluto. No había restos de ningún meteorito, ni se encontraron minerales ni metales de ninguna clase. El impacto debió de ser tan violento que, fuera lo que fuera lo que cayó, debió de desintegrarse nada más tocar el suelo.

»Sin embargo, dos o tres meses después del impacto comenzaron a suceder cosas extrañas. El ejército cerró todos los accesos, y el territorio del parque se declaró zona militar.

»Un año más tarde, las autoridades decidieron que el parque era un lugar tan peligroso que nadie podía aventurarse en su interior, ni siquiera los militares, ni siquiera los científicos. Entonces se cerró el parque completamente, y así ha estado hasta hoy en día.

Ahora el autobús corría a lo largo de las verjas del Parque de las Lilas, deteniéndose de vez en cuando para que los viajeros pudieran hacer fotos u observar el parque con sus prismáticos con la esperanza de ver algo fuera de lo corriente.

Una de las veces, el autobús se detuvo frente a un precioso palacio blanco que estaba justo enfrente del parque. Era un edificio de cuatro pisos, lleno de balcones y ventanas, todo pintado de color crema claro, y parecía un palacio oriental. Una bandera desconocida para Fridolín, en la que aparecían los colores negro, rojo, verde y dorado, ondeaba sobre la escalinata de entrada.

–Este es el palacio Molinet –explicó la azafata–. Construido en 1885 por el arquitecto Pierre de la Balêne. Desde las terrazas superiores se puede disfrutar de una de las vistas más espectaculares del Parque de las Lilas. En los días claros se puede ver hasta cuatro kilómetros hacia el interior.

–¿Tan grande es el parque? –preguntó alguien–. Cuatro kilómetros son muchos kilómetros.

–¿Se puede subir hasta la terraza? –preguntó una señora–. ¿Es de acceso público?

–No, no –dijo la azafata–. El palacio Molinet ha sido comprado recientemente y es ahora propiedad del Estado de Lankapur. El palacio Molinet es, desde hace dos meses, la sede de la embajada de Lankapur.

Fridolín contempló el edificio con curiosidad. De modo que allí era donde vivía Rani, su nueva compañera de clase. ¡Qué casualidad que justo al día siguiente de conocerla hubiera él pasado frente a la casa donde vivía!

¿Estaría ella en el palacio en aquellos momentos? Fridolín se puso a mirar a las ventanas y las terrazas con la esperanza de ver a Rani por algún lado cuando, de pronto, se dio cuenta de que en aquellos momentos Rani estaría en el colegio junto con todos sus amigos.

Luego el autobús se puso en marcha de nuevo, y siguió

corriendo a lo largo de las verjas del misterioso Parque de las Lilas. En algunos trechos los árboles eran tan altos y espesos que no se veía nada, pero en otros la vegetación se abría y era posible contemplar laderas de hierba que descendían, o colinas que se elevaban a lo lejos, viejas estatuas y quioscos de piedra blanca cubiertos de maleza y de plantas parásitas.

Una señora que tenía unos prismáticos potentísimos se puso a dar gritos de pronto.

—¡Allí! ¡Allí! ¡Allí! —gritaba la señora muy nerviosa—. ¡Lo estoy viendo!

—Pero ¿qué es? —le decían—. ¿Qué es lo que ve, señora?

—¡Un pavo real! —dijo la señora—. ¡Palabra de honor, volando entre los árboles!

—Hay muchísimos pájaros en el Parque de las Lilas —dijo la azafata vestida de color berenjena—. Y también hay muchos pavos reales.

—¿Y un lobo? —preguntó un señor que tenía un telescopio plegable parecido a los que usaban los piratas antiguos—. ¿Hay lobos en el parque?

—Sería un perro —dijo la señora del pavo real.

—Señora, sé distinguir un lobo de un perro —dijo el señor del telescopio muy ofendido.

—Era un perro seguro —dijo la señora.

—Si usted ha visto un pavo real, ¿por qué no he podido ver yo un lobo, vamos a ver? —dijo el señor.

—Usted ha visto un perro.

—Y usted ha visto una paloma, no te fastidia —dijo el señor del telescopio de pirata.

—Huy, una paloma —decía la señora soltando una risita—. Pues menuda paloma.

—¡Pues menudo perro! —dijo el señor.

—Bueno, déjenlo ya —les decían los otros viajeros.

—Nadie puede saber a ciencia cierta lo que hay en el parque —dijo la azafata, que estaba acostumbrada a que los visitantes a los que acompañaba vieran con sus prismáticos toda clase de seres fantásticos en el interior del parque.

—Pero al menos podrán sobrevolarlo con un helicóptero, ¿no? —preguntó otro señor—. Sabrán qué es lo que pasa allí.

—Está prohibido —dijo la azafata—. Está prohibido acercarse al parque, entrar, sobrevolarlo, ya sea en globo, en ala delta, en helicóptero o de cualquier otra forma. Totalmente prohibido. Los soldados tienen orden de disparar si alguien se acerca al parque por el aire.

—Pues yo he visto varios lobos trepando por una ladera —dijo el señor del telescopio—. ¡Hay lobos en el parque!

—Sí, y cocodrilos... y jirafas... —decía la señora que había vistos el pavo real soltando su risita—. Hipopótamos... elefantes, de todo...

En ese momento, Fridolín se dio cuenta de que el autobús estaba detenido al lado de la puerta del parque que quedaba más cerca de su casa, de modo que sin decir nada a nadie descendió por la escalera de caracol, se bajó del autobús y echó a caminar en dirección a Flores Bonpensant.

Tarde de lectura

Al día siguiente, el padre de Fridolín estaba tan enfermo que no podía llevarles al colegio.

–Os tendré que llevar yo –dijo Rosa Bonpensant–. Le diré a Carmelia que abra la tienda por mí.

Carmelia era una vecina que a veces ayudaba a Rosa con la tienda. A Fridolín le gustaba, porque era simpática con él y con su hermana y de vez en cuando les daba dulces o un trozo de tarta de manzana o una figurita de mazapán.

–Podemos ir solos –dijo Fridolín–. No hace falta que nos lleves al colegio. Yo llevaré a Freda de la mano y no nos pasará nada.

–Sois muy pequeños para ir solos –dijo su madre–. Claro que cuando yo tenía la edad de Freda iba sola al colegio... Pero los tiempos han cambiado, ahora hay muchos más coches y mucha gente rara por la calle...

–No te preocupes, mamá –dijo Fridolín.

–¿Cómo no voy a preocuparme? Ayer no fuiste al colegio. Lo que deberíamos haber hecho es castigarte. Todavía no me has contado dónde estuviste.

—Mamá —dijo Fridolín—. Ya sé que papá no está enfermo.
—Claro que está enfermo —dijo su madre.
—Ya sé lo que le pasa —dijo Fridolín—. Se pone a beber y a beber, y luego le duele mucho la cabeza y está muerto de sueño. Eso es lo que le pasa.
—Pero eso también es una enfermedad —dijo su madre bajando los ojos para que su hijo no la viera llorar—. Es una enfermedad y se llama alcoholismo.
—¿De verdad? —dijo Fridolín.
—Tu padre no es malo —le dijo su madre—. Está enfermo. Cuando bebe, no puede parar.
—Pero ¿por qué? —preguntó Fridolín—. ¿Por qué no puede parar?
—No lo sé —dijo su madre—. No lo sé, hijo, pero no puede parar. No es que lo haga porque sea un irresponsable, ni porque nosotros no le importemos...
—¿Entonces...? —dijo Fridolín esperanzado.
—Pero eso no cambia nada —dijo su madre—. El hecho es que se pasa el día bebiendo, y no va a trabajar, y entonces no gana dinero, y como no gana dinero se preocupa y se pone triste, y entonces bebe para no estar triste... ¿Lo entiendes? Es un círculo sin fin.
—Papá me ha dicho que le vas a echar de casa, y que se tendrá que ir a vivir a otro sitio.
—¿Te ha dicho eso? —dijo su madre sorprendida.
—Me ha dicho que ya no le quieres, y que le vas a echar de casa, y entonces se tendrá que ir y ya no podremos verle casi nunca.
Rosa Bonpensant suspiró profundamente y acarició el pelo de Fridolín.

—Pase lo que pase —dijo—, tienes que saber que los dos os queremos mucho, a ti y a Freda. Y que tu papá siempre será tu papá.

Al final les llevó Carmelia al colegio.

Ese día, Fridolín estaba todo el rato mirando por la ventana de la clase, sin poder atender a nada de lo que decía la profesora. Al otro lado de la ventana había un gran árbol, un tilo lleno de flores, y contemplar todos los colores del tilo, el blanco de las flores y el verde tierno de las hojas, le tranquilizaba y le hacía sentirse mejor.

—¿Por qué estás tan triste, Fridolín? —le preguntó María Jesús.

—Mi padre está enfermo —dijo Fridolín.

A la salida de clase, por la tarde, su profesora había invitado a un grupito de alumnos a su casa para que tomaran un vaso de leche con tarta de chocolate y vieran sus cuentos de hadas. María Jesús llevaba toda la vida coleccionando libros de cuentos de todos los países y tenía una de las mejores bibliotecas privadas de literatura para niños de Fléroe. Tenía libros antiguos y modernos, libros con cristales de colores en la portada, libros con tapas de madera y un príncipe luchando con un dragón tallado en el lomo, libros con las hojas amarillentas y una flor antigua apretada entre las páginas.

De vez en cuando le gustaba invitar a unos cuantos alumnos, permitirles que exploraran su biblioteca y luego ofrecerles una merienda deliciosa. Sus hijas eran ya mayores y no sentían interés por los cuentos de hadas, y María Jesús pensaba que era una lástima que todos aquellos libros estuvieran allí sin que los abriera nunca nadie. Los niños siempre esperaban en secreto que les regalara algún libro de cuentos, pero por supuesto que María Jesús no les invitaba allí para eso. Además, muchos de sus libros eran muy valiosos.

A Fridolín siempre le resultaba emocionante ir caminando hasta la casa de María Jesús, que vivía cerca del colegio, en un edificio antiguo sin ascensor. Nada más entrar había que descalzarse, porque en la casa de María Jesús no se podía estar con zapatos.

La puerta de la biblioteca estaba siempre cerrada. Era una puerta blanca, con molduras de estilo suizo, y se abría con una llavecita dorada que María Jesús tenía guardada en un cajoncito secreto del mueble del pasillo.

Siempre que María Jesús sacaba la llave dorada del mueble y abría la puerta, Fridolín tenía la sensación de entrar en un mundo mágico donde no existía el tiempo. La biblioteca era una habitación grande, en forma de Z, con el suelo cubierto de una gruesa moqueta verde en la que era muy cómodo sentarse a leer y una escalerita dorada que corría por un carril a lo largo de los anaqueles para poder alcanzar los libros que estaban más altos. A Fridolín, el hecho de ir descalzo por aquel suelo verde y mullido le hacía sentir como si caminara sobre el musgo tibio de algún bosque misterioso, un bosque de libros, de cuentos y de sueños.

Ahora estaban los cinco dentro de la biblioteca, Fridolín, Rani, Roto, Amapola y Abbás. María Jesús encendió un interruptor y decenas de pequeñas lamparitas con forma de tulipán se encendieron por doquier iluminando los anaqueles llenos de libros.

Fridolín encontró un grueso libro encuadernado en rojo y

con el canto de las páginas pintado también en rojo, lo abrió y se puso a mirar los dibujos.

Fue pasando hoja tras hoja contemplando los bonitos dibujos a plumilla e iluminados tan sólo con dos colores, verde pistacho y amarillo limón, y llegó hasta una lámina que ocupaba una página entera y representaba un árbol cargado de hojas, de frutas y de flores, bajo el cual unos niños descansaban, charlaban entre sí y miraban a lo alto.

El cuento al que correspondía la ilustración comenzaba en la página siguiente, y se llamaba «El manzano del Paraíso». Fridolín se sintió intrigado con el dibujo y con el título, y buscó un rincón cómodo de la biblioteca para sentarse y leerlo a sus anchas.

«Hace muchos años vivía en Asia un jardinero que ya no era joven y que había perdido a su mujer y a sus dos hijos...»

Esta era la primera frase del cuento. Fridolín frunció el ceño. No era un comienzo muy prometedor: sólo en una frase ya habían muerto la mujer y los dos hijos del protagonista. ¿Sería este un cuento triste? A Fridolín nunca le habían gustado mucho los cuentos tristes. Sin embargo, había algo que le intrigaba, y era la mención a Asia, el mismo lugar del que provenía Rani.

A lo mejor por esta razón, decidió hacer otra intentona y probar a ver si aquel cuento le gustaba o no le gustaba.

El manzano del paraíso

Hace muchos años vivía en Asia un jardinero que ya no era joven y que había perdido a su mujer y a sus dos hijos en las lluvias del monzón. Aunque trabajaba en casa de una familia rica y opulenta, el jardinero era muy pobre. Su trabajo consistía en arreglar los árboles y las flores del jardín, en cortar el césped y también en alimentar a los peces de colores del estanque. Vivía en una cabaña que había al fondo del jardín. Una vez a la semana le daban una medida de arroz, una medida de harina y una medida de lentejas, y esa era toda su paga.

El jardinero trabajaba desde que el sol salía hasta que el sol se ponía. Cuando llegaba la noche comía un poco, y luego se ponía a meditar. Cerraba los ojos, y fijaba su mirada interna en la imagen del Buda. Llevaba muchos años practicando esta meditación. Primero había meditado en los pies de Buda. Los había imaginado dedo por dedo y uña por uña, con ajorcas de oro en los tobillos y con tobillos gordezuelos y con uñas rosadas y bien recortadas, y cuando llegó el momento en que los veía con toda claridad con sólo cerrar los ojos, comenzó a visualizar internamente las piernas del Buda.

A lo largo de los años, y noche tras noche, el jardinero había logrado ver con toda claridad y nada más cerrar los ojos los pies, las piernas, las manos, los brazos, el cuerpo, la túnica azafrán, los hombros, el cuello, el rostro y la cabeza del Buda. Durante algunos años, años difíciles, cuando su mujer estaba enferma y tenía que cuidarla día y noche, apenas había tenido tiempo de practicar la meditación. La imagen que veía con el ojo de su imaginación se había debilitado, se había hecho borrosa. Pero él no había perdido la determinación, y había seguido intentándolo noche tras noche. No era un hombre sabio y ni siquiera sabía leer, pero llevaba practicando esta forma de meditación desde que era un niño, y sabía que los que perseveran llegan hasta el fin del mundo.

Y ahora era un hombre viejo, y cada noche, cuando se ponía a meditar, veía con toda claridad frente a sí la imagen completa del Buda con todo detalle. Veía cada pliegue de su cuerpo y cada arruga y cada sombra de su túnica. Veía la flor de loto que sostenía entre sus dedos, y todos y cada uno de los pétalos de la flor con toda claridad. Veía las joyas que tenía el Buda, los pliegues de sus labios y los iris de sus ojos. Veía la forma alargada de los lóbulos de sus orejas y los rizos de su pelo, uno por uno. Lo único que le faltaba por visualizar para que la imagen fuera completa era el tercer ojo, ese que, según aseguran las escrituras antiguas, existe entre las cejas, en el centro de la frente, y es el que abre la visión de otros mundos.

El viejo jardinero sólo dormía unas pocas horas antes del alba, muy pocas, porque las personas ancianas no suelen dormir mucho.

Un día, cuando el cielo comenzaba a ponerse rosado y antes de que saliera el sol, el jardinero se aseó un poco en un riachuelo que corría por allí cerca y luego cogió su guadaña y se dirigió al parque para comenzar su trabajo. Era un jardín tan grande que cuando había terminado de segar la hierba por un extremo, la hierba del otro extremo ya estaba crecida otra vez y había que comenzar de nuevo, y así semana tras semana.

Llevaba un par de horas segando el césped. El sol ya estaba alto en el cielo y el anciano jardinero, trabajando sin ninguna protección, estaba cubierto de sudor. Entonces enviaron a decirle que le llamaban de la gran casa.

El jardinero sólo se había acercado una vez a la gran casa hacía muchos años, y supo que aquella llamada no presagiaba nada bueno. Le recibió el mayordomo, encargado de los sirvientes, que le dijo:

—Jardinero, eres ya un hombre viejo y los amos no te necesitan más. Toma esta moneda de oro por tus servicios. Márchate mañana al amanecer.

—Es verdad que soy un hombre viejo —dijo el jardinero—. No tengo donde ir, y tampoco les cuesto mucho a los amos. Podría trabajar por sólo la medida de arroz. No necesito la harina ni las lentejas.

—¿Crees que los amos pagarían a un viejo como tú, que es incapaz de trabajar?

—Entonces dejadme al menos quedarme en la cabaña del fondo del jardín, para morir allí en paz.

—Esa es la cabaña del jardinero —le dijo el mayordomo, que ya comenzaba a impacientarse—. Será ocupada por el nuevo jardinero, que es un hombre joven y tiene mujer e hijos que también trabajarán para los amos. Toma tu moneda de oro, que no mereces, y no me irrites más. ¿O es que todavía quieres que mande que te azoten y que te echen de aquí como a un perro?

Yo también tuve mujer e hijos, pensó el viejo jardinero, y también trabajaron para los amos hasta que murieron. Pero no dijo nada, porque sabía que es difícil conmover a los poderosos.

Aunque esa sería la última noche que pasaría en la cabaña, el jardinero no cambió en nada sus costumbres. Como llevaba haciendo casi desde que era un niño, se sentó con las piernas cruzadas y se puso a meditar. Y vio ante sí la imagen del Buda de la compasión. Y en esta ocasión, vio con toda claridad el tercer ojo de la imagen, un ojo abierto entre las cejas, y supo que la obra de su vida estaba completa, y que ahora podía ver por fin al Buda en su integridad.

Entonces sucedió algo inesperado. El Buda que veía con los ojos de su imaginación se llenó de una luz extraordinaria, una luz que le inundó de amor y de paz, y se animó de pronto, como si llevara todos aquellos años esperando a que el jardinero pudiera verlo con toda claridad y hasta en sus menores detalles, y le habló.

—Soy Amithaba, señor de la luz —le dijo el Buda—. Soy Sakyamuni, el señor del amor y de la compasión.

—¿Dónde estabas durante todos estos años? —le dijo el jardinero con lágrimas en los ojos—. Llevo tantos años intentando verte y escucharte, y ¿ha de ser justo ahora, cuando estoy a punto de morir?

—Estoy donde siempre he estado —le dijo el Buda—, en el loto de tu corazón, porque yo soy tu corazón y siempre he estado dentro de ti.

—Y ahora, ¿dónde iremos tú y yo? —preguntó el anciano.

—Alégrate, anciano —le dijo el Buda—, porque el universo no quiere esclavizarte en sólo un lugar. El camino se abre ante ti. Saldremos a caminar por el mundo.

—¿Para qué? —preguntó el anciano—. No tengo donde ir.

—Nadie tiene donde ir —dijo el Buda—. Sin embargo, mientras dura la vida, dura el camino. Mira, hay dos razones para caminar. Unos caminan por el mundo buscando algo. Otros caminan por el mundo porque ya han encontrado lo que buscaban, pero quieren seguir contemplando la belleza de las montañas y los cerezos en flor. ¡Ánimo, jardinero! ¡Levántate y sal a los caminos! Camina hacia el oriente, hasta que llegues a un árbol que da manzanas doradas. Es el árbol del paraíso, cuyos frutos otorgan la inmortalidad y conceden los deseos de los hombres. En los tiempos antiguos este árbol estaba en el centro del mundo, y todos se acercaban a él para comer de sus frutos, y todos los hombres y mujeres eran inmortales y todos sus deseos se hacían realidad.

»Todos los hombres y mujeres de este mundo buscan, sin saberlo, ese árbol mágico del que un día todos comían con liberalidad. Lo buscan sin encontrarlo, porque todos tienen cosas de las que no desean desprenderse. Pero tú, que no tienes nada más que a ti mismo, tú podrías encontrarlo.

Al amanecer, el hombre cortó un tronco de bambú para que le sirviera de bastón y salió de su cabaña. No tenía absolutamente nada más que los calzones blancos que vestía. No tenía ni sandalias, ni gorro para el sol. La moneda de oro se la metió en la boca, debajo de la lengua, porque no tenía otro lugar donde llevarla. Y por primera vez desde que era joven, salió del jardín de la casa y, sin mirar atrás, echó a caminar por el camino.

Y caminó, caminó, caminó. La moneda de oro no le servía para nada, y en el primer pueblo que se encontró en el camino la cambió por uno de esos recipientes metálicos que usan los mendigos para guardar los mendrugos de pan que les dan como limosna. Durante el día caminaba, por la noche comía lo que le habían dado de limosna, y meditaba.

Sus noches eran ahora maravillosas, porque desde que podía ver al Buda con toda claridad, en cuanto cerraba los ojos y se ponía en estado de meditación era capaz de hablar con él igual que si estuviera hablando con un amigo. Y poco a poco iba comprendiendo lo que el Buda le había dicho: comprendió que no había ningún lugar donde ir, porque todo lo que buscaba estaba en su interior, en el loto del corazón, pero que a pesar de todo tenía que seguir caminando, porque mientras dura la vida dura el deseo de caminar y de ver paisajes nuevos.

Y así el viejo jardinero se fue haciendo mucho más viejo todavía. Era delgado, pero se puso mucho más delgado. Estaba arrugado, pero se puso mucho más arrugado. Estaba quemado por el sol, pero se puso mucho más quemado. Estaba encorvado, pero se puso mucho más encorvado. Y llegó un día en que vio ante sí el mar. El jardinero era de tierra adentro y no había visto jamás el mar.

Este sin duda es el final de mi camino, se dijo el anciano sonriendo, porque más allá es imposible seguir.

Se sentó en una piedra a descansar. La visión de las olas muriendo en la arena, el perfume y el sonido del mar, le producían un estado de enorme paz. Entonces vio que allí cerca había un pequeño huerto. En el huerto había un árbol, y a la sombra del árbol había una mujer con dos niños pequeños. Apoyándose en su bastón de bambú, el jardinero se incorporó y se acercó a la mujer para pedirle alguna limosna, con la confianza de que seguramente le daría alguna fruta estropeada. Pero cuando entró en el huerto notó, de pronto, que todo su cansancio desaparecía, que su espalda se erguía y que regresaban a él todas las fuerzas que creía perdidas para siempre. Y al mirar las ramas del árbol, vio que estaban cargadas de manzanas doradas.

—¿De quién es este huerto? —le preguntó entonces a la mujer.

—Es tuyo —le dijo la mujer.

Entonces el viejo jardinero, que ya no era viejo, se dio cuenta de que aquella mujer era su mujer, y de que aquellos niños que jugaban a la sombra del árbol eran sus dos hijos, los que habían muerto muchos años atrás en las lluvias de un monzón.

El jardinero abrazó a su mujer y a sus hijos, y entonces comprendió que había muerto y había llegado al lugar de los bienaventurados. Y allí, en aquel jardín frente al mar, vivió con su mujer y sus hijos durante miles y miles de años, esperando hasta el momento en que les correspondiera volver una vez más a la Tierra para entrar de nuevo en el ciclo de la reencarnación.

Y de pronto, Fridolín tuvo una idea maravillosa.

—Ya sé qué es lo que hay dentro del parque —se dijo Fridolín. Y de pronto se dio cuenta de que se había quedado solo en la biblioteca, leyendo el cuento del árbol del Paraíso.

—Fridolín —le dijo María Jesús asomándose a la puerta—. ¿Has terminado ya? Estamos en la habitación de al lado, tomando la merienda.

—Me había olvidado de todo —dijo Fridolín—. No sabía ni dónde estaba ni quién era.

—Eso es lo que pasa cuando a uno le gusta lo que lee —le dijo su profesora—. Leer es como viajar a otros lugares y como vivir otras vidas.

—Nunca me había pasado una cosa así.

—Puedes venir a leer siempre que quieras —le dijo su profesora.

Rani está enfadada

Rani, la nueva compañera de clase de Fridolín, estaba siempre enfadada. Se sentaba en su silla, muy seria, muy derecha, con los brazos cruzados, y se pasaba así toda la clase, sin decir nada. María Jesús de vez en cuando le preguntaba algo o le pedía que hiciera algo, que saliera a la pizarra a dibujar el número 8 con tiza roja, por ejemplo, pero Rani no debía de entender ni una palabra, porque jamás respondía y jamás movía ni un músculo.

A pesar de eso, a Fridolín le caía bien y le daba pena no tener ninguna forma de comunicarse con ella.

—Rani, ¿por qué siempre estás enfadada? —le preguntó Fridolín en el recreo uno de aquellos días.

Rani estaba sentada en uno de los escalones de la entrada. Se pasaba así todo el recreo, sentada en la escalera de entrada, con la barbilla sobre los puños y sin jugar con nadie.

—Déjala, ¿no ves que no entiende? —le dijo Amapola.

—Aunque no entienda, quiero que sepa que quiero ser su amigo —dijo Fridolín.

Le gustaba la piel tan oscura de Rani, tan oscura que casi brillaba. Le gustaba que tuviera el pelo tan negro y tan apretado. Le gustaban sus manos pequeñitas y con uñas rosadas. Le gustaba la forma de sus labios, que parecían perfilados con lápiz, y que eran sonrosados como los pétalos de una flor.

Claro que no tenía ni idea de qué clase de pensamientos habría dentro de aquella cabecita. Y quizá nunca lo sabría, porque ella no hablaba su idioma.

—Rani, ¿entiendes la palabra «amigo»? —le dijo Fridolín.

—Ven, Frido —dijo Roto—, vamos a jugar a los cazadores de leones. ¿No te das cuenta de que no entiende ni palabra?

Fridolín asintió con un suspiro de resignación. Cuando se alejaban caminando, oyeron la voz de Rani a sus espaldas.

—¿Por qué no hay cocos? —dijo Rani.

Todos se volvieron.

—¿Qué has dicho? —dijo Fridolín.

—¿Por qué no hay cocos en este estúpido país? —preguntó Rani mirándoles con ojos furiosos.

—¿Sabes hablar nuestro idioma? —dijo Amapola muy sorprendida.

—¿Por qué no hay elefantes? —dijo Rani hablando un perfecto aquitano—. ¿Dónde están los elefantes? ¿Por qué no hay nenúfares? ¿Por qué no hay búfalos en este estúpido país?

—¿Búfalos? —dijo Fridolín—. ¿Para qué quieres búfalos?

—Los búfalos se bañan en los estanques de nenúfares —dijo Rani, todavía muy enfadada—. Son grandes y fuertes y amigos de los niños.

—¿Qué son los nenúfares? —preguntó Abbás.

—Son unas flores que flotan en el agua —dijo Rani muy enfadada—. Las flores que hay aquí son ridículas. Son pequeñas y feas, y huelen a repollo y a bicho muerto. Además, ¡en esta ciudad hace mucho frío! Tengo frío. Tengo siempre frío. ¡Qué asco!

Nadie sabía qué decirle. La noticia de que Rani no sólo hablaba su idioma, sino que lo hablaba perfectamente y casi sin acento, les había cogido a todos por sorpresa.

—Este país es un asco —dijo Rani—. No hay animales. No hay monos, ni búfalos, ni nenúfares, ni cocoteros. No hay ranas. ¡Aquí no hay ranas! Si hubiera ranas...

Al ver que Amapola, Fridolín, Roto y Abbás estaban todos alrededor de Rani, otros niños se acercaron, entre ellos Natalia, Ana María y Max.

—En este país sí hay ranas —dijo Amapola.

—Bah. No son ranas. Son sapos. Asquerosos sapos venenosos. Los tocas y te da diarrea. Te tienes que pasar todo el día yendo al baño, y todo por tocar uno de vuestros asquerosos sapos. Prrrr. Prrrr. ¡Tengo diarrea, he tocado un sapo!

—Hay sapos y *también* ranas —dijo Roto.

—En mi país hay unas ranas que cantan por la noche —dijo Rani—. Y hay aves del Paraíso. Y aquí no hay aves del Paraíso, sólo palomas que cagan en los edificios y los estropean. Y las palomas le cagan a la gente en la cabeza y les cagan en la ropa y vas y dices «¡Andá!, ¡mi camisa favorita!». Y cagan en la cabeza de tu hermanito pequeño. Y se echa a llorar. ¡Eso es lo que hay aquí!

No sabían qué decir ante aquel torrente de furia. Pero ahora que había empezado, Rani ya no sabía parar.

—¡Estáis locos! ¡Coméis cerdos muertos! ¡Coméis pájaros muertos! ¿A quién se le ocurre, un país de gente que come pájaros muertos?

—¡Eso es mentira! —dijo Luisa—. Eres una mentirosa.

Porque también se habían acercado Luisa, Martín y Oleg, y también otros niños de otras clases, y todos estaban ahora alrededor de Rani, que seguía sentada en su escalón muy enfadada, cada vez más enfadada.

—¿Mentirosa? —dijo Rani—. Coméis pájaros muertos. Coméis pollos y patos y gallinas y pavos y codornices y faisanes y pintadas y gallos y ocas y avestruces y tórtolas y perdices... Y todos esos son pájaros. ¿O no? ¡Coméis pájaros muertos! ¡Coméis hígado de pato y ojos de perro!

La mayoría de los amigos de Fridolín ni siquiera conocían tantos nombres de animales como Rani.

—No comemos ojos de perro —le dijo Fridolín.

—¡Y vuestros padres no tienen bigotes ni barba! ¡Por lo menos podían tener bigote! ¡Parecen niños pequeños!

—Mi padre una vez tuvo barba —dijo Marisa. Estaban todos aterrados y sin saber qué decir. Jamás se habían planteado nada de lo que Rani les decía. ¿Sería todo tan extraño y tan desastroso en su país como ella decía? Jamás se habían parado a pensar que se pudiera vestir de otra manera que como ellos vestían o que se pudieran comer otras cosas que las que ellos solían comer. El hecho de que todo aquello pusiera tan, tan, tan terriblemente furiosa a Rani les llenaba de preocupación.

—¿Tu padre tenía barba? —le dijo Rani a Marisa, mirándola con sus ojos brillantes y furiosos—. ¿Y qué hizo con ella? ¡Se le cayó, seguro!

—No se le cayó —dijo Marisa muy ofendida—. Se la quitó él, porque mi abuela decía que parecía un profeta.

—¿Qué es un profeta? —preguntó Rani levantando un dedo como diciendo «hasta que no aclaremos esto, no podemos seguir».

—Mahoma era un profeta —dijo Abbás.

—Y san Juan Bautista —dijo Roto—. Los profetas eran personas antiguas que tenían una barba muy larga y hablaban y gritaban mucho.

—Pues mi abuela decía que mi padre parecía un profeta, y mi madre decía que le pinchaba cuando la besaba —dijo Marisa—. Y se la quitó.

—¿Se la quitó? —dijo Rani—. ¿Y qué hizo con ella? ¿La vendió?

—No sé —dijo Marisa confusa. Nunca se había parado a pensar qué había hecho su padre con su barba.

—¡Ya sé lo que hizo con ella! —dijo Rani—. Se la dio a tu madre para que la cocinara y os la comisteis de cena. ¡Como os coméis todo! ¡Si os coméis un cerdo muerto, igual podríais comeros una barba!

Seguía mirándolos a todos con ojos de furia, y parecía que de un momento a otro iba a empezar a gritar o a arañarles y a darles patadas y puñetazos, tan furiosa parecía. Pero en vez de hacer nada de esto, de pronto cerró los ojos y se echó a reír. Y se rió, se rió, se rió, mostrando unos dientes blanquísimos, y entonces todos descubrieron que en realidad Rani era una amiga estupenda y divertidísima.

A partir de entonces, Rani no paró de hablar.

También descubrieron que era una terrible bromista. Un día cazó un escarabajo enorme en el patio del colegio y se lo metió a Abbás en su bocadillo de media mañana, y cuando Abbás iba a morder el bocadillo notó algo que se movía allí dentro, lo abrió y se encontró al enorme escarabajo agitando las patas todo untado de mantequilla, y dio un grito que se oyó en todo el colegio.

Rani se moría de risa.

Tenía una mano de broma, se metía su mano de verdad en la manga del jersey y sacaba la mano de broma como si fuera la suya y le decía a Amapola:

—¡Ay, ay, me duele mucho la mano, agárramela, por favor! ¡Me duele mucho!

Y Amapola le agarraba la mano y ella la soltaba y soltaba también un chorro de zumo de tamarindo, que parecía sangre, y Amapola pensaba que le había arrancado la mano a Rani y se ponía a dar gritos. Y Rani se moría de risa.

Una vez los niños y ella encontraron un gato perdido en el jardín, y Rani lo cogió ella sola, lo metió en una caja de cartón que encontró por ahí, la ató con un cordón de uno de los zapatos de Abbás, que se echó a llorar, y luego puso la caja en el armario de la clase. Y durante la clase el gato maullaba y hacía ruido y María Jesús no podía entender lo que pasaba, hasta que abrió el armario muerta de miedo, y con toda la clase también muerta de miedo, y se encontró la caja, y desató el cordón y la abrió, y nada más abrirla el gato salió de allí disparado, fue saltando por las mesas, saltó por encima de la cabeza de Abbás, que se puso a gritar al instante, y desapareció por una de las ventanas abiertas.

Y Rani, por supuesto, se moría de risa.

La castigaban. Le ponían de cara a la pared. Hablaban con sus padres. Todo era inútil. Rani seguía haciendo travesuras y gastando bromas, diciendo que todo era un asco, que aquel país era horrible y muriéndose de risa con todo y con todos. Y a pesar de eso, era la niña más popular de la clase. Todos la querían. Lo curioso es que también los profesores la querían, y María, la de la puerta, y Sonsoles, la que les cuidaba en el recreo, porque Rani era una niña alegre y simpática y también hacía regalos inesperados, una caja de dulces salidos de la cocina de su casa, una estatuilla de un elefante danzando, unas flores cogidas en el jardín, y porque era tan alegre que allí donde estaba, y aunque a alguno le tocara siempre sufrir sus bromas, todos lo pasaban bien.

En la embajada de Lankapur

En casa de Fridolín, las cosas parecían haber mejorado. Después de las revelaciones que le había hecho su padre, Fridolín había pasado varios días esperando a que sucediera lo más terrible. Sin embargo, los días habían ido pasando como siempre, su padre había seguido llevándoles al colegio, su madre había seguido trabajando en la tienda de flores, Hugo no había vuelto a ponerse enfermo y todo en la familia parecía tranquilo. La nube negra parecía haber quedado atrás.

Como Fridolín no comprendía bien el mundo de los mayores, se preguntaba si esta clase de cosas eran normales y ocurrían en todas las familias. Los padres de algunos niños de su clase estaban separados, y Fridolín sabía que pasaban la semana con la madre y el fin de semana con el padre, pero jamás se le había pasado por la cabeza que una cosa así pudiera sucederle a él. A lo mejor su padre se había equivocado, o había dicho que Rosa no quería que él siguiera viviendo con ellos «en sentido figurado». En la experiencia de Fridolín, las personas mayores hablan así a menudo, diciendo una cosa distinta de la que quieren decir, y por esa razón algunas veces es muy difícil entenderles.

Uno de aquellos días era el cumpleaños de Rani, y la señora que venía a recogerla a la salida de las clases les entregó a todos los niños unas tarjetas invitándoles a la casa de Rani. Sería al sábado siguiente. Fridolín les llevó la tarjeta a sus padres, y su madre llamó por teléfono, tal como se pedía en la tarjeta, para confirmar la asistencia de su hijo.

Fridolín se pasó la semana esperando, muy nervioso, a que llegara el sábado. Y cuando llegó por fin, amaneció un día lluvioso y Fridolín se echó a temblar pensando que el cumpleaños podría cancelarse. Pero al final de la mañana salió el sol. Los chaparrones primaverales eran típicos de esa época del año en Fléroe, pero no duraban mucho. De modo que a las cinco de la tarde Fridolín estaba con su madre en la puerta de la embajada de Lankapur.

Un criado de largos bigotes, vestido con un bonito uniforme blanco, verde y rojo y con guantes blancos en las manos comprobó su nombre en una lista, le hizo una gran reverencia a Rosa Bonpensant y guió a Fridolín por largos pasillos alfombrados hasta un ascensor dorado y de paredes de cristal, los dos seguidos por otro criado de grandes bigotes que iba limpiando la moqueta por donde ellos pasaban con un gran plumero.

En el interior del ascensor había un criado también con largos bigotes y también vestido con uniforme y con guantes blancos, que le pidió a Fridolín que se sentara en el banquito forrado de terciopelo como si fueran a hacer un viaje de dos horas, y luego cerró la puerta con mucha ceremonia y apretó un botón con su dedo enguantado. Y Fridolín se sentó muy obediente, y el ascensor subió tres pisos y el criado le abrió la puerta muy ceremonioso. Cuando salía, Fridolín vio que el criado se sacaba de la manga un pequeño cepillito con mango de nácar y se ponía a frotar el banquito de terciopelo donde él había estado sentado. Fridolín jamás había visto tal obsesión por la limpieza.

Otro criado de grandes bigotes, también con uniforme y guantes blancos, le esperaba a la salida del ascensor, le hizo una gran reverencia y tomó el regalo que llevaba en las manos como para que no se cansara llevándolo, y le guió hasta la terraza donde se iba a celebrar el cumpleaños.

Rani estaba allí, sentada en lo alto de un pequeño elefante blanco, en un *howdah*, que era como un balconcito de columnas doradas y techo de terciopelo que estaba en lo alto del elefante. El elefante era de verdad, claro está, pero no era realmente blanco: lo habían pintado para la ocasión. Rani llevaba una corona dorada en la cabeza y varios collares de flores de un intenso color anaranjado alrededor del cuello. Eran collares de caléndulas, unas flores que en el país de Rani se usaban siempre para dar alegría en las fiestas. También la cabeza y los colmillos del elefante estaban adornados de caléndulas. Los otros niños que ya estaban allí, entre ellos Roto, Marisa y Max, llevaban también collares de caléndulas. Fridolín pensó que nunca visto tantos colores juntos. Rani tenía un punto rojo pintado justo entre las cejas y los ojos ribeteados con *kohol*, y allí subida en su elefante blanco con sus collares de flores y su corona dorada en la cabeza parecía una verdadera princesa o, quizá, una pequeña reina.

—¡No me digas «felicidades»! —le dijo Rani nada más verle entrar—. ¡No me gustan los cumpleaños! ¡Dame mi regalo y no digas nada!

El criado que llevaba el regalo de Fridolín cogió un pequeño plumero que traía colgando de la manga, limpió cuidadosamente el paquete envuelto en papel dorado como si estuviera lleno de polvo, aunque la madre de Fridolín acababa de envolverlo en casa, y se lo entregó a Rani con una reverencia, y Rani lo puso en el *howdah* del elefante, en el montoncito donde estaban los demás regalos para abrirlos justo después de la merienda.

La terraza del palacio Molinet estaba toda adornada con ristras de caléndulas, cintas de colores y farolitos de papel, y en una larga mesa estaban las bandejas de la merienda, con toda clase de dulces y bocados que Fridolín y los otros niños de su clase no habían probado nunca. Había dos enormes criados, llamados Ozman y Bharat, que eran los encargados de ponerle a cada uno de los niños que llegaba un collar de caléndulas, de servir la naranjada y de procurar que las bandejas de dulces estuvieran siempre llenas. Eran muy serios, muy altos y muy fuertes, los dos tenían bigotes negros y llevaban cada uno un turbante con rayas blancas, verdes y plateadas en la cabeza. Cuando llegaron todos los invitados, Rani se quitó la corona de oro, se bajó del elefante por la escalerita que había en el costado del animal, y entonces empezó la fiesta.

—¿Qué es esto? —preguntó Natalia hundiendo una cucharilla en un tarro de salsa de color fucsia intenso.

—Es salsa de tamarindo —le dijo Rani muy divertida—. ¡Pero no se come así! ¡Tienes que comerla con las samosas!

—¿Qué son las samosas? —preguntó Natalia desorientada.

—Estos triángulos llenos de vegetales —dijo Rani muerta de risa—. ¡No sabéis nada!

En el centro de la mesa había una gran fuente de bolitas doradas de aspecto apetitoso.

—Esto es lo más rico de todo —les dijo Rani—. Toma, Abbás —dijo cogiendo una de las bolas y metiéndosela a Abbás en la boca—. ¡Ya verás qué delicioso!

Abbás comenzó a mordisquear la bolita dorada, y de pronto empezó a dar gritos.

—¡Socorro! —gritaba—. ¡Estoy envenenado! ¡Me muero!

Tanto y tanto gritaba que al final Bharat se fue a buscar a la madre de Rani, que subió a la terraza para ver qué pasaba.

Abbás estaba en el centro de un círculo de niños, todos muy preocupados, algunos llorando porque pensaban que su amigo se estaba muriendo de verdad. Tenía las mejillas rojas y los ojos llenos de lágrimas y se agarraba del cuello con las manos.

—¡Me muero! —gritaba Abbás—. ¡Me muero!

—Pero ¿qué ha comido? —preguntó la madre de Rani.

—Sólo una bolita de curry que yo le he dado —dijo su hija con gesto de inocencia.

Su madre probó una de las bolitas de curry de la bandeja y puso cara de enfado y empezó a decirle cosas a Rani en su idioma.

—Ranipruvamdambaransánkara —le dijo luego en aquitano—, ¡eres una niña muy mala! ¡Has dicho en la cocina que hagan bolitas *vindaloo* para que les pique la boca a tus amigos!

De modo que Abbás no se estaba muriendo: era, simplemente, que le picaba la boca, porque Rani había dicho en la cocina que hicieran unas bolitas que eran guindilla pura.

Rani se reía tanto que se le saltaban las lágrimas. Marisa y Roto y Max y Natalia, que eran los que habían probado las bolitas asesinas, lloraban también, pero no de risa, sino de picor.

El juego del escondite

La merienda se había terminado, y Rani se puso a abrir sus regalos. Todos estaban un poco asustados pensando que iba a empezar a gritar que todo era un asco y una porquería y que en aquel país no sabían hacer regalos y que en su país los regalos eran mucho más bonitos, pero no pasó nada de esto. A Rani le encantaron sus regalos, y a cada paquete que abría se ponía a dar agudísimos gritos de felicidad. Cuando terminó de abrirlos todos, los dos enormes Ozman y Bharat recogieron los papeles de colores, colocaron los regalos en dos ordenados montones y se los llevaron de allí.

—Ahora vamos a jugar al escondite —dijo Rani—. Se la liga Abbás.

—¿Por qué yo? —dijo Abbás.

—Tienes que contar hasta cien —le dijo Rani.

De modo que empezaron a jugar al escondite. Primero se escondían por la terraza donde se estaba celebrando la fiesta de cumpleaños, pero eran tantos y estaba todo tan abierto que se encontraban enseguida unos a otros.

—Qué rollazo —dijo Rani—. Aquí no se puede jugar bien al escondite. Vamos todos a mi habitación.

Rani les guió hasta su habitación, que era muy grande y estaba llena de juguetes, y tenía un gran tigre de peluche de tamaño natural en el centro y una ventana ovalada que se abría a la parte trasera del edificio, donde había un jardín con varias palmeras, un estanque y un quiosco de madera pintado de blanco. La habitación de Rani tenía enormes armarios llenos de juguetes, y una escalerita que llevaba a un piso de arriba que hacía como un balcón, y que era donde estaba la cama de Rani, y todos subieron por la escalerita a verla: tenía patas de elefante y un mosquitero de largas telas de muselina blanca, aunque en Fléroe no había casi mosquitos. Pero eran tantos, tantos niños que ni siquiera en aquella habitación tan grande podían esconderse bien.

—Vamos a escondernos por toda la casa —dijo Rani—. Pero tenéis que tener cuidado de que no os pillen Ozman y Bharat.

Abbás se echó a llorar, diciendo que no quería esconderse por toda la casa y que le daba mucho miedo que le pillaran Ozman y Bharat.

—¡No te van a hacer nada, tonto! —le dijo Rani—. ¿Qué te crees que son? ¿Asesinos?

Entonces empezaron a jugar al escondite por toda la casa, y eso sí que era divertido, porque la casa de Rani era enorme y estaba llena de habitaciones, de salones, de escaleras y de pasillos.

Mientras Rani contaba hasta cien, apoyada en el tigre de peluche de tamaño natural de su habitación, que era lo que hacía de «casa», Fridolín salió corriendo para buscar un sitio para esconderse. Rani contaba muy rápido y había que darse prisa. Además, era una verdadera lince descubriendo escondites, y Fridolín había decidido que aquella vez Rani no iba a encontrarle de ningún modo.

Entró en una habitación empujando la puerta con suavidad para asegurarse de que no había nadie. Pero debajo de la cortina vio unos zapatitos que asomaban, seguramente los de Amapola. Salió de la habitación y entró en otra. También estaba vacía, y había un armario. Pero cuando se acercó para abrirlo y esconderse allí, oyó unas risitas dentro. Volvió a salir al pasillo.

¿Dónde podía meterse? Fridolín oyó la voz de Rani que decía:

—¡... noventa y nueve y cien! ¡Ronda, ronda, el que no esté escondido que se esconda!

Entonces Fridolín echó a correr escaleras arriba, subió al piso siguiente y corrió por un largo pasillo y abrió una puerta cualquiera. Se encontró en lo que parecía una habitación de reuniones, con una mesa en el centro y un mueble archivador metálico en una de las esquinas. ¿Dónde esconderse? Había también un armario, pero si Rani entraba allí, el armario sería el primer sitio donde miraría. Fridolín se acercó al mueble archivador y abrió una de las puertas metálicas. El interior estaba vacío. Si se apretaba un poco, allí tenía espacio de sobra para meterse. De modo que, sin dudarlo ni un instante, se metió dentro del archivador y cerró la puerta desde dentro, dejando sólo una finísima rendija entreabierta para poder observar la habitación.

Esperó un largo rato. Ahora no sabía qué hacer, si intentar salir y llegar al tigre de peluche de la habitación de Rani sin ser visto o esperar un poco más. Recordó un cuento que había leído una vez, que trataba de un hombre al que le gustaba esconder las cosas, y las escondía tan bien que luego costaba muchísimo trabajo encontrarlas, hasta que un día decidió esconderse él, y se escondió tan bien que nunca, jamás lo encontraron.

Ya iba a salir cuando oyó que la puerta se abría y que alguien entraba en la habitación. Los vio con toda claridad a través de la rendija entreabierta. Eran dos hombres de piel oscura, que hablaban en el idioma del país de Rani y se sentaron frente a la mesa en dos sillas uno al lado del otro. Fridolín se puso a pensar a toda velocidad. ¿Qué podía hacer? Lo mejor era salir inmediatamente, pedir perdón y desaparecer de allí lo más rápidamente posible.

Pero en ese momento la puerta se abrió de nuevo y entraron otros dos hombres, y luego otro, y otro más, hasta que llegó un momento en que debía de haber en la habitación diez o doce hombres de distintas razas y sin duda de distintos países. Fridolín pensó que si entraba el padre de Rani podría explicarle que era amigo de su hija y que... Bueno, por mucho que lo pensaba, salir de aquel archivador y dar una explicación razonable de su presencia allí le parecía cada vez más difícil. Finalmente, entró un último hombre de largos bigotes grises, que llevaba un turbante rojo y unas gafas negras, y cuyo aspecto le produjo a Fridolín, por alguna razón, una intensa sensación de miedo.

Lo cierto es que ahora Fridolín estaba aterrado. Todo había sucedido tan rápido que no había tenido tiempo de reaccionar. Completamente inmóvil, toda su atención estaba puesta en no hacer el menor ruido, en no respirar, en no golpear las paredes metálicas del archivador para no ser descubierto. Tendría que quedarse allí dentro hasta que todos aquellos hombres se fueran. ¿Tardarían mucho?

—Señores —dijo el hombre del turbante rojo—. Tenemos poco tiempo. Antes que nada, quiero agradecer la colaboración en estos tiempos difíciles de todos los representantes militares de los países de la Alianza por la Paz. Todos ustedes han leído los informes. Supongo que estarán de acuerdo en que la situación es intolerable, y que han de tomarse medidas urgentes y sin la menor dilación.

¿De qué estaría hablando aquel hombre?, pensó Fridolín. No entendía bien todas las palabras que usaba, y además estaba nervioso. Pero de pronto, alguien dijo una palabra que captó toda su atención.

—¿Cómo van las obras del túnel? —dijo uno de los asistentes.

—El túnel está casi terminado —dijo el hombre del turbante rojo—. Hemos tenido que hacerlo muy profundo: como saben, las autoridades locales han rodeado el parque de todo tipo de barreras para que nadie pueda introducirse en él.

Fridolín casi dio un salto dentro del archivador. De modo que estaban hablando del parque, del Parque de las Lilas. Todos aquellos hombres de aspecto extraño, representantes militares de diversos países, como había dicho el hombre del turbante rojo, estaban interesados en averiguar el secreto del parque, y no sólo eso, sino que estaban excavando un túnel para introducirse en su interior.

—La misión es sencilla —dijo el hombre del turbante rojo—. La confiaremos a doce hombres seleccionados de los grupos especiales de asalto. Se trata de que se introduzcan en el parque y averigüen la localización exacta del *bodhi tree*. Una vez hecho esto, lo único que tendrán que hacer es destruirlo.

—¿Destruirlo? —dijo otro de los hombres—. ¡No tienen derecho a destruirlo!

—Este punto ha sido discutido de forma incesante durante los últimos meses —dijo el hombre del turbante—. Hemos llegado a esta resolución por mutuo acuerdo. La Alianza por la Paz...

—Nunca hablamos de destruirlo —dijo el hombre, que llevaba un traje color mostaza y parecía muy enfadado—. Ustedes no tienen derecho a hacer eso. Nadie tiene derecho a hacer eso. El *bodhi tree* pertenece a la humanidad...

—¿A la humanidad? —dijo el hombre del turbante rojo—. El *bodhi tree* es el arma más peligrosa que ha existido nunca. Su existencia es un escándalo...

—El señor Vasupati tiene toda la razón —le apoyó otro hombre, también con turbante—. Ningún país debería poseer un arma con tal capacidad de destrucción. Mientras esa abominación exista, todos estaremos siempre en peligro. Tiene que ser destruido. Es algo que deberían haber hecho las autoridades locales mucho tiempo atrás...

Fridolín se perdía entre las palabras cruzadas y las airadas voces de los participantes en la reunión, pero una cosa estaba clara: todos aquellos hombres sabían perfectamente cuál era el misterio del parque, lo sabían desde hacía tiempo, y era lógico pensar, por tanto, que las autoridades de Fléroe lo sabían también, quizá desde el principio. ¿Cómo habían conseguido guardar en secreto una cosa así durante tanto tiempo? Al parecer, en el interior de aquel parque había algo, no sabía qué, y no podía imaginar qué podía ser, que tenía un potencial de destrucción de inimaginables proporciones. Esa era la razón de que el parque estuviera cerrado y vigilado noche y día: el temor de que alguien pudiera entrar y apoderarse de esa arma temible. Pero ¿no sería más fácil destruir aquello, fuera lo que fuera, o al menos sacarlo del interior del parque y guardarlo en alguna cámara acorazada bajo tierra donde estuviera a salvo y no pudiera caer en manos indeseables?

–¡No tienen derecho a destruirlo! –afirmaba en esos momentos el hombre de la chaqueta color mostaza, que se había puesto de pie y golpeaba la mesa con las palmas de las manos–. Debe de ser puesto a disposición de todos los países aliados. Si su propósito es destruir el *bodhi tree*, entonces tendré que avisar de sus planes a las autoridades locales... Mi país...

En ese momento, Fridolín vio algo que le heló la sangre en las venas. El hombre del turbante rojo, el llamado Vasupati, había sacado una pistola de su chaqueta y apuntaba con ella al hombre que gritaba.

–¿Alguien más? –dijo con voz seca–. ¿Alguien más?

Hubo un largo silencio.

–La misión se llevará a cabo mañana –dijo Vasupati, todavía apuntando con la pistola al hombre de la chaqueta color mostaza–. Hasta entonces, me veré obligado a retenerle aquí. Usted podría hacer peligrar la misión de la Alianza por la Paz.

En ese momento se abrió la puerta y entraron los corpulentos Ozman y Bharat, que se acercaron al hombre de la chaqueta color mostaza, le cogieron cada uno de un brazo, como si se tratara de un muñeco y le sacaron de la habitación.

–Usted no tiene derecho a hacer esto –decía el hombre de la chaqueta mostaza, retorciéndose inútilmente entre las fuertes manos de Ozman y de Bharat–. ¡Va a crear un incidente diplomático!

—La Alianza por la Paz me ha otorgado plenos poderes —dijo el hombre del turbante rojo guardándose la pistola—. Esta misión es demasiado importante. La paz del mundo está en juego.

Cuando Ozman y Bharat salieron llevándose al hombre de la chaqueta color mostaza, que todavía gritaba y lanzaba improperios, el resto de la reunión quedó en silencio por espacio de unos segundos.

—¿Cómo sabemos que sus hombres destruirán el *bodhi tree*? —preguntó entonces otro de los presentes—. ¿Qué garantías podemos tener? Podrían, simplemente, cogerlo y quedárselo ustedes. Entonces ustedes serían la nación más poderosa de la Tierra, y todos los demás seríamos sus esclavos...

—Tendrán que confiar, entonces —dijo el hombre del turbante rojo—. La reunión ha terminado.

Todos salieron rápidamente y en silencio.

Fridolín esperó todavía unos diez minutos. La sala estaba completamente vacía, pero lo que había visto le había dado tanto miedo que no se atrevía a salir. Dejó pasar todavía más tiempo, hasta que el dolor que le producía estar en aquella postura incómoda se le hizo insoportable. Entonces abrió poco a poco la puerta metálica, salió de allí y corrió escaleras abajo hasta la habitación de Rani.

—Fridolín, ¿dónde estabas? —le dijo Rani al verle aparecer—. Estaba a punto de enviar a Ozman y a Bharat a buscarte.

Y cuando Fridolín pensó en la forma en que Ozman y Bharat habían sacado de la habitación al hombre de la chaqueta color mostaza, sintió que le recorría la espalda un escalofrío de terror.

El secreto del Parque de las Lilas

Al día siguiente, Fridolín se despertó enfermo. Le dolía la cabeza y el estómago y se sentía muy mal. Su madre le puso el termómetro, y tenía un poco más de treinta y ocho grados de temperatura.

—Hoy no vas al colegio —le dijo su madre besándole en la frente como para refrescarle—. ¿Quieres algo de desayunar? ¿Un vaso de leche?

Nada más oír la mención a la leche, Fridolín se levantó, corrió al baño y vomitó. Rosa Bonpensant pensó que había comido algo en la fiesta del día anterior que le había sentado mal.

Fridolín se pasó todo el día metido en la cama con fiebre y sin querer comer nada. Se sentía tan mal que no tenía ni ganas de leer, lo cual era extraño, porque Fridolín se pasaba el día leyendo.

Vomitó varias veces a lo largo del día, y al llegar la noche se encontraba un poco mejor y salió al salón para estar con la familia.

Durante la cena, Hugo Bonpensant solía poner las noticias de la televisión para enterarse de las cosas que pasaban en el mundo. Normalmente, Fridolín no les prestaba la menor atención. Pero ese día fue diferente, porque nada más encender la televisión, apareció en la pantalla un rostro que le resultaba más que conocido.

—¡Es el padre de Rani! —exclamó Fridolín.

El padre de Rani aparecía muy serio, rodeado de periodistas que extendían micrófonos hacia él. En letras amarillas, en la parte de abajo de la pantalla, se leía: «Embajador de la República de Lankapur».

—La República de Lankapur niega toda participación en el hecho —estaba diciendo—. La República de Lankapur es una fiel defensora de la paz y de la legalidad internacional. Si es cierto que hay súbditos de nuestro país implicados en el incidente, encaminaremos todos nuestros esfuerzos a localizarlos y a entregarlos a las autoridades.

—Pero ¿qué ha pasado? —preguntó Fridolín.

—Un grupo de seis soldados de un país extranjero ha intentado entrar en el Parque de las Lilas —dijo su padre.

—¿Y qué ha pasado? —preguntó Fridolín, con los ojos fijos en la televisión.

—Intentaban encontrar lo que hay dentro del parque, pero nuestros soldados los han interceptado y los han detenido. Y al parecer eran soldados de ese país, de Lankapur.

—¡Nuestros soldados son los mejores! —dijo Fridolín.

—Nuestros soldados son iguales que los demás —dijo su padre—. No seas tonto, Fridolín.

—Pero ¿por qué han entrado en el parque? Si es tan peligroso lo que hay dentro, ¿para qué querían encontrarlo? ¡Podrían morirse todos!

—Lo que hay en el parque es muy peligroso, pero también

da mucho poder —explicó su padre—. Por eso lo buscan. Hicieron un túnel muy profundo para intentar meterse en el parque, pero les sorprendieron. Están locos, porque aunque hubieran conseguido meterse en el parque, nunca habrían encontrado lo que buscaban.

En ese momento aparecía en la televisión una foto de un hombre con largos bigotes grises, gafas negras y turbante rojo. En letras amarillas, en la parte de abajo de la pantalla se leía: «Rudra K. Vasupati».

—Rudra K. Vasupati es el principal sospechoso —decía la voz del locutor—. Vasupati es un personaje con un historial oscuro y se ha visto envuelto en el pasado en diversos escándalos, entre ellos el tráfico de armas. Aunque no tuvo ningún cargo oficial durante la anterior dictadura de Lankapur, existen fuertes sospechas de que estuvo implicado en los intentos del dictador de comprar uranio ilegalmente para la fabricación de bombas atómicas.

—¿Qué quiere decir todo eso? —preguntó Fridolín.

—Quiere decir que es un tipo horrible, un indeseable, y que tendría que estar en la cárcel —dijo su padre.

Nada más ver la imagen del temible Vasupati en la televisión, Fridolín sintió que se ponía enfermo de nuevo. Sus padres vieron cómo palidecía intensamente y parecía que se mareaba y, un poco alarmados, apagaron la televisión.

—¿Te sientes peor? —le preguntó su madre—. Hugo, creo que deberíamos llevarle al hospital.

—No, no —dijo Fridolín—. Tengo que contaros una cosa. Una cosa que pasó ayer.

Rosa Bonpensant le dijo a Fridolín que esperara a que acostara a Freda, que estaba ya muerta de sueño y, mientras tanto, Hugo llevó a Fridolín al sofá del salón, le puso unos cuantos cojines para que estuviera cómodo y le abrigó con una manta de cuadros.

Y cuando su madre regresó de acostar a su hermana pequeña, Fridolín les contó a sus padres todo lo que había pasado el día anterior, cómo habían estado jugando al escondite y cómo él había decidido buscar un escondite donde Rani no pudiera encontrarle de ninguna manera, y había asistido sin quererlo a aquella reunión secreta de la llamada «Alianza por la Paz», dirigida por aquel mismo Vasupati que acababa de aparecer en la televisión. Les contó todo lo que habían dicho los asistentes a la reunión y cómo el hombre de la chaqueta color mostaza había dicho que no debían destruir el *bodhi tree* que estaba en el parque y Vasupati le había amenazado con una pistola y había hecho que los dos fornidos Ozman y Bharat se lo llevaran de allí.

Ahora sus padres estaban tan asustados como él mismo, y durante unos instantes ni Rosa ni Hugo Bonpensant supieron qué decir.

—Pero Fridolín —le dijo por fin su madre—, todo eso que nos cuentas es muy grave... Es una información que deberían conocer las autoridades... Deberíamos...

—¿Qué? —preguntó Hugo.

—Llevar al niño a la policía, que les cuente todo lo que vio... —dijo Rosa.

—¡Estás loca! —dijo el padre—. Nadie tiene que saber que Fridolín fue testigo de aquella reunión. Absolutamente nadie, nunca.

—Pero Hugo —dijo Rosa—, es un problema de seguridad nacional... ¡Es muy grave!

—Precisamente por eso —dijo Hugo. Y luego añadió, dirigiéndose a su hijo—: Fridolín, ¿le has contado a alguien lo que viste u oíste en aquella habitación?

—No.

—¿Seguro? ¿No le dijiste nada a Rani, ni a ninguno de tus amigos?

—No —dijo Fridolín.

—¿Y nadie te vio salir de allí?

—No.

—¿Seguro?

—Seguro. No había nadie.

—Muy bien —dijo Hugo—. Escucha, Fridolín, esa gente a la que viste y escuchaste son personas muy peligrosas. No le vuelvas a contar a nadie lo que nos has contado a nosotros, ¿entiendes? No hables de esto con nadie, ni con tus amigos, ni con Rani, ni con nadie, ¿de acuerdo?

—Sí, papá —dijo Fridolín, que estaba ahora más pálido que antes todavía.

—Estás asustando al niño —dijo Rosa.

—Prefiero que se asuste ahora —dijo Hugo—. Fridolín, no te va a pasar nada, no te preocupes, porque nadie te vio entrar ni salir en ese sitio, pero no puedes hablar de esto con nadie. Si esa gente llegara a enterarse de que había un testigo de su reunión, alguien que pudiera reconocerles, tu vida podría correr peligro... Podrían raptarte... ¿Lo entiendes?

—¡Hugo! ¡Ya es suficiente! —dijo Rosa—. ¡No es más que un niño!

Los tres quedaron en silencio durante un rato.

—Pero ¿qué es eso de lo que estaban hablando? —preguntó Fridolín por fin—. ¿Qué es el *bodhi tree*? ¿Vosotros lo sabéis?

—Lo mejor es que te olvides de todo lo que oíste en ese sitio —le dijo su madre—. Como si lo hubieras soñado, Fridolín. No vuelvas a pensar en eso.

—El *bodhi tree* —dijo su padre suspirando profundamente—, significa «El árbol de la iluminación». Así le llaman al árbol Bo.

—Hugo, no le hables de eso al niño —dijo la madre de Fridolín, que parecía muy nerviosa—. ¡Déjale en paz!

—Es el árbol que concede los deseos —continuó su padre—. El árbol de las manzanas de oro que dan la inmortalidad.

—¡Lo sabía! —dijo Fridolín—. Es el árbol que le dijo el Buda al viejo jardinero. Pero ¿ese árbol existe de verdad?

—Sí, hijo, sí existe —dijo Hugo Bonpensant—. Existe, y está dentro del Parque de las Lilas. El árbol Bo tiene el aspecto de un árbol corriente, pero cuando uno se sienta a su sombra y pide un deseo, sea lo que sea, ese deseo se hace realidad.

—¿Sea lo que sea? —preguntó Fridolín.

—Sea lo que sea.

—¿Y yo podría desear, por ejemplo, ser un pájaro?

—Sí —dijo su padre—. Cualquier cosa.

—¿Y me convertiría en un pájaro?

—Seguramente.

—¿Y podría desear ser el rey de un país?

—Claro —dijo su padre sonriendo—. Eso es mucho más fácil que convertirse en pájaro.

—¿Y ser el jefe de una fábrica de chocolate?

—Eso es más fácil todavía —rió su padre—. Es el árbol de los deseos, Fridolín. Concede cualquier cosa que le pidan. Y si uno come de sus frutos, alcanza la inmortalidad.

—¿Qué es la inmortalidad?

—La inmortalidad quiere decir que no te mueres nunca. Que vives para siempre, para siempre, para siempre. Por eso nadie se atreve a comer esas frutas.

Fridolín quedó en silencio.

—¿Y eso es lo que hay dentro del parque? —preguntó Fridolín—. ¿Esa es la razón de que el parque esté cerrado y que no dejen a nadie entrar allí?

—Exactamente —dijo su padre.

—¿Entonces no hay monstruos... ni bombas... ni nada de eso...?

—No, Fridolín, no hay nada de eso. Lo que hay dentro del parque es el árbol Bo, el árbol de los deseos.

—¡Hugo, déjalo ya! —dijo Rosa Bonpensant muy nerviosa—. Fridolín está muy cansado y tiene que irse ya a la cama.

—Pero ¿por qué es tan peligroso el árbol Bo? —preguntó Fridolín.

—El árbol concede todos los deseos —dijo su padre—. Imagínate lo que podría hacer una persona malvada si llegara hasta él... Podría pedir que hubiera una epidemia, o provocar un terremoto, o que se destruyera una ciudad entera... El árbol Bo es realmente peligroso, Fridolín, porque concede todos los deseos, los buenos y los malos... El árbol Bo da el poder ilimitado para hacer el bien o el mal...

—Entonces cualquiera podría ir hasta allí y...

—Sí —dijo Hugo Bonpensant—. Pero no es tan fácil, porque una vez dentro del parque, no hay manera de encontrar el árbol. Los mapas no sirven de nada, y tampoco haber sabido el camino alguna vez, porque el parque cambia continuamente según los deseos y los pensamientos de los que caminan por él, ¿te das cuenta?... Esta es la forma que tiene el árbol de protegerse a sí mismo. Pero hay un tipo de personas que son capaces de encontrar el camino del árbol una y otra vez. Se les llama *acechadores*, o más bien se les llamaba, porque ya no queda ninguno...

–Hugo, te lo suplico –dijo Rosa–. Déjalo ya.

–Los acechadores son los que saben llegar al árbol, los que guían a los otros para que puedan llegar hasta el árbol. ¿Sabes lo que es acechar? Es lo que hacen los cazadores. Los cazadores acechan a sus presas. Las vigilan, intentan averiguar por dónde se mueven, buscan sus rastros, sus huellas, su olor... Y eso es lo que hacen también los acechadores del parque... Pero lo hacen con el árbol Bo, porque el árbol Bo no está siempre en el mismo sitio y no tiene siempre la misma apariencia... ¿Lo entiendes?

–Más o menos –dijo Fridolín–. Entonces, un acechador es algo así como un explorador, ¿no?

–Sí, algo parecido –dijo Hugo–. Un explorador de árboles. Así se le podría llamar. Un buscador. Un guía.

–Ya basta –dijo Rosa Bonpensant–. Fridolín ahora se va a ir a la cama.

Cuando se ponía tan firme, todo el mundo en la casa sabía que era inútil discutir. Y ese fue el fin de la conversación.

Pensamientos

Durante los días siguientes, Fridolín pensó mucho sobre las cosas que le había contado su padre. Y poco a poco una idea se iba formando en su mente.

Me gustaría entrar en el Parque de las Lilas para buscar el árbol Bo, se decía una y otra vez.

Se pasaba los recreos solo, dando vueltas por entre los árboles del patio y pensando cómo sería el árbol Bo y si él sabría reconocerlo si lo viera.

En la clase todos los compañeros de Fridolín estaban muy excitados porque la mayor parte de ellos habían visto al padre de Rani en la televisión. Los medios de comunicación llevaban varios días hablando de la noticia de los seis soldados de Lankapur que habían sido atrapados cuando intentaban introducirse en el parque, y el padre de Rani había aparecido también en los periódicos y en las portadas de las revistas.

Los periódicos y la televisión habían dicho que habían capturado a seis soldados de Lankapur intentando entrar en el parque, pero en la reunión secreta de la embajada, Vasupati había dicho con toda claridad que iban a enviar a doce soldados de los cuerpos especiales. Entonces, ¿qué había pasado con los seis soldados a los que no habían capturado?

Había varias posibilidades. Una, que sólo hubieran mandado seis soldados después de todo. Otra, que las autoridades hubieran detenido a los doce soldados pero hubieran difundido una noticia falsa. La tercera posibilidad era que sólo hubieran sorprendido a seis de los soldados y que los otros seis hubieran logrado entrar en el parque con éxito. A lo mejor el plan había sido elaborado así desde un principio, pensó Fridolín: seis de los soldados tenían que actuar como señuelo para distraer a los vigilantes del parque y permitir así que los otros seis pudieran entrar sin problemas. A lo mejor había sido decidido desde el principio que aquellos seis soldados fueran atrapados. Se sacrificaba a aquellos seis, por así decir, para que los otros seis pudieran completar la misión.

Y pensaba que quizá en aquellos momentos había seis soldados de Lankapur perdidos en el interior del Parque de las Lilas. Y este pensamiento le llenaba de curiosidad y de inquietud. ¿Tendrían a algún explorador de árboles, a alguno de aquellos míticos *acechadores* con ellos? ¿Sabrían siquiera de la existencia de los acechadores? ¿Habrían logrado llegar hasta el árbol de los deseos? ¿Habrían logrado destruirlo?

A lo mejor, se decía Fridolín, en aquellos momentos el árbol Bo ya no existía. A lo mejor había sido cortado, quemado, reducido a cenizas...

Pero Fridolín también tenía otras cosas en que pensar porque, al contrario de lo que había llegado a creer, la situación entre sus padres no había cambiado en absoluto. A veces, desde su cuarto, Fridolín les oía discutir. A veces oía cómo su padre gritaba y cómo su madre lloraba. Se iban a la cocina para hablar para que los niños no les oyeran, pero a veces hablaban tan alto que sus voces, distantes e ininteligibles, se filtraban a través de las paredes.

Hugo estuvo bastante enfermo casi toda esa semana. Claro que como ahora Fridolín sabía en qué consistía realmente su enfermedad, ya no se acercaba a su cuarto para verle ni hablarle, y luego, cuando salía, casi le daba vergüenza mirarle a los ojos.

Al final de la semana, Hugo Bonpensant se marchó de la casa familiar. Rosa ya había hablado con los niños unos días antes y les había explicado que papá se iba a ir a vivir a otro sitio, que ya no viviría más con ellos, y que podrían verle los fines de semana. Les había explicado también que su padre les quería igual que siempre, y que él siempre sería su papá, y que se iba de casa porque papá y mamá ya no querían vivir juntos.

—Y ¿dónde va a vivir ahora papá? —preguntó Freda muy seria.

—Primero va a vivir en un hotel —dijo su madre—. Luego, se buscará otra casa.

—Pero no es verdad que no queréis vivir juntos —le dijo Fridolín a su madre—. Eres tú la que no quiere que papá viva aquí. ¡Tú le quieres echar, y no tienes ningún derecho!

—Fridolín... —comenzó a decir su madre—. Yo sólo quiero lo que sea mejor para todos...

—¡Eso es mentira! —dijo Fridolín—. Si está enfermo, ¿por qué no le ayudas a curarse, en vez de echarle de casa?

—Fridolín —dijo su madre—, nadie puede ayudarle a curarse si él no quiere. Es una decisión que tiene que tomar él solo. Lo único que yo puedo hacer es demostrarle que si no toma una decisión, yo no le voy a permitir que siga viviendo aquí con nosotros. ¡No sé qué otra cosa puedo hacer!

—¡Eres muy mala! ¡Has echado a papá de casa, y te odio! —dijo Fridolín.

Entonces su madre se puso a llorar, y fue imposible continuar la conversación. Freda miraba a uno y a otro, sin acabar de entender lo que estaba pasando, pero cuando vio que su madre se echaba a llorar, se puso a llorar ella también.

Hugo Bonpensant se fue de la casa el viernes siguiente, cuando los niños ya estaban acostados. Esa noche se despidió de ellos como siempre, les contó un cuento antes de acostarse y les dio un beso y les deseó buenas noches, pero a la mañana siguiente, cuando Freda y Fridolín se despertaron, su padre ya no estaba en casa, y en la mesa del desayuno había sólo tres platos y tres tazas.

El hotel de la calle de la India

Fridolín decidió que no pensaba esperar hasta el sábado siguiente para hablar con su padre. Además, su madre le advirtió que él y su hermana verían a su padre los fines de semana siempre y cuando Hugo «estuviera bien», y que ese era el trato. Si Hugo seguía sin beber, entonces podría ver a los niños. Si bebía, no podría verles.

Fridolín quería hablar con su padre. Quería que le siguiera contando cosas del parque y de aquellos extraordinarios exploradores de árboles que eran los acechadores. También sentía curiosidad por conocer ese hotel en el que, según les había contado su madre, vivía ahora Hugo Bonpensant. Porque Fridolín no había estado nunca en un hotel, y tampoco había pensado nunca que uno pudiera alojarse en un hotel en su propia ciudad.

Sabía la dirección porque Hugo se la había dejado apuntada a su madre en un trozo de papel que había colocado debajo del despertador de la mesilla de noche: calle de la India, 234.

Fridolín tenía algún dinero ahorrado del que le daban en Navidad y durante los cumpleaños. Lo guardaba dentro de un bote de galletas que estaba debajo de la cama. De modo que buscó su tesoro, lo abrió y se puso a contar el dinero que había allí dentro, unos cuantos billetes arrugados y un montón de monedas de cobre, de latón y de níquel. En total, sumando billetes y monedas, había doce táleros y cuarenta y cinco centavos. Como no sabía cuánto costaban las cosas, no tenía la menor idea de si aquello era mucho o poco dinero. Pero como no tenía más, se dijo, aquello debería bastar.

Luego arrancó una hoja de su cuaderno, cogió un rotulador azul turquesa, su color favorito, y escribió, después de pensárselo durante unos instantes: «No te preocupes, mamá. Volveré pronto». Firmó «Fridolín Bonpensant» y dejó el papel en su mesilla de noche, apoyado contra la lamparita para que quedara bien a la vista. Aprovechó un momento en que su madre estaba ocupada bañando a su hermanita para escabullirse fuera de casa. Así fue como Fridolín se escapó por segunda vez.

Cuando salió de su casa, estaba anocheciendo. Fridolín bajó hasta la avenida principal, fue hasta la parada de taxis y se metió en el primero de la fila.

—Voy a la calle de la India, número 234 —le dijo al taxista.

—¿No eres muy pequeño para ir por ahí tú solo de noche? —le preguntó el taxista, que era un hombre mayor que debía de tener hijos y nietos.

—Es un hotel —explicó Fridolín—. Mi padre me está esperando allí.

El taxista no sabía dónde estaba la calle de la India, y tuvo que consultar el callejero para averiguarlo. El viaje resultó interminable. El taxi atravesó todo el centro de la ciudad, cruzó el río, siguió atravesando calles y calles y luego comenzó a deslizarse por zonas residenciales, con casitas de dos pisos cada una con su jardín, su tilo o su magnolio. Muchas de las ventanas estaban iluminadas, y Fridolín pensó ilusionado que a lo mejor su padre se había ido a vivir a algún pequeño hotel situado en alguna de aquellas casas tan agradables, y que tendría una gran habitación con vistas al jardín y una gran cama con escaloncitos para subir, y que él podría pasar allí la noche y a la mañana siguiente podría jugar en el jardín, y hacerse amigo de los otros niños que también estuvieran el hotel. Pero el taxi atravesó estos barrios residenciales y siguió hacia delante, hasta llegar a uno de los suburbios de la ciudad.

Fridolín no había estado nunca en un lugar como aquel. Era un barrio pobre y feo. Las fachadas de las casas estaban desconchadas y rotas, y había grandes solares vacíos entre casa y casa llenos de escombros y cascotes. Muchas de las farolas estaban rotas, y la basura se amontonaba en las esquinas en grandes montones de bolsas negras, sin que nadie, al parecer, se molestara en recogerla. Había algunos locales abiertos, de los cuales salía una música chillona y estridente, y en las aceras había grupos de hombres con aspecto extraño que charlaban y bebían botellas de cerveza.

—¿Nos hemos perdido? —preguntó Fridolín—. ¿Está seguro de que es por aquí?

—Sí, hijo —dijo el taxista—. Esta es la calle de la India. Ahora tenemos que buscar el número 234. ¿Estás seguro de que el hotel de tu padre está por aquí?

—Por supuesto que sí —dijo Fridolín, aparentando una seguridad que no sentía.

Por fin llegaron al número 234 de la calle de la India. Era un edificio de cemento de dos pisos, con una bandera en la puerta. No parecía un hotel, sino más bien un refugio. Un refugio para mendigos, eso era lo que parecía aquel lugar. En la puerta no ponía la H azul de los hoteles, ni había tampoco ningún nombre escrito con letras de neón como Fridolín había visto en los grandes hoteles del centro de Fléroe.

Fridolín y el taxista observaron el extraño lugar a través de las ventanillas del vehículo. Frente a la entrada había una mujer muy vieja y muy despeinada, vestida con un abrigo viejo, que fumaba un cigarrillo y charlaba con un hombre sentado en una silla de ruedas. El hombre de la silla de ruedas tenía un parche negro en un ojo, como un pirata, y una botella de licor en la mano de la que daba largos sorbos de vez en cuando. Fridolín no podía ver si le faltaba una pierna o era que la tenía doblada por debajo del cuerpo.

—Esto no es un hotel, hijo —le dijo el taxista, volviéndose a mirar al niño con gesto preocupado—. Esto es un refugio para indigentes. ¿Es este el sitio que buscas?

—¿Qué son indigentes? —preguntó Fridolín.

—Mendigos, personas sin casa... vagabundos, ya sabes... borrachos...

—Sí, aquí es donde vengo —dijo Fridolín sintiendo que se le caía el alma a los pies, pero intentando aparentar seguridad—. Gracias por traerme.

El taxímetro marcaba doce táleros y veinte centavos, casi la cantidad justa que Fridolín llevaba en el bolsillo.

—Mira —dijo el taxista—. Voy a entrar contigo. Quiero asegurarme de que hay alguien aquí que pueda ocuparse de ti.

De modo que el taxista entró con Fridolín en el lúgubre edificio, que estaba lleno de personas extrañas, hombres con largas barbas, mujeres despeinadas y con la cara roja de estar al sol, todos con ropas viejas y llenas de costurones, algunos con muletas o con bastones, muchos de ellos enfermos, tosiendo o rascándose extraños sarpullidos en el rostro o en el cuello. Fridolín nunca había estado en un lugar tan extraño. Le pareció que había llegado al infierno. La luz en el interior del vestíbulo era macilenta, una luz verdosa y triste que hacía parecer a todos los que estaban allí todavía más viejos y enfermos de lo que estaban en realidad. Había un mostrador y un hombre detrás del mostrador que les dijo, sin el menor asomo de amabilidad, que Hugo Bonpensant estaba allí, en efecto, en la sala 4, segundo piso.

El taxista quería acompañar a Fridolín, pero el niño le aseguró que su padre le estaba esperando y que ya no necesitaba su ayuda. De modo que Fridolín subió las escaleras hasta llegar al segundo piso, y una vez allí se puso a buscar la sala 4, que era una gran habitación iluminada por dos bombillas ralas que colgaban del techo y en la que había doce camas, seis a cada lado. Eran camas muy sencillas: un somier de hierro y un colchón. A cada uno de los indigentes que iban allí les daban una manta de color gris para pasar la noche. Algunos estaban ya acostados, tumbados en el colchón y dormitando con la luz encendida. Otros fumaban y charlaban. Alguno se cosía un jersey o unos pantalones de repuesto. Dos de ellos jugaban a las cartas sobre una de las camas.

Fridolín descubrió enseguida a su padre. Estaba tumbado en una de las camas del fondo, completamente vestido y con los zapatos puestos, durmiendo con la boca entreabierta. Tenía un aspecto horrible: no se había afeitado en dos días, y era evidente que había estado bebiendo. Tenía el rostro enrojecido y el aliento le olía a vino barato y rancio. Cuando Fridolín se acercó a la cama, tropezó con un par de botellas vacías que enseguida rodaron debajo del somier.

—Papá —dijo Fridolín agitando a su padre para despertarle—. ¡Papá, despierta!

Pero Hugo había bebido mucho y estaba muy profundamente dormido. Fridolín no sabía qué hacer con aquel cuerpo inerte. Volvió a agitarle con fuerza para intentar despertarle, pero su padre ni se movió. Hubo un momento en que pareció que iba a abrir los párpados, pero Fridolín sólo vio el blanco del ojo y luego, por espacio de un instante, una pupila turbia que miraba sin ver, y de nuevo los ojos se cerraron.

Había una manta plegada a los pies de la cama. Fridolín la desdobló y cubrió a su padre hasta los hombros. Luego pensó en quitarle los zapatos, pero los cordones parecían haberse mojado y estaban como soldados entre sí, y no lograba desatarlos.

Luego se sentó en el borde de la cama y se puso a esperar. ¿A esperar qué? Era probable que su padre no se despertara hasta el día siguiente. Tendría que pasar también él la noche en aquel lugar horrible. Seguramente podría acurrucarse al lado de su padre, pero sabía que no podría pegar ojo en toda la noche. No estaba acostumbrado a dormir vestido, y además la luz estaba dada y le asqueaba el olor de su padre, una mezcla de suciedad, sudor y vino rancio.

El hombre que estaba tumbado en la cama de al lado comenzó a revolverse. De pronto se despertó de un golpe, se incorporó en la cama y se puso las gafas, todo en un mismo gesto.

—¿Qué haces tú aquí? —dijo mirando a Fridolín. Era un hombre mayor, de largos cabellos grises, y también estaba totalmente vestido y calzado.

—No hago nada —dijo Fridolín desafiante.

El hombre se inclinó por el lado de la cama, estiró el brazo y sacó de debajo de la cama una enorme maleta vieja y llena de raspones. Cuando comprobó que la maleta seguía allí, volvió a empujarla hacia dentro.

—No se te ocurra tocar mi maleta —dijo el hombre.

—No me interesa su maleta —dijo Fridolín.

—Chico, no te enfades. No quería entrometerme, es que me extraña que un niño... ¿Eres tú algo de...? ¿No serás tú el hijo de Hugo?

—Sí, soy su hijo.

—¿Eres Fridolín? —preguntó el hombre.

—Sí.

—Encantado —dijo el hombre—. Encantado de conocerte, Fridolín Bonpensant. Yo soy Arbach, Luis Arbach, pero todos me llaman Abraxas.

El hombre le estrechó la mano. Cuando sonrió, Fridolín vio que le faltaban varios dientes.

—Yo soy amigo de tu padre —dijo Abraxas—. Somos amigos hace muchos años.

—¿Usted es amigo de mi padre? —dijo Fridolín—. ¿Usted también es poeta?

—No —rió Abraxas—. No, hijo no... Ahora soy un simple borracho, ¿lo ves?

Y señaló las botellas vacías que había debajo de la cama de Hugo.

—Nunca bebas —le dijo Abraxas a Fridolín—. ¿Ves lo que

pasa a los que se ponen a beber? Ya no pueden parar. Pierden a sus amigos, pierden a su familia, pierden su casa... Y no pueden parar...

—¿Usted también ha perdido a su familia? —preguntó Fridolín.

—No —dijo Abraxas—. Yo no tengo familia. Pero he perdido otras cosas. A lo mejor si no bebiera podría haber tenido una familia. Quién sabe...

—¿Dónde conoció usted a mi padre? —dijo Fridolín.

Abraxas pareció pensar muy profundamente antes de contestar. Miró a Hugo, que roncaba pacíficamente sin darse cuenta de nada, y luego miró a Fridolín con atención.

—Le conocí hace muchos, muchos años —dijo bajando la voz—. Él tenía entonces dieciséis o diecisiete años, y yo tenía veinticinco o así. Eramos jovencitos, él casi era un niño.

—¿Y desde entonces han sido amigos?

—Sí —dijo Abraxas—. Hemos sido mucho más que amigos, hijo. ¿Tu padre no te ha contado nada?

—¿De qué? —preguntó Fridolín.

Abraxas volvió a mirar a Hugo con un gesto extraño que Fridolín no supo cómo interpretar.

—¿Entonces tú no sabes nada? ¿Nunca te habló tu padre de mí?

—No —dijo Fridolín cada vez más intrigado.

—¿Y de Stefan? ¿De Reus? ¿De Walla? ¿Nunca te ha hablado de nosotros? ¿Stefan, Reus, Walla, Abraxas... Waldstein...? ¿Nunca has oído esos nombres?

—No, nunca —dijo Fridolín.

—Entonces tú no sabes quién era tu padre —dijo Abraxas pensativo.

Fridolín no sabía qué contestar.

—Yo conocí a tu madre hace muchos años —dijo Abraxas—. Yo fui quien se la presentó a tu padre, ¿sabes? Rosa Bellefleur, que luego se convirtió en Rosa Bonpensant.

—¿Usted conoce a mi madre? —se asombró Fridolín.

—Escucha —dijo Abraxas mirando a izquierda y derecha—, aquí no te puedes quedar. Este no es un sitio seguro para un niño. Ni siquiera es seguro para una persona mayor. Hay gente muy mala aquí, gente que espera a la noche para robar, gente que tiene cuchillos y navajas... ¿Sabe tu madre que estás aquí?

—No —dijo Fridolín—. Me he escapado de casa.

—No puedes quedarte aquí, chico. Tienes que volver a tu casa. Tu padre está muy... está muy dormido... A ese no hay quien le despierte hasta mañana...

—No sé volver a mi casa —dijo Fridolín.

—Vamos —dijo Abraxas—. Yo te acompañaré. Por lo menos te acompañaré hasta donde puedas coger un taxi que te lleve de vuelta a tu casa. Y por el camino te contaré la historia.

—¿Qué historia? —preguntó Fridolín.

—¡Mi historia, hombre! —dijo Abraxas—. Y la historia de tu padre, claro está. Te contaré quién es tu padre en realidad. Te contaré qué es lo que le pasó, porque tú tienes que saberlo, y si yo no te lo cuento a lo mejor nadie te lo cuenta nunca, y eso, créeme, sería una pena.

Abraxas se bajó trabajosamente de la cama y sacó, con no menos trabajo, la enorme maleta que tenía debajo.

—¿Se va a llevar la maleta? —preguntó Fridolín extrañado—. ¿No la deja aquí?

—¡Esta maleta va conmigo a donde yo voy! —dijo Abraxas

riendo con su boca desdentada–. Aquí están los relojes que vendo. Son relojes falsos, chico, pero es mi medio de vida... Y si los dejo aquí sólo un minuto, ya sabes... –añadió, haciendo un gesto en el aire con los dedos–: desaparecen...

La historia de Abraxas

—Esta historia sucedió hace muchos años, antes de que tú nacieras. Tu padre y yo éramos jóvenes aunque, como te he dicho antes, él era mucho más joven que yo. En esa época el Parque de las Lilas ya estaba cerrado, y circulaban toda clase de leyendas sobre lo que había allí dentro. Se decía que había una zona contaminada, que habían estado haciendo experimentos con uranio y con plutonio y que el parque estaba lleno de radiactividad. Otros aseguraban que había un monstruo. O muchos monstruos. ¡Qué tonta puede llegar a ser la gente a veces!

»Pero dentro del parque no hay ningún monstruo, como tú ya debes de saber... Porque tú ya sabes lo que hay en el parque, ¿no?

—Sí —dijo Fridolín—. Mi padre me lo dijo.

—*Bodhi tree* —dijo Abraxas semicerrando los ojos—. El árbol Bo... Muchos pensaban que era necesario destruir el árbol de los deseos, pero hacer tal cosa es más difícil de lo que parece. Acercarse a las proximidades del árbol era ya peligroso. Fíjate en lo que sucedió una vez. Se decidió destruir el árbol, y enviaron a varios soldados para que lo cortaran, lo redujeran a leña y lo quemaran. Y ¿qué es lo que sucedió? El primer soldado, nada más llegar a la sombra del árbol, deseó que los otros soldados murieran, y los otros soldados cayeron muertos al instante. Y este soldado comenzó a pedir cosas, riquezas, las cosas más extravagantes que te puedas imaginar. Y es que cuando uno llega a la sombra del árbol, alcanza el poder total, y el poder total destruye a los hombres que no se han conquistado a sí mismos.

Iban andando lentamente por las calles. Abraxas caminaba con dificultad. Ya no era una persona joven, y le costaba cargar con el peso de la maleta llena de relojes falsos.

—Pero ¿qué tiene todo eso que ver con mi padre? —preguntó Fridolín.

—Pasaron los años —siguió diciendo Abraxas, hablando entre jadeos—. El parque seguía cerrado, y entonces empezó a cambiar. Empezó a transformarse. Las expediciones militares que vigilaban el árbol se perdían, hubo accidentes terribles, porque los soldados veían a otros soldados de frente que les disparaban y entonces abrían fuego y se mataban unos a otros. Los mapas del parque ya no servían. El parque se transformaba de acuerdo con los sueños, los deseos y los miedos de las personas que estaban en él, y ya nadie sabía a ciencia cierta dónde estaba el árbol Bo.

»Entonces aparecieron los acechadores. ¿Ya sabes lo que es un acechador?

—Sí —dijo Fridolín—. Los exploradores de árboles. Los que saben encontrar el camino...

—¡Chico, tú sabes mucho! —dijo Abraxas—. ¿Quién te ha contado todo eso? Los acechadores eran los únicos que sabían orientarse por el interior del parque y encontrar cada vez el camino del árbol de los deseos. La actividad de los acechadores era ilegal, por supuesto, porque estaba terminantemente prohibido entrar en el parque, pero nosotros sabíamos cómo entrar... Teníamos nuestras formas de hacerlo...

—¿Has dicho «nosotros»? —dijo Fridolín.

Abraxas sonrió de nuevo mostrando su dentadura llena de huecos y se detuvo un poco, jadeante.

—Sí, nosotros —dijo Abraxas dejando la maleta en el suelo para descansar y secándose el sudor de la frente con la manga—. Tu padre y yo, y Walla, y Waldstein, y Reus... Todos nosotros éramos acechadores... Éramos los únicos que sabíamos cómo encontrar el árbol de los deseos. Waldstein tenía un perro, Brabante, un gran perro negro, y nunca se separaba de él. Creo que Brabante le ayudaba a acechar. Pero el mejor de todos, el maestro de todos nosotros, era tu padre, Hugo Bonpensant.

—¿Mi padre? —dijo Fridolín.

—Claro, Fridolín. Tu padre era el mejor de todos los acechadores porque era el que tenía el corazón más puro. Era ligero como un pájaro, y siempre estaba sonriendo. Hizo muchos viajes al árbol de los deseos y jamás pidió nada. ¿Te puedes imaginar lo difícil que es eso?

—Pero ¿por qué no pedía nada? —preguntó Fridolín.

—Es difícil contestar a eso —dijo Abraxas frunciendo el ceño—. El que ya no desea nada, es libre, ¿te das cuenta? Los acechadores no van al árbol de los deseos para cumplir sus deseos, sino para ayudar a otros a que los realicen.

»Tu padre conoció a Rosa Bellefleur, y se casaron. Hacían una pareja maravillosa. Durante unos años todo fue bien, aunque a Rosa, tu madre, no le gustaba que tu padre fuera acechador. Le decía que aquello tendría que terminar en algún momento, que era una ocupación muy peligrosa. Y era cierto. Los soldados tenían orden de dispararle a cualquiera que pillaran dentro del parque o intentando entrar en él, dispararle sin preguntar, y disparar a matar. Cada vez que tu padre entraba en el parque, tu madre se pasaba días llorando y sin poder dormir. Pero tu padre no podía dejar sus visitas al árbol de los deseos. Aunque no pedía nada, llevar a otras personas hasta la sombra del árbol era lo único que le hacía feliz.

»Sin embargo, no quería que tu madre viviera perpetuamente preocupada, y por eso comenzó a escribir poemas, con idea de convertirse en un escritor. Escribió muchos poemas en los que contaba las cosas que sentía en sus viajes al árbol de los deseos, y luego con ellos hizo un libro, y lo publicó. Tu madre se puso muy contenta, porque pensó que tu padre poco a poco iría abandonando sus viajes al árbol de los deseos y acabaría por tener una vida normal.

»Pero no era eso lo que iba a suceder. El hermano de tu padre, tu tío Havelgar, se puso enfermo. Era su hermano mayor, y tu padre le quería muchísimo.

—Nunca conocí al tío Havelgar —dijo Fridolín.

—Claro que no le conociste. Murió antes de que tú nacieras.

—Tampoco me hablaron nunca de él —dijo Fridolín.

—Escucha. Tu tío Havelgar estaba muy enfermo. En unos pocos meses perdió mucho peso. Tenía un cáncer, y los médicos dijeron que le quedaban unos pocos meses de vida. Tenía unos dolores terribles día y noche, y no había calmante que pudieran darle para aliviárselos. Tu padre estaba loco de desesperación viendo a su hermano en ese estado. Entonces decidió hacer lo que no había hecho nunca antes: pedir un deseo al árbol de los deseos. Y no puedes imaginarte lo que pasó...

—¿Fue al árbol de los deseos y el deseo no funcionó? —preguntó Fridolín—. ¿Y entonces se dio cuenta de que en realidad el árbol de los deseos era sólo una fantasía?

—¡No! —dijo Abraxas riendo de buena gana—. Esta es una historia muy triste y no debería reírme, pero... ¡muchacho, qué imaginación tienes! No, no, no es así como sucedió.

»Escucha. Cada persona tiene derecho a pedir tres cosas cuando llega a la sombra del árbol de los deseos. También puede comer de la fruta dorada y convertirse en inmortal, pero créeme, en todos mis viajes al árbol, jamás he conocido a nadie que deseara comer esa fruta.

—¿Ah, no? —se extrañó Fridolín.

—Tu padre decidió, por tanto, ir hasta el árbol de los deseos y pedir que su hermano se curara. Y fue allí, él solo. Y regresó a los dos días. Muy pálido, muy serio.

—No había conseguido encontrar el árbol.

—Sí, sí, claro que lo encontró. Lo encontró, llegó hasta su sombra y pidió no uno, sino tres deseos.

—¿Tres deseos?

—Sí. Pidió los tres deseos a los que tenía derecho en su vida.

—Y ¿qué pasó?

—Fíjate, Fridolín. Pasó lo siguiente. Al regresar tu padre del Parque de las Lilas, a los pocos días ganó la lotería... un montón de dinero... y con ese dinero tus padres pudieron comprar la tienda de flores y la casa donde tu familia vive ahora... Y al poco tiempo, ganó un importante premio de poesía... ah... estoy viejo... ya no recuerdo qué más pasó... Pero una cosa es segura, su hermano Havelgar, tu tío, murió dos meses más tarde en medio de terribles dolores...

–Entonces el árbol no funciona siempre –dijo Fridolín aterrado.

–No, Fridolín –dijo Abraxas deteniéndose y cogiendo a Fridolín del hombro–. Lo que pasó fue que tu padre pidió tres deseos para él, pero no pidió por su hermano. Nada más ponerse debajo de las ramas del árbol y empezar a pensar en todo lo que podría conseguir se olvidó de su hermano, se olvidó de su dolor, se olvidó de lo mucho que le quería... porque el árbol de los deseos es así de terrible, Fridolín... Por eso no dejan que nadie se acerque a él. ¿Lo entiendes ahora? Tu padre podía haber salvado a su hermano pidiendo por su vida... pero no lo hizo...

»Cuando tu padre regresó del parque, era un hombre destrozado... Ganó un montón de dinero, compró la tienda y la casa, y todavía le quedaba mucho dinero. Pero estaba tan avergonzado que entregó el resto para un hospital de niños... Ganó el premio de poesía, y eso le podría haber ayudado en su carrera como escritor, pero ya no volvió a escribir más poemas... El remordimiento se pegó a él como una sombra negra, y ya no le dejaba ni de noche ni de día, porque se pasaba todo el tiempo pensando que podía haber salvado a su hermano y no lo había hecho.

»Entonces empezó a beber. Menos mal que tu madre tenía la tienda de flores. Si no, ¿de qué habríais vivido todos estos años? Tu padre se convirtió en un alcohólico... Tú acababas de nacer, al poco tiempo nació tu hermanita... pero ni siquiera la alegría de tener hijos logró salvarle... Había perdido todo el respeto por sí mismo... Y esa es la historia.

Fridolín no dijo nada durante un largo rato.

—Pero ¿cómo lograbais meteros dentro del parque, con todos los soldados y los tanques y todo eso?

Abraxas rió por lo bajo.

—Mira... los acechadores teníamos nuestra forma de hacerlo. Hay algunos pasajes que sólo nosotros conocíamos. La mayor parte de ellos están cerrados, fueron descubiertos y los cegaron... Uno de los que más usábamos estaba en el palacio Molinet... es un edificio muy grande, que está casi pegado al parque... allí, en el jardín de detrás, detrás del pabellón del jardín, hay un pasadizo que lleva al interior del parque...

—¿En el palacio Molinet? —se asombró Fridolín.

—Era el que más usaba tu padre —dijo Abraxas—. Pero seguro que está cegado también... Yo usaba mucho uno que está en un túnel del metro... en la línea 7, entre Cordamor y Valiant, hay una puertecita redonda por la que... Pero bueno, olvidémonos de todo eso... Los viajes al árbol de los deseos son ya una cosa del pasado, Fridolín... Los acechadores han sido todos destruidos, aniquilados, o se han destruido a sí mismos... De todos nosotros, Cristóbal Reus es el único que lleva una vida normal. Vive en Bonapreus, donde tiene una tienda de bicicletas, y le va muy bien... De Stefan hace años que no sé nada... A Walla la atraparon saliendo del parque, y desapareció... cuando atrapan a alguien saliendo del parque lo encierran de por vida, porque no saben qué es lo que ha pedido, no saben de lo que es capaz... A Waldstein lo hirieron en una de las entradas, le vieron desde el aire, y él escapó hacia el interior del parque... cogieron a los otros, a los que iban con él, pero a él no lograron cogerle y, claro está, no podían seguirle... nadie puede entrar en el interior del parque, ni siquiera los soldados... pero estaba malherido, y murió en algún lugar del parque, y a Brabante, su perro, no volvimos a verle nunca... Y tu padre, ya sabes lo que pasó con él...

Abraxas se secó una lágrima que le caía por la mejilla. ¿O quizá era sudor?

—Y a ti, ¿qué te pasó a ti, tío Abraxas? —preguntó Fridolín.

—¿A mí? —dijo Abraxas mirándole con su sonrisa desdentada—. Esa es otra historia. Ya te la contaré otro día.

A Fridolín le sorprendió comprobar que estaban casi al lado de su casa. Habían caminado durante tanto rato que habían cruzado la ciudad entera.

—Sube a tu casa —dijo Abraxas cuando llegaron al portal—. Tu madre debe de estar muy preocupada.

—Sube tú también —dijo Fridolín—. Ahora no puedes volver a ese sitio. Estás demasiado cansado. Puedes dormir en el sofá del salón.

—No, no, no puedo subir —dijo Abraxas—. Hace muchos años que no veo a tu madre. No estoy presentable...

—Pero si la conociste hace tanto tiempo... Seguro que se alegra de verte...

—¿Que seguro que se alegra? —dijo Abraxas. Sonreía, y Fridolín veía sus cabellos sucios, su piel brillante y cubierta de sudor, los huecos de su dentadura—. Nadie se alegra ya de ver al viejo Abraxas... Dile que me has visto... dile que el tío Abraxas le manda saludos... si quieres...

—Pero ¿qué vas a hacer ahora? —preguntó Fridolín.

—Dormiré en la calle, no te preocupes por mí —dijo Abraxas—. Hace una buena noche, no pasaré frío. Buscaré un banco en algún sitio apartado, donde no me vean los guardias...

Cuando le vio alejarse calle abajo, cojeando y arrastrando con dificultad su enorme maleta llena de relojes falsos, a Fridolín le asombró pensar que aquel viejo mendigo había sido una vez un acechador que había conocido la ruta del árbol de los deseos, un guía a través del territorio mágico que había ayudado a otras personas a realizar sus sueños.

La regla del acechador

Ahora Fridolín únicamente tenía un solo objetivo y un solo pensamiento: entrar en el Parque de las Lilas para buscar el árbol Bo y pedir un deseo, un único deseo.

Entonces comenzaron a pasar cosas curiosas. «Coincidencias», las llamaría un incrédulo. Pero incluso el más incrédulo se sentiría extrañado ante tal cantidad de coincidencias.

María Jesús invitó a un grupo de alumnos a visitar su biblioteca, y Fridolín se puso a curiosear por el fondo de la biblioteca, donde nunca antes había estado. En los estantes más altos vio una colección de gruesos libros blancos que le llamaron la atención. Corrió hasta allí la escalerita, se subió hasta el último escalón e intentó alcanzar los libros blancos, pero ni siquiera poniéndose de puntillas sobre lo alto de la escalera lograba tocarlos. En un momento estuvo a punto de perder el equilibrio, y se agarró a los estantes que tenía justo enfrente, y uno de los libros que estaban allí cayó al suelo. Fridolín descendió para recogerlo y volver a ponerlo en su sitio.

Era un libro grande y fino, encuadernado en piel marrón, y en la portada, escrito con letras doradas, se leía este título: *La regla del acechador.*

Cuando le preguntó a María Jesús, ella también pareció sorprenderse.

—¿Dónde has encontrado eso? —le preguntó.

—En uno de los estantes altos —dijo Fridolín—. Ha sido por casualidad.

—Los libros que están por arriba no son libros de cuentos —dijo María Jesús, cogiendo el libro.

—Pero a mí me interesa este libro —dijo Fridolín, que se resistía a entregárselo.

—No es un libro para niños —dijo María Jesús—. No lo entenderías.

—Déjame leerlo un poco, por favor —dijo Fridolín.

—No puedo —dijo la profesora quitándoselo de las manos a Fridolín—. No deberías haber encontrado este libro. De hecho, no sé cómo has podido encontrarlo. Es una cosa muy rara...

—La verdad, no lo he encontrado realmente —dijo Fridolín, viendo desconsolado cómo María Jesús le arrancaba el libro de las manos—. Estaba buscando otra cosa, y de pronto se ha caído al suelo...

—¿Ah, sí? —dijo ella.

—Sí. Se ha caído al suelo allí delante de mí.

Ahora, más que sorprendida, parecía asustada.

—Hace años que busco este libro —le dijo la profesora a Fridolín—. Yo lo tenía hace muchos años, luego lo escondí...

—¿Lo escondiste? —se sorprendió Fridolín—. ¿Por qué?

—Lo escondí... y luego lo busqué y no conseguía encontrarlo... No estaba donde lo había puesto...

—Pero ¿por qué lo escondiste? —preguntó Fridolín de nuevo.

Pero María Jesús no le contestó, ni tampoco le permitió leer el libro. Lo que hizo, en cambio, fue llamar esa noche por teléfono a la madre de Fridolín. Rosa Bonpensant estuvo un largo rato hablando con ella por teléfono. Los niños ya estaban acostados, y pudo hablar sin limitaciones, pero a pesar de todo quedó al día siguiente con la profesora de Fridolín en un café cercano para continuar su conversación.

Y al día siguiente, Rosa Bonpensant se encontró con María Jesús en el Café de los Excursionistas, un famoso café de dos pisos situado en la avenida de las Lilas, y allí siguieron hablando, y al final de la conversación María Jesús le entregó a Rosa Bonpensant un paquete envuelto en papel de estraza y atado cuidadosamente con una cuerda, con instrucciones específicas de que se lo entregara a Fridolín.

—No —dijo Rosa Bonpensant—. No puedo hacer eso. No puedo hacer lo que me pides.

En ese momento, oyeron un grito, y vieron que en el piso de arriba, que trazaba como un balcón con una barandilla plateada por encima de donde ellas estaban, un camarero acababa de tropezar y dejaba caer una bandeja entera llena de cosas por encima de la barandilla.

Todo sucedió muy rápido, pero al mismo tiempo con una especie de maravillosa lentitud. El camarero, asomado a la barandilla, contempló impotente cómo la bandeja plateada llena de tazas, vasos, platos con tartas y bollos caía por los aires y se estrellaba en el suelo, entre dos mesas. Una porción de tarta de chocolate aterrizó a pocos centímetros de la silla de María Jesús, y un enorme cuchillo de los que se usan para cortar porciones de las tartas cayó sobre la mesa, justo enfrente de Rosa Bonpensat, y se quedó clavado en la mesa, temblando y emitiendo un vibrante sonido frente a sus ojos.

Rosa Bonpensant quedó completamente inmóvil. El enorme cuchillo estaba clavado en la mesa a escasos centímetros de su rostro. Si se hubiera desviado un poco, podría haberla matado. Y todo eso justo después de decir que no quería coger el paquete y llevárselo a Fridolín.

¿Otra casualidad?

—Está empezando otra vez —dijo Rosa Bonpensant con un gemido.

—Rosa, tienes que dárselo —dijo María Jesús señalando el paquete que estaba en la mesa entre las dos.

De pronto se dieron cuenta de que todo el mundo se había quedado en silencio a su alrededor. Un camarero se acercó murmurando excusas y cogió el cuchillo, que todavía temblaba clavado en la mesa.

Vino incluso el dueño del local para pedirles todo tipo de disculpas, las invitaron a lo que estaban tomando y las agobiaron tanto con toda clase de explicaciones y ofrecimientos, que al final María Jesús y Rosa Bonpensant decidieron salir del café.

Pero todavía Rosa se resistía a coger el paquete que le ofrecía la profesora de su hijo.

Cuando salieron, el cielo estaba cubierto y parecía amenazar tormenta. Nubes oscuras se congregaban sobre las cúpulas y las agujas de los palacios de Fléroe. Un trueno retumbó a lo lejos.

—Qué extraño —dijo Rosa mirando al cielo—. Hacía una tarde estupenda.

—Sí, es extraño —dijo María Jesús mirando las nubes.

Comenzó a soplar un viento frío. Una señora pasaba con un perrito blanco de aguas en los brazos, y el perrito se le escapó y fue corriendo hasta los pies de Rosa Bonpensant y se puso a ladrarle con furia.

Otra casualidad.

—Oh, no —dijo Rosa—. ¿Qué quieres, perrito? ¿Qué es lo que quieres?

—Quiere que cojas este paquete —dijo María Jesús, medio en serio, medio en broma.

—Claro —dijo Rosa Bonpensant—. Y si yo lo cogiera para llevárselo a Fridolín, seguramente este perrito se pondría muy contento, y el cielo se aclararía de golpe, y un ángel con una trompeta bajaría del cielo para darme las gracias.

El perrito no paraba de ladrar, muy furioso, y a lo lejos se oyó un trueno, y luego otro más. El viento arreciaba y levantaba los vestidos de las señoras de la avenida, que estaban todas gritando, y arrancaba los periódicos de los quioscos de prensa, y sacudía con fuerza los árboles.

—Ay, señora, perdone —dijo la señora del perrito—. No sé lo que le pasa a Serafín. Pero no se preocupe, que no muerde.

Intentaba coger a su perrito, pero Serafín estaba muy furioso y no se dejaba atrapar.

—¿Por qué no hacemos la prueba? —dijo María Jesús—. Coge el paquete, Rosa, y vamos a ver qué pasa.

Rosa dudó unos instantes todavía. Luego extendió la mano y cogió el paquete envuelto en papel de estraza.

—¡De acuerdo! —dijo en voz alta, como para ser escuchada por las fuerzas del mundo—. Se lo llevaré a Fridolín.

En ese momento, el perrito dejó de ladrar y se puso a mover la cola muy alegre, y la dueña se acercó a él y el perrito saltó a sus brazos.

Otra casualidad, claro está.

Por encima de donde ellas estaban, las nubes empezaron a abrirse, y enseguida se vio un círculo de cielo azul. El viento era tan fuerte que se llevaba las nubes a toda prisa. La sombra que se había apoderado del mundo comenzó a suavizarse, y el círculo de cielo azul se abría rápidamente, hasta que en menos de un minuto todo el cielo quedó descubierto de nuevo.

Rosa Bonpensant miraba el cielo con los ojos muy abiertos, y luego se volvió a mirar a María Jesús con expresión de consternación. María Jesús sonrió y se encogió de hombros.

Un objeto cayó entre los pies de ambas, caído de quién sabe dónde, seguramente arrancado de algún lugar por el fuerte viento que se había levantado. Parecía una figurita de Navidad, y representaba a un ángel con una trompeta dorada.

Allí estaban, pues, las tres pruebas que Rosa había pedido: el perrito había dejado de ladrar, las nubes se habían abierto y un ángel con una trompeta dorada había caído de los cielos.

—Creo que están intentando decirte algo —dijo María Jesús.

—Pero ¡si yo no creo en estas cosas! —dijo Rosa Bonpensant, inclinándose a coger la figurita del ángel, que era de plástico y tenía en la parte de abajo la inscripción «Made in China».

—Yo tampoco creo en estas cosas —dijo María Jesús—. Debe de haber sido una casualidad.

Las dos mujeres se separaron en una esquina, y Rosa Bonpensant echó a caminar hacia su casa. Tenía que cruzar sobre uno de los canales que recorren la ciudad de Fléroe, y al pasar por el puente, sin pensárselo dos veces, se asomó a la balaustrada y tiró el paquete al agua del canal.

Se quedó inmóvil durante unos segundos esperando a que pasara algo terrible, a que un cuchillo cayera de lo alto de los cielos, o un rayo la fulminara allí mismo, pero no pasó nada en absoluto. Y aunque hubiera pasado no le habría importado, porque estaba decidida a proteger a su hijo como fuera.

Cuando llegó a casa, Carmelia, la portera, la llamó golpeando a través del cristal con el nudillo.

—Rosa, han traído esto para ti —le dijo. Y le entregó el paquete chorreante.

—Pero ¿cómo? —dijo Rosa—. ¿Quién ha traído esto?

—Un barquero. Decía que se lo ha encontrado flotando en el canal.

—¿Un barquero? —dijo Rosa—. ¿Desde cuando hay barqueros en Fléroe? Además, ni siquiera está puesta la dirección.

Era cierto: en el papel de estraza, María Jesús sólo había escrito el nombre «Fridolín Bonpensant», ahora con toda la tinta corrida.

—Será alguien que conoce a la familia —dijo Carmelia—. Qué casualidad, ¿verdad?

Parecía imposible apartar a Fridolín de aquel paquete, de modo que Rosa se resignó a entregárselo.

Fridolín cortó la cuerda con una tijera y lo abrió muy excitado. El libro que había en el interior estaba en perfecto estado y sin rastro de humedad. Cuando lo vio, Fridolín casi dio un grito. Era *La regla del acechador*.

—Gracias, mamá —dijo Fridolín. Y se lanzó sobre ella para llenarla de besos.

—No creo que entiendas nada —dijo ella—. Es un libro viejo, nada más. Un libro fantástico.

—Pero el tío Abraxas dijo...

—No te creas todo lo que dice el tío Abraxas —dijo Rosa Bonpensant—. El tío Abraxas lleva muchos años borracho día y noche... Ya no sabe qué es lo que pasó de verdad y qué es lo que él soñó...

—Pero él me contó que papá...

—Tú no eres papá —le dijo Rosa acariciando el cabello de su hijo—. Tú no eres tu papá, Fridolín, y no tienes que hacer las mismas cosas que él, ni vivir las mismas cosas que él ha vivido... No tienes que imitarle, ni a él ni a mí... Somos tus padres, pero somos personas distintas, con vidas distintas...

Fridolín pensó en lo que decía su madre. Sus palabras tenían sentido, pero al mismo tiempo le producían tristeza. Era como si su madre quisiera apartarle de su padre, como si quisiera apartarle a él y a Freda de ellos dos, lanzar a los dos hermanos a un mundo desconocido, grande y temible.

—Si yo no quiero hacer las mismas cosas que él... —dijo con voz débil.

—Los niños siempre quieren ser igual que sus padres —dijo Rosa—. Y a muchos padres les pasa lo mismo, quieren que sus hijos sean igual que ellos. Si un padre es médico, quiere que su hijo sea médico también...

—¿Y eso no está bien? —preguntó Fridolín.

—No está ni bien ni mal —dijo su madre—. Lo importante es que uno tiene que ser libre para elegir lo que más le gusta. No hacer las cosas para ser igual que otro...

—¿En qué trabajaba el abuelo Lorenzo? —preguntó Fridolín.

—Mi padre era relojero —dijo Rosa Bonpensant—. Ya lo sabes. Hacía relojes de cuco. El reloj que tenemos en el salón lo hizo él hace muchos años.

—Ya no funciona.

—No, ya no funciona.

—¿Y tu madre?

—Mi madre era una señora muy divertida —dijo Rosa—. Hacía flores de papel, y sombreros, y también hacía trajes de teatro, y disfraces...

—¿Y tú no querías hacer sombreros y disfraces cuando eras pequeña?

—Cuando era niña sí —dijo Rosa Bonpensant.

Fridolín se quedó hasta tarde leyendo *La regla del acechador*. Se sintió desilusionado, porque aquel era un libro antiguo, escrito con muchas palabras extrañas que no comprendía y lleno de normas y reglas que le costaba entender y cuya utilidad práctica no podía ni siquiera imaginar.

La regla 62, por ejemplo, decía:

«Mirar de frente no siempre nos permite ver lo que tenemos que ver frente a los ojos. Para encontrar el camino es mejor mirar de reojo, relajando los ojos, e intentando atisbar lo que está casi en el margen del campo de visión».

La regla 67 decía:

«El silencio interno es la principal arma del acecho. Para hacer el silencio interno obsérvate a ti mismo, las cosas que dices y las cosas que haces. Si te llamas "Antonio", por ejemplo, deberás decir: "Antonio está enfadado" cuando estés enfadado, o "Antonio tiene hambre" cuando sientas hambre, o "Antonio está cruzando la calle" si eso es lo que estás haciendo. Ponte un nombre distinto del que recibiste en la pila bautismal, y utiliza ese nombre para acecharte a ti mismo. Ese será tu nombre de acecho. Supongamos que tu nombre de acecho es "Corneja". Entonces deberás saber que cuando estás acechando, tú no eres en realidad Antonio, sino Corneja, y que cuando haces algo, cuando Antonio hace algo, Corneja debe observarlo».

¡Dios mío, qué extraño era todo aquello!

¿Qué podía hacer? La lectura de *La regla del acechador* por sí sola no parecía resultar de mucha ayuda y era evidente que su padre no querría explicarle nada y que lo último que desearía hacer sería ayudarle a que se convirtiera en un acechador. Estuvo pensando en ponerse en contacto con el tío Abraxas, pero no sabía cómo ir hasta el refugio de indigentes donde le había conocido, y no tenía dinero para coger otro taxi. Después de investigar durante días y días las líneas de autobuses de Fléroe en el callejero que tenían en el mueble del salón, llegó a la conclusión de que tomando la línea 22 hasta el final y luego cambiando a la 36 y luego a la 87, conseguiría llegar a la calle de la India. Lo intentó una tarde, y cuando consiguió llegar hasta el refugio de indigentes y preguntó por Luis Arbach le dijeron que no estaba allí. Seguramente nadie se quedaba mucho tiempo en los refugios de aquel tipo, sobre todo a la llegada de la primavera, cuando las noches eran tibias, y el tío Abraxas habría encontrado un sitio mejor para dormir. Pero él ya no tenía manera alguna de localizarle.

De modo que sólo le quedaba una cosa que hacer: utilizar la información que tenía hasta ese momento, e intentar entrar en el parque por sus propios medios.

Pero aquello, ¿no era una temeridad total? Sabía que sólo podría encontrar el camino si era un acechador, y que lo más probable era que jamás lograra encontrar el árbol Bo porque pretender dominar el difícil arte del acecho con sólo leer un librito que no había logrado ni siquiera entender a medias era como querer pilotar un avión con sólo leer un librito sobre historia de la aviación. Era absurdo, era suicida. Pero a pesar de todo, Fridolín estaba dispuesto a intentarlo.

Probó primero con la entrada del tío Abraxas, en la línea 7 del metro. Se metió en el metro y se pasó toda una tarde cogiendo trenes en ambos sentidos entre Cordamor y Valiant. Cogía el metro en Cordamor e iba hasta Valiant, donde se bajaba y cambiaba de andén y cogía el metro de Valiant a Cordamor, donde se bajaba y cambiaba de andén, y así una y otra vez, observando con atención a través de los cristales del vagón, hasta que consiguió ver la puertecita redonda que le había descrito el tío Abraxas, o algo que se le parecía mucho.

Calculó que estaba a unos ciento cincuenta metros de Rocamor, por el lado izquierdo. Y ahora faltaba lo más difícil: bajarse del andén sin que nadie le viera y echar a correr por el túnel oscuro, teniendo cuidado de no ser arrollado por ningún tren, para llegar al lugar donde estaba la puerta. Al extremo del andén había una escalerita que bajaba hasta las vías: no tenía más que bajar por allí y caminar túnel adentro, pero se imaginaba que si alguien le viera hacerlo se pondría a dar gritos, avisarían a los guardias, pararían el tren para ir a buscarle o quién sabe qué. Tenía que encontrar la manera de hacerlo discretamente.

Regresó al mismo lugar a la tarde siguiente. Había bastante gente en ambos andenes. Fridolín suponía que a altas horas de la noche los andenes estarían medio vacíos y sería el momento ideal de intentar su aventura, pero él no podía estar fuera de casa a altas horas de la noche.

Llegó un tren, se abrieron las puertas y todos los que estaban esperando en el andén entraron en los distintos vagones. En ese momento, llegó otro tren por el otro lado. Las puertas del tren de su lado se cerraron, y el tren se puso en marcha. El andén donde estaba Fridolín había quedado completamente desierto, y los del otro lado estaban demasiado ocupados en entrar y salir para fijarse en él.

De modo que a toda prisa se deslizó por los travesaños metálicos que comenzaban a la altura del andén, saltó al suelo por donde corrían los raíles y echó a correr túnel adentro. Nada más entrar en la oscuridad del túnel se sintió a salvo. Allí nadie podía verle.

Iba caminando por el hueco que había entre el raíl y la pared, pero sabía que si venía algún tren tendría que pegarse completamente a la pared para no ser aplastado. Llevaba una pequeña linterna, que le fue muy útil para sortear los obstáculos del suelo y no tropezarse con los registros, los cables y las sujeciones de los raíles. Enseguida llegó a la puerta redonda que había creído ver desde el vagón. Era una puerta metálica con un asa para abrirla. En el centro había un signo pintado: una cabra con patas de gallo. Fridolín no lo sabía, pero este era el signo secreto de Abraxas.

Agarró el asa metálica y tiró con fuerza, y la puertecita se abrió un poco. Tiró, y se abrió un poco más. Y de pronto, algo espantoso sucedió: una enorme rata salió de allí, y se abalanzó sobre él, chocando sordamente con su pecho. Fridolín lanzó un grito de terror y se cayó hacia atrás, y vio, iluminándola con la linterna, cómo la rata se alejaba corriendo por entre las vías.

Ahora estaba temblando de pies a cabeza, y sintió cómo se le erizaban todos los pelos de la piel, los de los brazos, y las piernas, y el cuello, y también los cabellos de su cabeza. Abrió un poco más la puerta, y oyó allí dentro el removerse nervioso y los pequeños grititos de las ratas, y supo que jamás tendría el valor suficiente para meterse por aquel agujero oscuro y lleno de aquellos animales repugnantes y de enormes colmillos. No era algo que pudiera decidir racionalmente, es que le resultaba intolerable la sola idea de meterse por allí.

Se imaginó cómo sería quedarse allí dentro atrapado, en medio de la oscuridad y atacado por las ratas, y no tuvo que pensarlo un instante más, echó a correr en dirección a la luz de la estación de Cordamor y no paró hasta llegar a las escalerillas metálicas, que trepó a toda prisa para alcanzar de nuevo el nivel del andén.

Soy un cobarde, se decía Fridolín cuando caminaba de vuelta a su casa. No estoy dispuesto a hacer *cualquier cosa* con tal de entrar en el parque.

Y se sentía desilusionado consigo mismo. Como si ya no se mereciera llegar hasta el árbol Bo.

Tenía que probar, por tanto, la otra entrada, la que según el tío Abraxas había sido la preferida de su padre. Estaba situada en el jardín del palacio Molinet, y de pronto Fridolín pensó que a esa entrada tenía mucho más fácil el acceso que a la del túnel del metro. Lo único que tenía que hacer era convencer a Rani de que le invitara a jugar en el jardín de la embajada, y en un momento en que no mirara nadie, buscar la entrada y colarse por allí. Lo mejor sería que invitara a toda la clase, para que la atención de los que les vigilaban estuviera más dispersa. Si el jardín estaba lleno de niños, a él le resultaría más fácil desaparecer discretamente en un momento para buscar la entrada secreta. Claro que, ¿cómo iba a lograr convencer a Rani? Acababa de celebrar su cumpleaños unos pocos días atrás.

Lo único que podía hacer era contarle a Rani su verdadero propósito. Hablarle del árbol Bo, de su plan de ir a buscarlo, y pedirle que le ayudara.

Y eso es exactamente lo que hizo.

Y Rani le escuchó atentamente y con las cejas fruncidas, como si todo lo que dijera Fridolín le irritara profundamente. Pero al final soltó una carcajada y le dijo que sí, que le ayudaría. Le dijo a Fridolín que ella no se creía esa historia del árbol mágico, que eso era una tontería y que era mentira seguro, pero que lo de colarse en el parque prohibido le parecía una idea fantástica.

—Pero no puedes venir conmigo —le dijo Fridolín poniéndose muy serio.

—¿Por qué no? —dijo Rani desilusionada.

—Porque no —dijo Fridolín—. Es muy peligroso.

De modo que unos días más tarde, Rani invitó a toda la clase para que fueran a merendar y a jugar al jardín de su casa, y casi todos los compañeros de Fridolín se presentaron a la hora señalada en la puerta del palacio Molinet y fueron recibidos, como la otra vez, por una serie interminable de criados todos ellos provistos de plumeros y cepillos y dispuestos a limpiar cualquier cosa que se pusiera a su alcance.

Siguiendo las indicaciones de Fridolín, Rani había convencido a sus padres de que sirvieran la merienda en el jardín trasero del edificio, en la zona donde se suponía que estaba la entrada secreta del parque.

Y de nuevo colocaron una larga mesa llena de dulces y de bebidas, y recibieron a los niños con collares de caléndulas anaranjadas, y de nuevo los formidables Ozman y Bharat quedaron ocupados de servirles naranjada y de cuidar de que ningún niño se cayera desde un árbol y se rompiera un brazo.

Primero jugaron al escondite, lo cual le permitió a Fridolín explorar la parte de detrás del quiosco de música que había al fondo del jardín, como si estuviera buscando el escondite perfecto. Encontró enseguida la entrada que buscaba, medio oculta entre unas grandes hojas de acanto. Era una especie de pozo, cubierto con una tapa redonda de madera. ¿Sería aquella la galería que habían utilizado Vasupati y los suyos para entrar en el parque? No era probable, porque no había ninguna señal de que la tapa de madera hubiera sido movida recientemente. Seguramente, los conspiradores habían abierto por su cuenta otra galería en otro sitio, sin saber que tenían allí al alcance de su mano una entrada directa al Parque de las Lilas, lista para ser utilizada.

Fridolín, acurrucado entre las altas hojas de acanto, abrió la tapa de madera e intentó mirar al interior. Sólo se veía la entrada de un pozo abierto en la tierra, un pozo ligeramente inclinado por el que parecía posible deslizarse como por un tobogán, y luego nada, nada en absoluto. Del interior le llegó un olor cálido de tierra húmeda. Cogió una piedrecita y la tiró, pero no oyó ningún ruido.

La tarde avanzaba, y las sombras se iban apoderando del jardín. Se encendieron varias ristras de luces de colores que habían colocado en los troncos de las palmeras, pero el fondo del jardín estaba ya en una oscuridad casi total. Después de merendar, Rani pidió a Ozman y Bharat que trajeran al elefante para que ella y sus amigos pudieran montarse por turnos. A todo el mundo le encantó la idea.

Fue este el momento elegido por Fridolín para desaparecer por el hueco. Se había traído consigo una pequeña mochila, en la que llevaba una brújula, una linterna, varias pastillas de chocolate y un paquete de galletas, y durante toda la merienda había estado guardando allí toda la comida que pudo coger: samosas vegetales, chapatis, bolitas dulces, pakora de plátano y de berenjena, un mango y varios plátanos, ya que no sabía cuánto tiempo tendría que estar en el Parque de las Lilas. Cuando todos los niños estaban distraídos con el elefante de Rani y discutiendo quién subiría primero y cuántas vueltas al jardín tendría derecho a dar cada uno, Fridolín corrió hacia el fondo del jardín y buscó el lugar oculto entre las grandes y lustrosas hojas de acanto. Enseguida encontró la tapa de madera, la apartó, se sentó en la entrada del pozo, y después de respirar profundamente un par de veces y de encomendarse a su buen ángel de la guarda, como le había enseñado su madre una vez cuando era muy pequeño y tenía miedo por la noche, se deslizó al interior de la tierra.

Segunda parte

DENTRO

En el fondo de la tierra

Fridolín metió las piernas, se deslizó al interior y sintió como si cayera por un tobogán, un oscuro tobogán de tierra. Al principio, el pozo tenía la inclinación aproximada de uno de los toboganes del parque al que solían ir los domingos, pero luego se hacía más y más inclinado, y la velocidad de caída de Fridolín aumentaba. Fridolín sintió que se le encogía el estómago y no pudo evitar gritar de terror y de excitación, como una vez cuando se subió con su padre a una montaña rusa. Y cayó, y cayó, cayó durante una eternidad, rebotando en las paredes y dando vueltas sobre sí mismo en ocasiones, cayó durante tanto rato como si estuviera descendiendo hasta el fondo de la tierra, y de pronto su caída se detuvo violentamente cuando llegó por fin al fondo del pozo, que era de arena blanda y fresca.

—¡Ay! —chilló Fridolín aterrizando sobre su trasero.

Se sentía un poco magullado. Estaba seguro de que se había hecho sangre en una de las rodillas durante la caída, pero a pesar de todo se quedó inmóvil. Lamentaba haber gritado, porque los que estaban fuera podían haber oído sus gritos.

Aguardó durante unos instantes, esperando oír alguna voz en lo alto, alguna luz. Pero no se oía ni se veía nada. La oscuridad era total, el silencio era absoluto.

Entonces se levantó, abrió uno de los bolsillos laterales de su mochila y sacó su linterna. Le había puesto pilas nuevas y se había traído dos cargas extra por si su viaje se prolongaba más de lo previsto. La encendió y se puso a observar el lugar donde estaba. Frente a él se abría un túnel excavado en la tierra cruda, más alto que un hombre y más ancho que un hombre con los brazos extendidos, un túnel que avanzaba en línea recta hacia quién sabía dónde.

Le invadió una profunda emoción al pensar que aquel había sido el túnel que su padre, Hugo Bonpensant, había usado tantas veces para entrar al Parque de las Lilas. Hugo Bonpensant, el más grande de todos los acechadores.

Se cargó de nuevo la mochila a la espalda y ya iba a echarse a caminar cuando sucedió algo completamente inesperado.

Era como un rumor sordo y creciente, amplificado sin duda por las extrañas condiciones de resonancia de la gruta. Pero ¿de dónde venía? Por precaución, Fridolín apagó la linterna y se pegó instintivamente a una de las paredes. Venía de lo alto, y enseguida a la vibración se unió un sonido muy agudo, como un violín tocando una nota muy aguda... o como un animal que lanzara un chillido agudísimo... o como un niño que gritara...

Y de pronto algo cayó sordamente en el lecho de arena, a los pies de Fridolín, algo que inmediatamente chilló:

—¡Auuuuuuuuuuuuuuuuuuuuuuuuuuu!

Fridolín encendió la linterna con dedos temblorosos.

Allí estaba Rani, frotándose el trasero con gesto dolorido.

—¡No me enchufes con eso! —dijo, bajándose la falda rápidamente.

—¿Rani? ¿Qué haces tú aquí?

—Fridolín, niño tonto —dijo Rani—, ¿te has pensado que te iba a dejar solo? ¡Yo me voy contigo!

—Rani, tienes que volver ahora mismo a la fiesta —dijo Fridolín.

—Sí, hombre. ¿Tú crees que yo puedo volver a subir por ese tubo? —dijo Rani señalando al lugar por el que había caído—. Bajar es fácil. Pero subir...

Fridolín no sabía qué hacer.

—Además, he decidido ir contigo —le informó Rani sacudiéndose la tierra del pelo.

—¿Tú también quieres llegar al árbol de los deseos?

—No he pensado en eso —dijo Rani—. Pero quiero ir contigo.

—¿Por qué?

—Porque quiero ayudarte.

—¿Por qué?

—Porque eres valiente.

—¿Estás segura? —dijo Fridolín por última vez.

Pero en vez de contestarle, Rani comenzó a cantar una canción, o lo que Fridolín creyó que era una canción, con una voz muy suave. Y la música, como es bien sabido, disipa el miedo y calma el corazón.

Jay Ganesha, Jay Ganesha, Jay Ganesha Bahiman.
Sri Ganesha, Sri Ganesha, Sri Ganesha Rakshaman.

Y así, cogidos del brazo e iluminándose con la linterna de Fridolín, echaron a caminar por el túnel.

Pero en ese momento unos gritos sonaron a sus espaldas.

—Oh, no —dijo Fridolín, volviéndose e iluminando con la linterna el lugar que acababan de abandonar.

Allí, en el lecho de arena donde desembocaba el pozo, estaban Amapola, Roto y Abbás hechos un revoltijo, Amapola muerta de risa y Abbás chillando que quería irse con su mamá.

—¡Os hemos visto! —dijo Amapola muy contenta.

—Tenéis que volver ahora mismo —dijo Fridolín—. ¡Estáis locos! ¿Cómo se os ocurre meteros por aquí?

—¿Y por qué te has metido tú? —le dijo Roto sacudiéndose los pantalones con fuerza.

Fridolín suspiró profundamente. La primera regla del acechador es que debe aprender a ser discreto y a pasar desapercibido. Él debía de ser un acechador realmente pésimo.

—¿Adónde vais? —preguntó Amapola—. ¿Qué es este sitio?

—Vamos a entrar al Parque de las Lilas para buscar el árbol Bo —dijo Rani orgullosamente.

Fridolín le lanzó una mirada asesina.

—¡Rani! ¡Es un secreto!

—Pero son nuestros amigos —dijo Rani muy alegre—. Uno no tiene secretos con los amigos.

—Yo quiero subir —dijo Abbás, que estaba muerto de miedo—. ¡Quiero volver arriba con mi mamá!

—No puedes subir —le dijo Rani—. Caer por un pozo es muy fácil, pero subir...

Todos esperaban que Abbás se pusiera a llorar a gritos y a decir que tenía miedo y que quería ir con su mamá, pero no hizo nada de eso. Fridolín le enchufó con la linterna y vio que estaba blanco como el papel, y que le temblaban los labios y las manos. Estaba tan aterrado que no podía ni hablar.

—¿Qué es el árbol Bo? —preguntó Amapola, a la que no se le escapaba una.

—No tenemos tiempo de ponernos a hablar —dijo Fridolín—. Tenéis que volver ahora mismo. Rani y yo vamos a entrar en el Parque de las Lilas, y es muy peligroso, y pueden matarnos...

—Si vosotros vais, yo también quiero ir —dijo Roto—. ¡No te fastidia!

—Y yo también —dijo Amapola con decisión.

Todos miraron a Abbás.

—Yo también —dijo Abbás, para sorpresa de todos.

—¿Estás seguro? —le dijo Roto, muy sorprendido.

De modo que los cinco echaron a caminar por el túnel oscuro en dirección a lo desconocido.

Y Rani volvió a cantar su invocación a Ganesha, el dios con cara de elefante, que protege en los viajes y aparta los obstáculos del camino.

El pasaje oscuro

Caminaron durante un largo rato por la galería subterránea.

A Fridolín le costaba trabajo calcular cuánto habrían descendido en la tierra. Lo que estaba claro era que al ritmo que estaban avanzando, enseguida pasarían por debajo del edificio del palacio Molinet y por debajo de la calle que separaba el palacio de la verja del parque.

Sin embargo, el camino se hacía anormalmente largo. Era posible que el túnel no avanzara en línea recta hacia el parque, o, lo que era más probable, que penetrara muy profundamente en el parque a fin de que al salir a la luz los intrusos no fueran avistados por los soldados que vigilaban las verjas.

En un momento determinado, el túnel comenzó a descender. La cuesta se iba haciendo cada vez más inclinada, hasta que llegó un momento en que empezaron a aparecer escalones toscamente tallados en la tierra, y el túnel se convirtió en una inclinada escalera que descendía y descendía sin fin.

No resultaba fácil caminar en la oscuridad siendo tantos y sólo con una linterna. Iban todos juntos y tocándose unos a otros para asegurarse de que ninguno se perdía, ni se caía, ni se quedaba atrás.

La escalera se hacía todavía más inclinada, y tenían que bajar con cuidado porque los escalones eran toscos e irregulares y además sólo el que iba en cabeza, que era Fridolín, podía verlos con claridad. Los demás tenían que avanzar casi a oscuras y guiándose por las referencias de los otros. De vez en cuando Fridolín les iluminaba el camino a los que iban detrás, pero era más importante que él pudiera ver qué era lo que tenían delante.

Y llegó un momento en que la escalera terminó, y lo que tenían delante era un gran pozo oscuro de unos seis metros de diámetro.

—¡Alto, alto, quietos donde estáis! —dijo Fridolín.

—¿Qué pasa, Frido? —dijo Roto, que se moría por ir en cabeza.

—¡No os mováis! —dijo Fridolín—. ¡Y sobre todo no empujéis!

Estaban al borde de un pozo muy ancho y totalmente negro. Fridolín iluminó el fondo, pero el haz de luz de la linterna se perdía en la nada. Luego iluminó hacia arriba y por los lados, pero no había ningún otro sitio por donde se pudiera seguir.

—¿Qué hacemos? —dijo Fridolín.

Todavía sentía a Rani agarrada con fuerza a su brazo.

—¿Tienes una cuerda? —dijo Rani.

—Sí.

—Puedes atar la linterna a la cuerda y bajarla un poco más, a ver si ilumina algo.

—Pero átala bien —dijo Amapola—. Si perdemos la linterna, estamos muertos.

Fridolín hizo lo que Rani había sugerido, y luego comenzó a bajar la linterna encendida desenrollando la cuerda. Podía hacerla girar en todas direcciones haciendo girar la cuerda con cuidado. Y la linterna fue descendiendo, revelando de forma aproximada, y con frecuentes sacudidas, las paredes del pozo. Y cuando llegó al extremo de la cuerda, se quedó allá abajo, girando en el vacío.

—Hay algo que brilla —dijo Rani, cogiendo la cuerda para intentar mover la linterna en la dirección deseada.

—Sí —dijo Fridolín—. ¿Qué podrá ser?

No se veía con claridad. Además, era imposible controlar la linterna, que giraba y se movía hacia cualquier sitio.

—¿Qué es? —dijo Roto, que intentaba pasar a la delantera.

—No empujes —dijo Amapola—. ¿No ves que estamos al borde de un pozo, animal?

—Abbás, no te agarres a mí con tanta fuerza —dijo Roto—. Me vas a hacer cardenales.

Y en parte por librarse de Abbás y en parte por su deseo de asomarse a mirar él también y ver qué era aquello que brillaba al fondo, Roto les empujó a todos hacia delante, y Fridolín perdió pie. Rani estaba agarrada a él y cayó con él. Amapola, que estaba medio apoyada en Fridolín, se encontró manoteando en el aire, y con el impulso añadido de Roto, que quería asomar la cabeza para mirar, cayó también al vacío, y tras ella Roto, y junto con Roto, Abbás, que estaba agarrado a Roto con todas sus fuerzas.

Fridolín se sintió caer y caer en el vacío, luego sintió un golpe muy violento, unido a la impresión del frío y la imposibilidad de respirar.

¡Habían caído al agua! Eso era lo que brillaba. El fondo del pozo estaba lleno de agua.

Instintivamente cerró la boca y pataleó con fuerza y movió los brazos para regresar a la superficie.

—¡Rani! —gritó Fridolín cuando alcanzó de nuevo la superficie, después de la violenta inmersión en el agua negra y helada—. Rani, ¿dónde estás?

—Aquí —dijo una voz.

—¡Amapola, Roto, Abbás! —gritó Fridolín.

—Estoy aquí —dijo Amapola.

—¡Demonios! —dijo Roto—. ¡Demonios hervidos en vinagre!

—¡Aaaaaaaaaaaah! —dijo Abbás.

—¿Todo el mundo sabe nadar? —preguntó Fridolín.

—Sí —dijo Rani.

—Sí.

—Sí.

—¡Tengo miedo! —dijo Abbás.

Entonces un haz de luz corrió por las paredes y luego iluminó la superficie de las aguas.

Fridolín vio un foco de luz que le deslumbraba.

—¿Qué es eso? —dijo.

—¡La linterna! —dijo Rani—. No he soltado la cuerda, ¡y todavía funciona!

Rani empezó a iluminar a su alrededor.

Al parecer, estaban en el fondo de un pozo completamente lleno de agua y sin ninguna salida. El haz de luz iba dando vueltas y vueltas por las paredes, pero las paredes estaban lisas. No había ninguna salida, ni repisa, ni escalón, ni forma alguna de salir del agua.

Entonces Fridolín pensó que aquel era el final. Habían caído en una trampa sin salida. No podrían resistir allí mucho tiempo, moviendo los brazos y las piernas para flotar en el agua sin fondo. Poco a poco se irían agotando, y cuando el cansancio les venciera, se ahogarían, y no había nada que pudieran hacer para evitarlo.

Estaban todos en silencio.

—¿Qué hacemos? —dijo Amapola entonces—. El agua está muy fría.

—No sé —dijo Fridolín.

Volvió el silencio. ¿Estarían los demás esperando a que él les diera la solución?

Entonces sucedió algo extraordinario. Rani se puso a cantar.

Jay Ganesha, Jay Ganesha, Jay Ganesha Bahiman.
Sri Ganesha, Sri Ganesha, Sri Ganesha Rakshaman.

Fridolín pensó en la regla del acechador, e intentó recordar algo que le resultara de utilidad.

El acechador nunca se cree del todo lo que tiene ante los ojos. El acechador sabe que todo lo que tiene ante los ojos es un enigma que ha sido puesto allí exclusivamente para él.

—Déjame la linterna —le dijo a Rani.

Ella se acercó a él nadando y se la entregó.

—Ten —dijo Fridolín—. ¿Puedes tú sostener la mochila fuera del agua?

—Dámela a mí —dijo Roto—. Yo sujeto la mochila.

Fridolín estaba tan muerto de frío y tan aterrorizado que la linterna le temblaba violentamente en la mano.

Después de entregarle la mochila a Roto, comenzó a recorrer las paredes con el haz de luz de la linterna con la esperanza de encontrar algo donde agarrarse, una señal, cualquier cosa.

De pronto, vio un brillo metálico. Volvió el foco de la linterna y lo vio de nuevo. Una argolla metálica. Y otra encima. Y otra más. ¿Cómo era posible que no lo hubieran visto antes? Claro que todo es posible cuando uno está intentando flotar en el agua helada del fondo de un pozo.

–¡Por aquí! –dijo Fridolín.

La sucesión de argollas metálicas creaba una especie de escalera por la que era posible subir, aunque con cierta dificultad, porque las argollas estaban muy separadas unas de otras.

Fridolín agarró la linterna con los dientes y trepó dos o tres metros por las argollas, y luego cogió la linterna con la mano e iluminó hacia abajo para ayudarles a los demás a que vieran la primera argolla, que estaba a la distancia de un brazo de la superficie del agua.

Rani subió detrás de él, y luego Amapola.

–Sigue subiendo, Frido –dijo Rani.

–¿Estáis todos? –preguntó Fridolín, que volvió a sujetar la linterna con los dientes para subir con más comodidad.

–Sí –dijo Roto.

–¿Abbás? –preguntó Fridolín.

–Estoy aquí –dijo Abbás con una voz muy débil.

Fridolín siguió subiendo por las argollas hasta llegar a la boca de un túnel que se abría en la pared del pozo.

–Hay un túnel –les dijo a los que le seguían.

Lo iluminó con la linterna. No era muy alto, y aunque dirigió el foco de luz hacia el fondo, tampoco podía ver el final.

Luego volvió la linterna a los que subían para ayudarles a que llegaran hasta allí. Tenían todos un aspecto lamentable. Estaban empapapados, con la ropa pegada al cuerpo y el pelo pegado a la cara, y estaban temblando de frío y con la piel de gallina por el miedo.

—Vamos a seguir —dijo Fridolín—. Roto, pásame la mochila.

Roto le entregó la mochila y Fridolín se la puso en los hombros. El túnel no era muy alto, y tenían que avanzar muy encogidos. Fridolín pensó que si entraran por allí personas mayores su única forma de avanzar sería a gatas.

Siguieron así durante un período indefinido de tiempo. Fridolín ya no sabía cuánto rato llevaban avanzando por el túnel, ni cuánta distancia podrían haber recorrido.

De pronto, el túnel desembocaba en un túnel más grande, en el que todos pudieron ponerse de pie. Al cabo de lo que a Fridolín le parecieron unos doscientos o trescientos metros, el túnel comenzaba a ascender. Y luego ascendía, y ascendía.

—¿Podemos parar un poco a descansar? —dijo Amapola—. Estoy muerta.

—Todos estamos cansados —le dijo Roto—, pero ¿no tienes ganas de salir de este túnel?

Entonces vieron luces a lo lejos, la luz de una linterna.

—Chsssssss —dijo Fridolín.

Apagó la linterna.

—¡Todos quietos! —susurró—. Hay alguien en el túnel.

Rani seguía todavía aferrada a él, y adelantó la cabeza para mirar.

Era claramente la luz de una linterna, mucho más allá, al fondo del túnel.

Todos quedaron muy quietos, esperando.

—¿Serán soldados? —preguntó Amapola.

—Es posible —dijo Fridolín—. Quedaos callados y quietos.
—A lo mejor tienen perros —dijo Abbás.
—Silencio —dijo Roto.
Siguieron todos en silencio, esperando.

No era un pensamiento muy agradable imaginar a un montón de soldados con perros persiguiéndoles por aquel túnel oscuro. Además, no tenían ninguna escapatoria. No podían regresar por donde habían venido. La única salida del pozo lleno de agua era la escalerita de argollas metálicas por la que habían llegado hasta el lugar donde se encontraban, de modo que estaban atrapados.

—¿Qué hacen? —murmuró Rani.
—No lo sé —dijo Fridolín.
La luz de la linterna parecía completamente inmóvil.
—Vamos a avanzar un poco más —dijo Fridolín—. A lo mejor es una luz, simplemente, y no hay nadie...
—¿Una luz encendida dentro de un pozo? —dijo Roto—. ¡Vaya tontería más grande!

Siguieron avanzando a oscuras, y procurando no hacer ruido.

La luz de la linterna no crecía de tamaño. Era una luz redonda y blanca, como la de uno de esos focos que usan los soldados para iluminar en mitad de la noche, y parecía difícil imaginar que la hubieran colocado en el interior de un túnel sin nadie cerca para observar. Si aquella luz estaba allí, cerca debía de haber también soldados.

Se detuvieron de nuevo, para intentar escuchar.
—¿Oís algo? —susurró Fridolín.
Y de pronto, y para su gran sobresalto, Rani soltó una gran carcajada.

—¡Rani! —susurró Fridolín.

Rani reía y reía a carcajadas.

—¡Tápale la boca! —dijo Roto—. ¡Está loca!

—¡Que no es una linterna! —chilló Rani muerta de risa—. ¡Es la luna!

—¿La luna? —dijo Amapola.

—¡Es la luna, tontos! ¿Es que no sabéis reconocer la luna? —dijo Rani echando a correr hacia delante.

Y todos la siguieron, y Fridolín ni siquiera se molestó en encender la linterna.

Y así, de la manera más sencilla, salieron al aire libre de nuevo.

El túnel desembocaba en unos servicios abandonados hacía muchos años. Un cuartito con unos cuantos lavabos y unos cuantos retretes sin puerta. Y justo enfrente de la salida del túnel estaba la entrada de los servicios, cuyas puertas habían desaparecido tiempo atrás, y a través del vano se veía la luna llena por encima de los árboles y en mitad del cielo.

Salieron del pequeño edificio de servicios, gritando a pleno pulmón, y se pusieron a dar saltos y cabriolas a la luz de la luna, felices de estar de nuevo al aire libre, bajo la luz de las estrellas, y luego se abrazaron unos a otros sin poder dejar de gritar y de saltar, y de volver a gritar y volver a saltar y volver a abrazarse, y rodar por la hierba, y levantarse para seguir gritando y saltando.

—¡Lo hemos conseguido! —dijo Fridolín con ojos brillantes—. ¡Estamos dentro del Parque de las Lilas!

Pájaros nocturnos

—No sé si estamos completamente seguros aquí —dijo Roto.

Estaban en el interior del parque, no cabía duda, pero a pesar de lo largo que había sido el camino por debajo de la tierra, debían de haber salido a la superficie relativamente cerca de la verja, porque más allá de las masas oscuras de las copas de los árboles se veían las luces de los edificios de Fléroe, y si uno se quedaba en silencio, se oía el rumor del tráfico de la ciudad.

—Estamos muy cerca de la verja —dijo Fridolín—. Se ven las luces de la ciudad.

—Y se oye el ruido de los coches —dijo Roto.

—Sí, pero ¿quién va a vernos aquí en mitad de la noche? —dijo Amapola.

—Esperad, yo creo que eso no es el ruido de los coches —dijo Roto escuchando con atención.

En ese momento, unos focos, venidos de quién sabe dónde, comenzaron a iluminar la hierba, moviéndose en un lento barrido a unos doscientos metros de donde ellos se encontraban.

Todos los niños quedaron en silencio.

—¿De dónde vienen esos focos? —susurró Roto, mirando a todas partes.

Se oía el rumor de varias hélices en el cielo, avanzando en dirección a ellos.

—¡Son helicópteros! —dijo Amapola.

Los focos de luz eran ahora tres, moviéndose en amplios barridos sobre los árboles y las praderas del parque y acercándose hacia la zona donde estaban los niños. Uno de ellos iluminó el pequeño edificio de los servicios de donde habían salido hacía sólo unos minutos y se detuvo allí unos segundos, y luego siguió deslizándose hacia el lugar donde ellos estaban.

Los tres helicópteros estaban ahora por encima de sus cabezas. Cada uno de los helicópteros tenía un foco potentísimo, que dirigía manualmente un soldado, ya que eran helicópteros del ejército. El ruido de sus motores era ensordecedor.

Vaya, pensó Fridolín, creía que estaba completamente prohibido sobrevolar el parque, incluso para el ejército. Eso fue lo que dijo la chica del autobús turístico.

—Estamos en un espacio descubierto —dijo entonces Roto—. Si seguimos aquí, terminarán por encontrarnos.

—¿Tú qué dices, Fridolín? —dijo Rani.

—Puede que Roto tenga razón —dijo Fridolín.

—¡Castañas, que tengo razón! —dijo Roto.

—Vamos a ir corriendo hasta aquellos árboles —dijo Fridolín señalando hacia lo lejos, en dirección al interior del parque—. Allí, debajo de los árboles, no podrán vernos.

El perfil oscuro de los árboles se veía a lo lejos, recortado con claridad contra el cielo débilmente iluminado por la luna.

—Si corremos, nos dispararán —dijo Abbás con voz temblorosa.

—Y si nos quedamos aquí quietos, nos cogerán —dijo Fridolín.

—Prefiero que me cojan a que me disparen —dijo Abbás—. ¡No me importa que me cojan!

—Estáis todos locos —dijo Amapola—. ¿Cómo van a disparar a unos niños?

El ruido de los motores era tan ensordecedor que tenían que hablar a gritos para hacerse oír.

Uno de los focos pasó muy cerca de ellos esta vez, y otro comenzó a acercarse en su dirección, ascendiendo por la ladera de hierba silvestre salpicada de flores, que sólo se hacían visibles ahora, al ser iluminadas por el foco.

—¡Vamos a correr! —dijo Fridolín.

—¡Espera! —dijo Roto—. Todos juntos, no. Cada uno por su lado, y nos encontramos debajo de aquellos árboles.

—¡Ahora! —gritó Fridolín.

Se levantó y echó a correr, y los demás hicieron lo mismo.

—¡Separaos! —oyeron decir a Roto—. ¡Si vamos juntos nos cogerán a todos!

Todos los niños echaron a correr ladera abajo. Fridolín vio cómo uno de los focos de uno de los helicópteros se movía justo por delante de él, un cono de luz que caía del cielo y ponía un óvalo de luz sobre la tierra que iba iluminándole el camino: unas escaleras descendentes con balaustradas de piedra que conducían a una amplia calle asfaltada. Al otro lado de la calle había otros dos tramos de escaleras ascendentes, también con balaustradas de piedra. Más allá empezaban los árboles.

Fridolín corría ahora detrás de la luz del foco. Descendió por las escaleras dando saltos, y luego se puso a cruzar la calle asfaltada. Era una amplia avenida que tenía tres carriles por cada lado, pero cuando estaba justo en la mitad, uno de los focos pasó justo por encima de él y Fridolín se encontró corriendo de pronto en el centro de un amplio círculo de luz que se movía con él en dirección a las escaleras del otro lado.

¡Me han descubierto!, pensó aterrado.

Comenzó a oír disparos, y las balas golpeaban en el asfalto a su alrededor.

Era una ametralladora. Le estaban disparando desde el helicóptero. Lo único que podía hacer era correr hacia los árboles lo más rápido posible. Oyó cómo otro de los helicópteros se dirigía también hacia el sitio donde él estaba, y otro foco de luz se añadía al que le tenía localizado, y los dos focos se movían con él en dirección a las escaleras y le iluminaban los escalones por delante de él como para indicarle el camino.

Ahora eran dos ametralladoras las que le estaban disparando. Estaba tan aterrorizado que se había puesto a gritar, y corría escaleras arriba gritando y saltando los escalones de dos en dos, y oyendo cómo las balas se estrellaban a su alrededor. Corriendo y gritando, entre el ruido de las hélices del helicóptero y el de las ametralladoras, llegó por fin a la zona de árboles, y corrió, corrió, hasta tropezar con algo en la oscuridad y caer rodando en el suelo.

Ahora ya estaba a salvo, porque allí no podían verle. Los del helicóptero dispararon unas cuantas ráfagas a ciegas sobre los árboles y luego se volvieron en dirección a la avenida asfaltada.

A través de los troncos y de la espesura, Fridolín veía los focos de luz moviéndose y oía el ruido horrible de las ametralladoras disparando a sus amigos. Lo más extraño era que no les dijeran nada. Fridolín había visto muchas películas en las que la policía habla con los malhechores desde un helicóptero usando un megáfono, y sabía también que no se puede disparar contra otra persona sin pedirle antes que se detenga o que se entregue. Pero estaba claro que en el Parque de las Lilas las leyes no existían.

Le asombraba también que los soldados no hubieran intentado capturarles. Un helicóptero podría haber aterrizado con toda comodidad en la amplia avenida asfaltada y los soldados podrían haber saltado a tierra y haberles ido cogiendo uno a uno sin el menor problema. Pero estaba claro que los soldados tenían órdenes estrictas de no poner el pie en el parque bajo ningún concepto.

Allí, escondido entre los árboles, se preguntaba angustiado qué les estaría pasando a sus compañeros.

El foco de uno de los helicópteros se había quedado vertical e inmóvil, un poco más allá de donde comenzaban los árboles, y Fridolín decidió ir a mirar qué era lo que sucedía.

Fue caminando hacia allí, tropezando con las zanjas y las raíces de los árboles, que no podía ver en la oscuridad casi total, salió de la zona de árboles y comenzó a descender por la ladera de hierba que separaba el nivel de los árboles de la gran avenida asfaltada.

Entonces vio lo que había sucedido. Uno de los helicópteros estaba inmóvil en el aire, el foco iluminando la acera de la avenida asfaltada donde Rani estaba tendida boca abajo.

—¡Rani! —gritó Fridolín.

¡La habían alcanzado!, pensó con un latido de terror. Y sin pensárselo ni un segundo, corrió hacia donde estaba su amiga, entró en el círculo de luz y se agachó a su lado para recogerla y llevársela de allí. Sabía que los disparos volverían a comenzar inmediatamente, y que sus posibilidades de escapar llevando a Rani en brazos eran muy escasas, porque no podría casi correr y ofrecería, además, un blanco perfecto, pero ¿qué otra cosa podía hacer? No podía dejarla allí tirada.

Pesaba muchísimo más de lo que había imaginado, y además estaba inerte, y es muy difícil levantar del suelo un cuerpo completamente inerte. Haciendo un esfuerzo inaudito, dio la vuelta a Rani en el suelo, la cogió por las axilas y se la cargó sobre el hombro. Luego se incorporó, tambaleándose, y corrió con ella a cuestas por entre los arbustos.

Sin embargo, el foco de luz no le siguió, y tampoco hubo más disparos. ¿Por qué? Era como un milagro. ¿Por qué habían dejado de disparar?

Los helicópteros se retiraban, los focos de luz se apagaron uno tras otro. Mientras corría cuesta arriba, con el cuerpo de Rani saltándole en el hombro y resbalándosele todo el rato, pudo oír con claridad cómo el ruido de las hélices de los helicópteros se iba alejando en dirección a Fléroe.

Siguió corriendo de todos modos, y no paró hasta entrar bajo los árboles, y una vez allí siguió caminando y caminando hasta que encontró un banco de madera, y al llegar allí se arrodilló como pudo, y colocó a Rani sobre el banco cuidando de que no le golpeara la cabeza. El rumor de las hélices de los helicópteros se perdía ahora en la distancia.

—¡Rani, Rani! —decía Fridolín aterrado.

Todavía tenía la linterna en el bolsillo. La sacó, la encendió y se puso a mirar a Rani por todas partes. Tenía la cara muy pálida, casi de un color ceniciento, y la boca llena de sangre. La sangre le manchaba la cara, el cuello y el vestido, pero no había mucha sangre después de todo, y Fridolín no conseguía ver ninguna herida.

Se inclinó sobre ella y apoyó el oído sobre su corazón. Contuvo la respiración durante unos segundos y cerró los ojos, como para poder oír mejor. Y allí estaba, el corazón de Rani, latiendo pausadamente, pero latiendo.

—Fridolín —oyó que decía alguien a sus espaldas.

Era Amapola, que había visto la luz de la linterna. Cuando vio a Rani tendida en el banco, dio un grito y se llevó las dos manos a la boca.

—¿Le han disparado?

—No —dijo Fridolín—. Creo que se ha desmayado.

—¡Está llena de sangre!

—Creo que se ha roto un labio al caerse —dijo Fridolín.

Amapola se acercó a Rani y se puso a mirarla también por todas partes, e igualmente apoyó la oreja en el pecho de la niña.

—Fridolín, ¿eres tú? —dijo la voz de Abbás.

—¡Aquí! —dijo Fridolín moviendo la luz de la linterna.

Abbás estaba temblando de pies a cabeza, y cuando vio a Rani tendida en el banco y con la cara tan pálida y manchada de sangre, se quedó inmóvil.

—No te preocupes, Abbás —dijo Amapola—. No le pasa nada. Se ha desmayado, nada más...

Fridolín sacó la cantimplora de su mochila y le echó un chorro de agua a Rani por la cara, y vio cómo la niña se movía un poco y luego abría los ojos lentamente.

—¿Qué...? —dijo.

—Bienvenida —dijo Fridolín.
—¿Qué pasa? —dijo.
—Te has desmayado —dijo Fridolín.
—¿Me he desmayado? ¡Oooooooooooooooh! ¡Qué tonta!

Se incorporó lentamente y se sentó en el banco, tocándose en el labio partido y haciendo un gesto de dolor.

—¿Dónde me he desmayado?
—En mitad de la calle —dijo Fridolín—. En esa calle grande de ahí abajo. Tenías un foco de un helicóptero justo encima.
—¿Y quién me ha recogido?
—Yo —dijo Fridolín—. ¡Pesas muchísimo! ¡Casi no podía contigo!

Rani le miraba con sus grandes ojos asombrados.

—Podían haberte disparado, Frido, ¡estás loco!

De pronto, Abbás empezó a llorar.

—¡Me estaban disparando! —dijo entre sollozos.

No podía parar de llorar. Era un llanto nervioso e histérico.

—Me he ensuciado todos los pantalones —dijo, sin poder dejar de llorar—. ¡Como si fuera un bebé!

—Quítatelos —dijo Fridolín—. Los lavaremos en algún sitio.

Abbás seguía llorando sin poder parar.

Amapola se acercó a él y le rodeó con los brazos.

—Tranquilo, Abbás, todos hemos pasado miedo.

—¡Pero tú no lloras! —dijo Abbás entre sollozos e hipidos—. ¡Yo estoy muerto de miedo! ¡Tengo tanto miedo que me voy a morir...! ¡No me importa si pensáis que soy un cobarde! ¡No me importa nada!

—Tranquilo, Abbás, tranquilo —le decía Amapola abrazándole con fuerza—. No pensamos nada.

—Vosotros sois muy valientes, pero yo me muero de miedo —seguía diciendo Abbás entre sollozos.

Oyeron unos pasos que se acercaban.

—Aquí huele muy mal —dijo la voz de Roto, que se acercaba caminando a paso vivo.

—¡Roto! —dijo Fridolín—. ¿Estás bien?

—Sí, estoy bien. ¿Por qué huele aquí tan horrible?

—He sido yo —dijo Abbás con un hilo de voz.

Ya había dejado de llorar, y ahora sólo hipaba de vez en cuando.

Todos quedaron en silencio.

—Vamos, Abbás —dijo Roto—. El olor es insoportable. Ahí arriba he visto un estanque con agua. Ahí puedes lavarte los pantalones.

—Vale —dijo Abbás.

—Bueno —dijo Fridolín cuando Roto y Abbás se alejaban—, creo que es suficiente por hoy. Vamos a descansar un poco hasta que se haga de día.

El comienzo

Cuando Fridolín se despertó, se estaba haciendo de día pero todavía no había salido el sol. El cielo estaba todavía gris, y la neblina flotaba entre los árboles. A la luz del amanecer, el Parque de las Lilas parecía un lugar misterioso y encantado.

Los otros estaban todavía dormidos: Rani y Amapola estaban tendidas sobre el banco, cada una en un lado; Roto, hecho un ovillo en el canalón de un seto, y Abbás, medio apoyado en el tronco de un eucalipto.

Fridolín se puso de pie y miró a su alrededor. Por encima del seto, vio la pendiente cubierta de hierba que conducía a la gran avenida asfaltada donde los helicópteros les habían sorprendido la noche anterior.

Por supuesto, no había ni rastro de soldados ni de helicópteros en parte alguna. Todo estaba tranquilo. Ni siquiera los pájaros estaban despiertos todavía. Parecía increíble que aquel lugar tan apacible y solitario hubiera estado cruzado la noche anterior por el resplandor de los disparos y el estruendo de las máquinas de guerra.

Fridolín dio unos pasos en dirección a las escalinatas de piedra para hacerse una idea del lugar en el que estaban. Había todas las cosas que uno espera que haya en un parque: árboles en hilera, bancos para sentarse, farolas, estatuas, columpios y toboganes para niños, pero al mismo tiempo parecía una selva. Los setos estaban todos recrecidos, y la hierba de las praderas era tan alta que les llegaba a los niños a la cintura. Las estatuas y las farolas estaban llenas de hiedras y de plantas parásitas. Enredaderas cargadas de flores trepaban por los toboganes y los columpios inmóviles, que estaban completamente oxidados y con la pintura corroída. Los árboles habían crecido sin ningún orden, y sus ramas se enmarañaban unas con otras.

El Parque de las Lilas ya no era en realidad un parque. Era como el cadáver de un parque, el recuerdo lejano de algo que mucho tiempo atrás fue un parque pero ahora era un territorio hostil y salvaje.

Fridolín abrió la mochila y comprobó que, a pesar de que el día pasado había estado sumergida en el agua durante un rato, todo lo que había en su interior seguía seco. Las cremalleras herméticas habían funcionado bien.

—¡Mami, tengo frío! —dijo Rani con voz de niña mimada, despertándose de pronto. Cuando vio que no estaba en su cama, sino en el banco de un parque con sus amigos, pareció muy sorprendida.

La mañana era fría y húmeda, y todos se juntaron enseguida en el banco para desayunar. Fridolín sacó una pastilla de chocolate y las bolitas dulces que había cogido en la fiesta la noche anterior, *gulab jamun*, bolitas fritas y empapadas en sirope y *rasmalai*, un dulce hecho a base de leche y queso. Estaban un poco secas, pero les supieron deliciosas.

—Bueno, Frido —dijo Roto, todavía masticando a dos carrillos—, ¿cómo vamos a salir de aquí? No podemos volver por ese pozo lleno de agua.

—No vamos a volver —dijo Fridolín—. Ya os dije que no vinierais conmigo, pero ahora que estamos todos juntos, tendréis que acompañarme.

Entonces Fridolín les explicó todo lo que había averiguado sobre el parque. Les habló sobre el árbol Bo, el árbol que concede los deseos y cuyo fruto otorga la inmortalidad, y les explicó que el árbol de los deseos estaba en el interior del parque, en algún lugar desconocido, y que por eso el parque estaba cerrado y no dejaban entrar allí a nadie, y les habló de los acechadores, y de *La regla del acechador*, y de lo que les había pasado a los acechadores de antaño, a Walla, a Waldstein, a Abraxas, a Stefan, y les dijo que su padre, Hugo Bonpensant, había sido acechador también y por eso pensaba que a lo mejor él podría tener también el don, porque era algo que se transmitía de padres a hijos. Les explicó que su propósito era buscar el árbol de los deseos para pedir un deseo, un solo deseo, y que para eso había entrado allí, y que hasta que no encontrara el árbol Bo no pensaba salir del parque.

Intentó no extenderse mucho porque se estaba haciendo de día y tenían que ponerse en camino cuanto antes, pero quiso que su explicación fuera lo más clara posible para que sus amigos entendieran bien la situación.

—Pero ¿tú no sabes dónde está ese árbol? —le preguntó Roto.
—No.
—¿Tu padre no te dijo dónde está?
—No.
—Entonces, ¿cómo vas a encontrarlo? ¿Tienes algún mapa?

—No —dijo Fridolín.

—¿Entonces? —dijo Amapola abriendo mucho los ojos.

—Tengo un libro —dijo Fridolín débilmente, abriendo su mochila y mostrándoles *La regla del acechador*—. Es el manual de los acechadores. Al lugar donde está el árbol Bo, en el libro se le llama «la Zona», y dice que *la Zona está viva y es inteligente*. La Zona es ahora el Parque de las Lilas. Lo único que tenemos que hacer es seguir las señales del parque. Así conseguiremos llegar al árbol Bo.

Su explicación era tan fantástica que tuvo la virtud de dejarles a todos en silencio.

—Entonces cuando lleguemos al árbol Bo —preguntó Amapola pensativa—, ¿todos podremos pedir deseos?

—Sí —dijo Fridolín—. Claro. Todo lo que uno desea debajo de sus ramas se hace realidad, sea lo que sea y lo pida quien lo pida.

—¿Todos podemos? —dijo Rani muy sorprendida—. ¡Pensaba que sólo podías tú!

—No —dijo Fridolín—. Todo el que llega al árbol puede pedir deseos. Podéis pedir tres deseos cada uno. Pero si yo fuera vosotros, pediría sólo uno.

—¿Por qué sólo uno, Frido? —dijo Abbás, que también parecía muy interesado de pronto en aquello de los deseos—. ¿Por qué no los tres?

—Porque somos pequeños todavía —dijo Fridolín—. Pensadlo bien. Si pedís tres deseos, ya no podréis volver a pedir nada más en toda vuestra vida.

La niebla mañanera se había levantado, y ahora lucía un sol espléndido sobre el Parque de las Lilas. No había tiempo que perder.

Fridolín había dicho que el parque estaba vivo y que era inteligente, y que lo único que deberían hacer era esperar a recibir una señal que les dijera por dónde ir.

—¿Por dónde vamos, Frido? —dijo Roto.

—No sé —dijo Fridolín.

Ahora estaban todos de pie, mirando a su alrededor, sin saber qué camino tomar. Rani se puso al lado de Fridolín y le miraba intensamente con sus ojos oscuros. Pasó un largo rato. Los insectos emitían sus zumbidos misteriosos entre la hierba, y los pájaros pasaban volando entre los árboles. Una ardilla descendió a toda velocidad por el tronco de un arce, les miró distraídamente y luego se perdió entre la hierba.

—¿Qué pasa, Frido? —le dijo Rani con voz débil.

Oyeron chillar a la ardilla más allá. Había trepado al tronco de otro árbol y allí se había encontrado con otra ardilla. Los dos animalitos se olisquearon por espacio de unos segundos y parecieron reconocerse. Los niños las contemplaban con curiosidad. Luego las dos ardillas bajaron juntas del tronco del árbol y echaron a correr en dirección a la gran avenida asfaltada. Se acercaron a espiarlas a través del seto, y vieron cómo las ardillas corrían por la rampa de hierba y salían a la avenida. Allí, en medio del asfalto, había un avión rojo de juguete. Fridolín hubiera jurado que unos instantes atrás, cuando se había asomado a mirar la avenida por encima del seto, ese avión no estaba allí, pero también era posible que estuviera y él no lo hubiera visto. Las ardillas se acercaron al avión y se pusieron a curiosearlo y a olisquearlo. Luego se alejaron corriendo avenida abajo y desaparecieron por debajo del seto un poco más allá.

Los cinco bajaron a la avenida y se acercaron al avión. Era uno de esos aviones de juguete que tienen una hélice y un motor y cuyo vuelo uno puede controlar con un mando a distancia. Claro que ellos no tenían ningún mando a distancia. No parecía estar muy viejo, y los niños concluyeron que el dueño del aparato no había sabido controlarlo y el avión se le había escapado y se había metido en el parque. Roto comprobó el motor, y funcionaba. La hélice se puso en marcha al instante, y hacía un ruido parecido al de los aviones de verdad.

–¿Es esto una señal del parque? –preguntó Rani.

–Ponlo en el suelo –dijo Fridolín–. Déjalo que despegue.

Roto lo puso en el suelo y al instante el avión empezó a rodar sobre la superficie asfaltada, cada vez más rápido y más rápido hasta que se levantó del suelo, y poco a poco fue separándose de su propia sombra. Los niños iban corriendo detrás, y vieron maravillados cómo el avión se elevaba por encima de sus cabezas y echaba a volar por encima de los árboles del parque.

Como no había nadie que controlara sus alerones, el avión comenzó a trazar una curva en el aire y se dirigió hacia la derecha. Pasó por encima de los plátanos y los magnolios y se perdió de vista. Los niños iban corriendo detrás. Enseguida lo vieron, todavía girando hacia la derecha, hasta que se tropezó con la rama de un abeto, dio una rara pirueta en el aire y cayó a tierra.

Iban corriendo hacia allá siguiendo las líneas en ángulo recto de los paseos del parque. Encontraron el avión caído en un matorral. La hélice estaba enredada entre las hojas y no podía girar, y el motor hacía un ruido extraño. Intentaron poner los alerones de la forma más recta posible para que no se torciera, encendieron de nuevo el motor y colocaron el avión en el paseo de tierra para que despegara. De nuevo se elevó sin dificultad sobre las copas de los árboles y los niños se pusieron a seguir su mancha roja por entre las hojas, corriendo y saltando obstáculos como podían.

Así llegaron a una plaza circular muy amplia en la que crecían altos pinos. El avión volaba sin obstáculos, pero por alguna razón descendió y aterrizó con elegancia sobre el asfalto.

Se le caían los alerones, y por esa razón descendía a tierra. Intentaron arreglarlos y de nuevo lo hicieron despegar. Esta vez el avión se quedó incrustado en lo más alto de la copa de un cedro gigante. Roto era el que mejor subía a los árboles, y fue el encargado de trepar hasta allí para recuperarlo. Cuando estaba a la mitad del árbol, aproximadamente, le oyeron quejarse.

—¿Qué pasa, Roto? —preguntó Fridolín.

—Esto está muy alto —dijo Roto—. Desde ahí abajo no parecía tan alto. ¡No sé si voy a poder alcanzar el avión!

—Dile que lo deje —le dijo Amapola a Fridolín—. Si se cae desde ahí arriba, ya me dirás qué hacemos.

Pero era inútil, porque Roto había desaparecido ya entre las ramas cargadas de agujas oscuras. Al cabo de un rato, vieron cómo una de las ramas más altas comenzaba a moverse furiosamente. Roto estaba agitando las ramas para lograr que el avión se cayera. Varios pájaros salieron volando y chillando de la copa del árbol. Y unos instantes más tarde, en efecto, vieron caer el avión cruzando el aire igual que una gran lágrima roja hasta hundirse entre unos arbustos de zumaque. Lo sacaron de allí, esperaron a que Roto descendiera del cedro y luego lo pusieron de nuevo en marcha.

Siguiendo al avión fueron corriendo a través de unos juegos infantiles donde había toboganes gigantes, tortugas de piedra que en tiempos estuvieron pintadas de colores e hileras de columpios muy oxidados, y luego un seto muy alto y muy tupido que les obligó a dar un rodeo. Corrieron pendiente abajo y luego pendiente arriba, mientras el avión, como un pájaro rojo con las alas desplegadas, cruzaba el cielo casi en línea recta. Así llegaron hasta las orillas de un estanque muy grande. El avión volaba ahora sobre las aguas. Vieron cómo se acercaba a su propio reflejo, el reflejo de un avioncito rojo con ruedas amarillas, y como los dos aviones terminaban por encontrarse en mitad del estanque. El avión cayó al agua y al instante el ruido del motor se apagó.

Aquel era el final del avioncito rojo. Se había quedado flotando sobre las aguas del estanque.

—Entonces —dijo Rani—, ¿el árbol Bo está por aquí cerca?

—No sé —dijo Fridolín.

—¿Tenemos que esperar a que haya otra señal, Frido? —preguntó Abbás.

—Supongo que sí —dijo Fridolín, inseguro.

Quedaron en silencio, contemplando las aguas. En la superficie plateada se reflejaban el cielo y los árboles. Por debajo de los reflejos parecían insinuarse grandes cavernas oscuras. Los niños se sentaron sobre la hierba a la orilla del estanque, sin saber qué hacer. Y como siempre sucedía cuando no tenían nada que hacer, se pusieron a charlar.

—Esta agua no está estancada —dijo Roto señalando al estanque—. ¿No os parece raro? Si lleva aquí tantos años, esto tendría que estar lleno de plantas, como en los pantanos...

—¿Qué es «estancada»? —preguntó Rani.

—En el bosque, cuando voy con mi padre, a veces encontramos aguas estancadas —explicó Roto—. Están llenas de plantas muy raras, y hay muchos insectos, y huele muy mal... Pero este estanque no es así.

—Yo nunca he ido a un bosque con aguas estancadas —dijo Fridolín.

—A mi padre le gusta cazar —dijo Roto—. Me lleva con él, y cazamos ciervos.

—¿De verdad? —se asombró Abbás—. ¿Tú cazas ciervos también?

—No —dijo Roto—. Yo les disparo a los pájaros.

—¿Por qué? —preguntó Rani—. ¿Por qué disparas a los pájaros? Para comértelos, claro. Como os gusta tanto comer pájaros muertos...

—A veces... —dijo Roto—. Mi padre caza codornices y nos las comemos. Pero yo le disparo a cualquier pájaro. Todavía no sé cazar bien.

—¿Para qué lo haces, entonces? —dijo Rani—. ¿Para divertirte? ¿Tienes que matar pájaros para divertirte?

—No es «matar pájaros» —se defendió Roto—. Es cazar. El hombre tiene derecho a cazar. Además, es un deporte.

—¡Menudo deporte! —dijo Rani—. ¿Y quién gana, el que mata más pájaros?

Todos quedaron en silencio.

Fridolín se había levantado y estaba al borde del agua contemplando el estanque como hipnotizado.

Por debajo del reflejo de los árboles, se veía algo así como una verde caverna. Pero cuando uno se ponía a mirar con atención, parecía como si el fondo del estanque se llenara de una especie de luminosidad tenue, y entonces era posible contemplar verdes praderas sumergidas, enormes árboles sumergidos cuyas copas más altas ni siquiera alcanzaban a rozar la superficie.

—Mirad —dijo Fridolín—. ¡Hay otro parque ahí dentro!

—Claro —dijo Amapola—. Es el reflejo.

—No, no —dijo Fridolín—. Está por debajo del reflejo.

El parque de abajo

Fridolín propuso que intentaran sacar el avión del agua para ver si todavía funcionaba, pero ¿cómo iban a llegar hasta el lugar donde flotaba, casi en el centro del estanque?

Un poco más allá, en la orilla del estanque, había una caseta llena de piraguas. Tiempo atrás, en este estanque debían de haberse practicado los deportes náuticos. Algunas de las piraguas parecían estar en mal estado, con las maderas podridas, pero no les costó encontrar una embarcación con aspecto sólido y con capacidad para acomodarles a los cinco. En el fondo había dos pares de remos y una gruesa y larga soga enrollada que no vieron razón para sacar de allí. Empujaron la piragua entre todos hasta ponerla en el agua y luego se subieron a su interior y fueron remando hacia el lugar donde el avión rojo todavía flotaba. Era una piragua fina y ligera, y resultaba muy fácil de manejar.

—Yo no veo nada —dijo Abbás mirando sobre la borda—. Sólo agua oscura.

Fridolín se asomó a mirar también. A medida que se alejaban de la orilla, salían del reflejo de los árboles y entraban en el reflejo del cielo y de las nubes. No les costó mucho llegar hasta el lugar donde estaba el avión. Lo sacaron del agua, pero el motor se había mojado y ya no funcionaba.

—Está estropeado —dijo Roto.

Y volvió a tirarlo al agua.

Esta vez no flotó. Lo vieron sumergirse en el agua con un chapoteo y luego comenzar a descender lentamente, con el morro ligeramente inclinado hacia abajo. Lo siguieron con la vista, esperando que desapareciera enseguida devorado por las sombras del fondo y por la oscuridad del limo, pero no desaparecía. Lo veían descender y descender, y de pronto pareció que el avión estaba planeando por el aire.

Allí abajo había un parque iluminado por una luz muy tenue. El avión rojo volaba ahora entre las copas de los abedules, y poco a poco el parque de abajo comenzaba a hacerse más nítido. Amplias praderas soleadas, caminos de arena blanca, setos, glorietas con emparrados, y hasta un tiovivo abandonado y lleno de plantas, todo eso veían en el parque que había en el fondo del estanque.

La visión del parque sumergido era ahora tan luminosa que ya no les daba la impresión de estar flotando en el agua, sino de estar suspendidos en el cielo, volando en la piragua muy por encima de las copas de los árboles más altos.

La piragua seguía deslizándose por las aguas transparentes, y ellos contemplaban el parque de abajo con ilimitada sorpresa.

—Mirad —dijo Rani—. Hay un rebaño de ciervos.

Era cierto. Un rebaño de grandes ciervos con los costados adornados de manchitas blancas y negras descendía por la ladera de la colina del parque de abajo. Grandes pájaros azules volaban cómodamente de unos árboles a otros: eran pavos reales, que planeaban con sus grandes colas colgando, como plumeros del polvo, en el aire del mundo sumergido.

—¡Mirad allí! —chilló Abbás.

En efecto, más allá de las rocas, en el otro lado de la colina había dos tigres escondidos que observaban el rebaño de ciervos.

—¡Van a atacar a los ciervos! —dijo Fridolín—. ¡Tenemos que advertirles!

—¿Por qué? —dijo Roto—. Déjales en paz. Los tigres también tienen que alimentarse.

Uno de los cervatillos se había apartado del grupo. Los tigres comenzaron a deslizarse por entre las rocas, acercándose al lugar donde estaba el cervatillo despistado.

Pero la piragua seguía moviéndose, y poco a poco los tigres iban quedando atrás. Uno de los ciervos, el más grande de todos, había descendido hasta el pie de la colina y se había acercado a una fuente ornamental a beber. Era una de esas fuentes mitológicas que suele haber en los parques, un semicírculo de piedra lleno de agua, frente al cual había una pared de piedra blanca donde estaban los caños de la fuente y también un grupo de esculturas. Entonces vieron que el gran ciervo, el que parecía el más viejo de todos, no tenía cabeza de ciervo, sino un rostro humano, un rostro cubierto de pelo oscuro pero claramente humano.

Por detrás de las esculturas de piedra caliza de la fuente apareció un caballito blanco, pero no era un caballito blanco, sino un unicornio, y se puso a beber al lado del ciervo con rostro humano. Al cabo de un rato, un pavo real descendió de los cielos planeando con las alas abiertas y se posó también en el pretil de la fuente. Por entre las esculturas, abrazándose sinuosamente a los brazos y piernas de las figuras representadas, descendió una serpiente, que luego fue deslizándose por el pretil de piedra hasta llegar a donde estaban los otros animales. Un barbo de largos bigotes asomó la cabeza de la superficie del agua.

—¿Veis eso? —dijo Fridolín—. Parece el Consejo de los Animales. Un pez, una serpiente, un pájaro, un unicornio y un ciervo.

La piragua se había quedado inmóvil, y ahora los cinco podían contemplar a sus anchas la escena.

De pronto, Fridolín tuvo una idea.

—Roto —dijo—. Vamos a atar bien esta cuerda a la piragua.

—¿Para qué? —preguntó Roto.

—Para bajar ahí abajo —dijo Fridolín—. Quiero saber qué es lo que están tramando los animales.

Ataron uno de los extremos de la soga al banco central de la piragua, y luego dejaron caer la soga por el borde de la barca. A esas alturas el agua se había hecho tan transparente y tan ligera que ya no parecía agua, sino aire y luz, y desde luego ya no mojaba. Fridolín comenzó a bajar por la soga. Descender por esta agua de aire le resultaba muy fácil, mucho más fácil de lo que le habría resultado en el mundo de arriba, porque Fridolín nunca había sido muy atlético. La cuerda alcanzaba a las ramas más altas de uno de los abedules gigantes que crecían por allí. Cuando llegó hasta el extremo de la cuerda, Fridolín saltó a las ramas del abedul y luego fue bajando por las ramas hasta llegar al suelo.

Miró hacia arriba y vio, al extremo de la soga, que se balanceaba lentamente, la piragua suspendida en lo alto de los aires. Hizo una señal a sus amigos y ellos también le saludaron con la mano. Luego echó a caminar en dirección a la fuente de las estatuas mitológicas.

Se dio cuenta de que los animales estaban todos en silencio, como esperando a que él se uniera a ellos.

—Muy bien —dijo el barbo con ronca voz de fumador—. Ya ha llegado el humano, podemos empezar.

—¿Me estabais esperando? —dijo Fridolín.

—Claro —dijo la serpiente, con una voz de mujer clara y melodiosa—. Tenemos que tomar una decisión.

—¿Quiénes sois? —preguntó Fridolín—. ¿Sois animales? ¿Sois dioses?

—No tenemos tiempo para esas cosas, bla bla bla, tú de dónde eres, y tu familia de dónde viene, ay qué bien, ay qué ilusión, ay qué ideal —dijo el barbo impaciente—. Yo soy un barbo, esta es una cobra, este es un rinoceronte...

—¡Eh! —dijo el unicornio, que tenía la voz de un niño de unos cinco años—. Soy un unicornio.

—Valeeeee, un unicornio —continuó el barbo—, aquel de allí, el de las alas, es un pavo real, y éste, tatatataaaaa, es el Espíritu del Bosque...

El ciervo con rostro humano miró a Fridolín con gravedad.

—Hola, Espíritu del Bosque —dijo Fridolín.

—Tantas veces has entrado en mis bosques, y esta es la primera vez que me saludas —dijo el ciervo.

—Bueno, bien —dijo el barbo con su voz ronca—, muchos agravios se han cometido, nos hemos ofendido unos a otros, nos hemos pasado de la raya, el mundo está patas arriba, bla bla bla, ya lo sabemos, que si tú me dijiste que si yo te dije, bla bla bla, bueno, bien, cuentas hasta diez, respiras profundamente, sacas pecho y sigues adelante, no nos liemos, no nos lieeeeeeeeeeeeeeeeeeemos.

Después de soltar esta perorata el barbo se puso a toser como si verdaderamente fuera un fumador compulsivo.

—Yo voto que no —dijo el pavo real con una vocecilla que parecía la de una anciana inglesa. Tenía, de hecho, acento inglés—. Aunque, por supuesto, ése es sólo mi punto de vista.

—¿Pero votas que no a qué, plumillas? —le dijo el barbo—. A ver, a ver, no nos liemos, la cuestión es si vamos a abrir el parque, sí o no.

—Ah, entonces yo voto que sí —dijo el pavo real.

—Pero ¿en qué basas tu voto? —preguntó el unicornio.

—¡No tengo que dar explicaciones de mi voto! —chilló el pavo real—. En un sistema de sufragio universal libre y directo nadie tiene que dar explicaciones de su voto, que ha de ser, además, secreto.

—¿Qué quiere decir «abrir el parque»? —preguntó Fridolín.

—¡Mira, si también tiene lengua! —dijo el barbo soltando una risa sorda—. A ver, el parque es un sistema... aquí está todo organizado... nosotros lo abrimos o lo cerramos según nos dé la real gana... Os podemos tener dando vueltas un mes, y sin llegar a ningún lado... ¿Te gustaría eso?

—No —dijo Fridolín, y luego añadió—: no, señor.

—Parece un buen chico —dijo la serpiente.

—Síííííííí —dijo el barbo muy sarcástico—. A esa edad todos parecen muy majos, bla bla bla, pero luego crecen y si te he visto no me acuerdo. ¡No te fastidia! A ver, convéncenos...

—¿De qué? —preguntó Fridolín confuso.

—¿Cómo que de qué? —dijo el unicornio.

—Este no se entera —dijo el barbo—. A ver, nene, a ver si te aclaras, porque si no te aclaras rapidito vas a acabar con la marca de un gran zapato en la parte trasera de tus pantalones... ¿Qué hacéis aquí?

—¿Aquí o allá arriba? —dijo Fridolín, señalando a los de la piragua, que contemplaban con curiosidad toda la escena flotando en lo alto.

—Arriba... abajo... eso da igual —dijo el Espíritu del Bosque—. Lo de abajo es como lo de arriba.

—Buscamos el árbol Bo —dijo Fridolín.

Esta noticia pareció dejar sorprendidos a todos los animales.

—¿El árbol Bo? —dijo el barbo por fin.

—¿No buscáis petróleo? —preguntó el unicornio.

—No —dijo Fridolín.

—¿Tenéis sierras mecánicas? —preguntó el Espíritu del Bosque—. ¿Rifles?

—Claro que no —dijo Fridolín.

—Recítanos un poema —dijo el pavo real.

—¿Un poema? —dijo Fridolín—. No sé ningún poema de memoria.

—¡Nadie te ha dicho que lo recites *de memoria*! —chilló el pavo real—. Aquí no nos gustan los trucos, ni los memoriones, ni los pitagorines, ni los empollones.

—Sí, recítanos un poema —dijo la serpiente—. Pero así, según te salga...

—Pero yo no sé... —comenzó a decir Fridolín.

—Vamos a ayudarle —dijo el unicornio—. Vamos a darle el primer verso.

—A ver —dijo el barbo—. A ver, tú —dijo dirigiéndose a la serpiente—, venga, genio, inventa algo.

—El pastel... el pastel está... el pastel está excelente —dijo la serpiente—. *El pastel está excelente.* Ese será el primer verso.

Fridolín les miraba a uno y a otro muy angustiado. Luego miró a sus amigos, suspendidos allá arriba en la piragua.

—Empieza ya —dijo el barbo—. Tictac, tictac, tictac.

Fridolín abrió los labios y empezó a decir:

«El pastel está excelente»,
le dijo Ana al cocinero,
«que me digas la receta,
eso es todo lo que quiero.»

El cocinero, un tipejo
con aires de comadreja,
arrugando el entrecejo
no se lo puso en bandeja.

«Si te digo la receta
de modo tan ordinario,
perderé en un solo instante
todo mi arte culinario.

»Te lo diré con enigmas
y arte de abracadabra,
yo diré unas pocas sílabas
y tú acabas la palabra.»

«Bien», dijo Ana, «pues empieza.»
Tiene «azú...», dijo el taimado.

«¡Es azúcar!», dijo Ana.
«No, muy mal, ¡no lo has pillado!»

«Tambien tiene algo de mosca...»
«Ah, ya entiendo, moscatel.»
«No, muy mal», dijo el muy tuno.
«Tiene mie...» «Pues no sé... ¿miel?»

«No, no es miel. También tiene ar...»
Y Ana pensó a toda prisa.
«¡Es harina!» «¡No, no, no!»,
dijo él, ya muerto de risa.

«Tiene le...», dijo llorando
y rodando por el suelo.
«Pues no sé, ¿puede ser leche?»
«¡No!», chillaba el bribonzuelo.

«¡Un pastel tan delicioso,
un pastel tan excelente!
¿Cómo va a tener azúcar?
¿Pero en qué piensa la gente?

»¿Miel y moscatel y harina?
¡Yo no uso esas porquerías!
¡Sólo cosas deliciosas
tienen las recetas mías!

»Sobre una base de azu...fre
pongo una pasta de ar...añas

luego una crema de mosca...s
aliñada con le...gañas.

»Luego lo recubro todo,
porque el sabor no se pierda,
de una espesa cobertura
elaborada con mie.........

»¡Ese es todo mi secreto!
Uso sólo cosas buenas:
por eso mi alta cocina
espanta todas las penas.»

«Gracias, gracias», dijo Ana,
mirándole con respeto.
«Ahora entiendo que un artista
no revele su secreto.

»Hoy me has abierto los ojos,
veo el mundo de otro modo.
Antes vivía inconsciente,
¡pero ahora lo entiendo todo!»

«El saber tiene alto precio»,
dijo él, «no lo reveles.
Los que entran en el misterio
ya jamás comen pasteles.»

Los animales recibieron el poema de Fridolín con aclamaciones y vítores. El barbo dio varios saltos en el aire, el pavo real abrió la cola, la serpiente se enroscó sobre sí misma, el ciervo hizo una cabriola y el unicornio sacó una libreta de autógrafos y un bolígrafo de quién sabe dónde y le pidió a Fridolín que le firmara un autógrafo.

—¡Bien, chico, muy bien! —dijo el barbo.

—Es un poema buenísimo —dijo el pavo real—. Te felicito.

Fridolín estaba tan asombrado como si al abrir los labios hubiera salido de su boca un gran cocodrilo rosado vestido de bailarina que hacía girar una sombrilla de luces parpadeantes. ¿De dónde diablos había salido aquel poema que había recitado con tal facilidad? ¿Cómo había sido capaz de improvisar una cosa así?

—¡Houston, aquí módulo lunar! ¡Llamando a la tierra! —dijo el barbo—. Chico, chico, ¿estás con nosotros?

—Sí —dijo Fridolín—. Perdón.

—Perdonado —dijo el barbo—. Mira, chico, vamos a hacerte unos cuantos regalos que te van a ser de mucha utilidad en tu viaje.

El ciervo de rostro humano puso a sus pies una piedra preciosa roja y brillante que traía entre los labios.

—Este es el rubí inmortal de la princesa Flermonde —dijo.

El unicornio traía en los dientes un diminuto autómata de oro sentado frente a una mesita.

—Este es el autómata ajedrecista de Franz Volpensant, el famoso inventor del siglo XVIII —explicó con su vocecita.

La serpiente colocó una estrella de oro sobre el pretil de la fuente.

—Esta es la estrella de oro de Kaspar Tamerarius, el alquimista de Basilea —dijo—. Antes era una hoja de arce, pero el alquimista la transmutó.

El pavo real se acercó también con algo en el pico: era una larga cadenita de oro.

—Este es el péndulo sagrado de los sacerdotes músicos de Isidora, que se dedican a medir y escuchar la tierra —explicó muy solemne.

Finalmente, el barbo le entregó una pequeña llavecita que traía entre los labios.

—Toma, chico —dijo—. Esta es la llave que abre todas las puertas del Palacio de los Siete Dragones de la Nube Rosada de Oriente.

—Gracias, muchas gracias —dijo Fridolín, guardándose todos los regalos en los bolsillos de su pantalón—. Son ustedes muy amables.

—Sí, sí, vale —dijo el barbo—. Ha sido un placer, a ver si nos llamamos y quedamos, bla bla bla, pero aquí todo el mundo tiene que volver al trabajo. ¡La reunión ha concluido! Todo el mundo a lo suyo.

El barbo desapareció en el agua oscura de la fuente, y todos los animales comenzaron a retirarse del lugar.

Fridolín volvió al abedul por el cual había descendido, subió fácilmente por las ramas hasta llegar a lo alto, se agarró de la cuerda y fue trepando y trepando hasta llegar a la piragua.

—¡Fridolín! ¡Frido! —gritaban los de arriba muy asustados.

Fridolín no podía comprender las voces de alarma de sus amigos, dado que todo había ido bien y él estaba subiendo por la soga con toda comodidad. Cuando llegó al borde de la piragua, los de arriba le agarraron de los brazos para ayudarle a subir. Le agarraban con mucha fuerza y tiraban de forma frenética, y Fridolín no podía entender tanta urgencia ni tantos gritos.

El ángel caído

—¡Fridolín! ¡Fridolín, despierta! —oyó que le decían.

Sus amigos le sacaban del agua tirando de los brazos. Fridolín abrió los ojos aturdido, y sintió cómo le arrastraban hasta la orilla de hierba y le dejaban allí tumbado.

—Ha abierto los ojos —oyó decir a Amapola—. Frido, ¿me oyes?

Fridolín se incorporó. Estaba empapado de pies a cabeza y lleno de barro.

—*Los que entran en el misterio / ya jamás comen pasteles* —murmuró entre dientes.

—¿Qué? —dijo Roto. Y luego se puso a sacudirle por los hombros—. ¡Frido! ¡Despierta ya!

—¿Qué ha pasado? —preguntó Fridolín mirando a su alrededor.

—Estabas mirando el agua —le dijo Abbás—, y de pronto te has metido, te has tirado al agua, te has puesto a bucear...

—Y no salías —continuó Rani—. Y no salías, y no salías, y nos hemos tenido que meter a sacarte...

—¿Dónde está la piragua? —preguntó Fridolín.

—¿Qué piragua? —dijo Roto.

Fridolín miraba a todas partes confuso. Entonces, ¿todo aquello había sido un sueño? ¿Todo, la piragua, la conferencia de los animales, el poema, los regalos... todo un sueño?

Se incorporó y se metió las manos en los bolsillos para ver si sus regalos seguían allí. Y de sus bolsillos fue sacando una diminuta piña de ciprés, un ratoncito de cuerda de plástico rosa, una hojita seca de arce, un cordón de zapato y un tornillo.

—¿Qué es todo eso, Frido? —le preguntó Rani.

—Son cosas que estaban en el fondo del estanque —dijo Roto.

—El rubí inmortal de la princesa Flermonde, el autómata de Franz Volpensant, la estrella de oro del alquimista de Basilea, el péndulo sagrado de los sacerdotes de Isidora y la llave de todas las puertas del Palacio de los Siete Dragones... —dijo Fridolín.

—¿Qué? —dijo Rani muerta de risa—. Eso no es una llave, Frido, es un tornillo oxidado.

—Lo que no entiendo es cómo se te ha metido todo eso en los bolsillos —dijo Amapola apretándose el labio inferior con los dedos, como hacía siempre que estaba pensando intensamente.

Fridolín estaba muerto de frío y propuso que se pusieran en camino inmediatamente. El problema era cómo saber adónde ir. El avión rojo que les había llevado hasta allí se había hundido definitivamente en las aguas del estanque. Entonces Fridolín pensó en los regalos que le habían hecho los animales del parque de abajo. ¿Habría alguno que pudiera resultarle útil?

Sacó el ratoncito rosa, le dio cuerda y lo dejó en el suelo.

—Está oxidado —dijo Roto—. No funciona.

Fridolín tocó al animalito suavemente, y de pronto la cuerda se disparó y el ratoncito empezó a correr a toda prisa por el camino. Dio una vuelta entera sobre sí mismo y luego continuó en línea recta durante cuatro, cinco metros, hasta que se le acabó la cuerda.

—Por aquí —dijo Fridolín—. Esta es la dirección.

Siguieron, pues, el camino que iba bordeando el estanque. Cuando llegaba al otro extremo del estanque, el camino se adentraba entre los árboles y ascendía.

Esta zona parecía más un bosque que un parque. Ojaranzos, ailantos, robles, acacias, magnolios, olmos, almeces y grandes cedros crecían por todas partes, y sus ramas se juntaban en lo alto oscureciendo los caminos.

Caminaron durante horas por caminos que se cruzaban en ángulo recto bajo los grandes árboles. Cuando llegaban a un cruce, Fridolín sacaba el ratón de juguete, le daba cuerda y lo ponía en el suelo.

Llegaron así hasta una glorieta, en un espacio amplio y despejado. Había bancos alrededor, todos invadidos de enredaderas llenas de bonitas flores azules, y también canteros de flores, donde las flores ornamentales surgían en medio de hijuelos de ailantos y todo tipo de plantas parásitas.

En el centro de la glorieta había una gruesa columna, y en lo alto de la columna, una estatua de bronce que representaba a un ángel contorsionado en una postura extraña. Estaba como inclinado hacia atrás, las alas batiendo en el vacío, el rostro retorcido en un gesto de dolor.

—Qué ángel más extraño —dijo Abbás—. Parece que está enfermo.

—«El ángel caído» —leyó Amapola en la columna que sostenía la estatua—. Oh.

—Un ángel que se ha caído —dijo Rani soltando una carcajada—. ¿O sea que vuestros ángeles se tropiezan y se caen? ¡Vaya una porquería de ángeles!

—Por lo menos nosotros tenemos ángeles, no como vosotros —dijo Abbás.

—¿Quién te ha dicho que nosotros no tenemos ángeles? —dijo Rani muy ofendida—. ¡Tenemos ángeles, y vuelan, y cantan, y pelean con espadas, y nunca, nunca, nunca se caen!

—No es verdad —dijo Abbás—. Lo he leído en mi enciclopedia. Adoráis a las vacas, a los elefantes y a los monos. ¡No tenéis ángeles!

—¿Adoráis a los monos? —preguntó Roto.

—No entendéis nada —dijo Rani, muy ofendida—. No adoramos a los monos. Es que Dios tiene muchas formas.

—¡Dios no tiene forma! —dijo Abbás—. Eso es lo que dice mi religión, y es la verdad.

—Claro que Dios no tiene forma —dio Rani—, por eso se le puede representar con cualquier forma.

—No os peleéis —dijo Fridolín—. ¿No veis que estáis diciendo lo mismo?

—El ángel caído no es un ángel que se ha tropezado —dijo entonces Amapola apretándose el labio inferior con los dedos—. Es el diablo.

—¿El diablo? —le dijo Roto—. ¡Tú estás loca!

—No, no estoy loca —dijo Amapola—. El ángel caído es el diablo.

Ahora todos miraban la estatua con más interés. El ángel caído tenía un cuerpo de hombre joven, musculoso y bien proporcionado, y su rostro estaba como contraído por el dolor, pero era un rostro normal, el rostro de una persona, no el de un monstruo maligno. No tenía cuernos, ni patas de chivo, ni tridente. Y sus alas eran como las de un ángel, es decir, alas de cisne, no de murciélago como tenían los diablos de los cuentos de miedo que tanto les gustaban.

—Esa estatua la hizo alguien que pensaba que el diablo no era malo —dijo Rani—. Por eso le hizo tan guapo.

—Estás loca —le dijo Abbás—. El diablo no es guapo. Es horrible, y tiene cuernos, y barbas, y la piel roja.

—No es verdad —dijo Rani señalando a la estatua—. No tiene cuernos.

—Tenemos que seguir —dijo Fridolín impaciente—. No podemos irnos parando a cada rato. Así no llegaremos nunca.

Fridolín sacó el ratoncito de juguete y le dio cuerda. El ratoncito dio una vuelta completa sobre sí mismo y luego avanzó en línea recta, se tropezó con un palito caído en el suelo, giró de nuevo y se dirigió resueltamente hacia el lugar de donde venían.

—Ha tropezado con un palito —dijo Rani—. No vale.

—Sí, sí vale —dijo Fridolín—. Vamos por ahí.

—¡Pero si venimos de ahí! —dijo Roto.

—No importa —dijo Fridolín—. Está en mi libro. Si el mensaje del parque es que vayamos por donde hemos venido, por ahí tenemos que ir.

—Pon el ratoncito otra vez —dijo Abbás.

—¿Para qué? —dijo Fridolín—. ¿Para que vaya por donde nosotros queremos? Si lo tengo que poner otra vez, es mejor que no lo ponga nunca...

—Tienes razón —dijo Roto—, es mucho mejor que no lo pongas nunca.

Se dirigió resueltamente al lugar donde había quedado el ratoncito y lo aplastó de un pisotón.

—¡Roto! —dijo Fridolín—. ¿Qué haces?

—Ya estoy harto de tonterías —dijo Roto—. Llevamos todo el día haciendo lo que tú dices, y ya me he hartado. Ir siguiendo a un avión... ¡y luego ir siguiendo a un ratón de plástico...! ¡Vaya estupidez!

Una nube, salida de quién sabe dónde, había aparecido en medio del cielo. Una brisa ligera comenzó a soplar, moviendo las ramas de los árboles y levantando un ligero rumor por las arboledas silenciosas que les rodeaban. Un pájaro distante pasó gritando por entre los troncos de los árboles. Parecía asustado, como si escapara volando a toda prisa de algún peligro horrible que se avecinara.

Ahora había cada vez más nubes, y el viento las movía rápidamente en el cielo. Era como una mano grisácea que avanzara por el cielo. Las nubes cubrieron el sol, y la luz descendió tanto que de pronto parecía como si estuviera a punto de hacerse de noche.

—Se está poniendo oscuro —dijo Abbás.

—El parque nos está hablando —dijo Fridolín mirando a todas partes, al cielo, a la tierra, a los árboles—. Escuchad... escuchad...

A lo lejos, entre la oscuridad de los árboles, oyeron un ruido indistinto, como de algo muy grande y pesado que avanzara entre la vegetación. Era algo que se acercaba, moviéndose lentamente, algo enormemente grande que jadeaba y gruñía, algo que tronchaba las ramas a su paso, y hacía retumbar la tierra. Un ser gigantesco cuyas pisadas hacían temblar el suelo.

—¿Qué es eso que se oye? —dijo Abbás mirando muerto de miedo en dirección a los árboles—. Es un monstruo... Yo ya sabía que en el parque había monstruos. Viene hacia aquí. ¡Viene hacia aquí!

—Es el parque —dijo Fridolín—. Nos está advirtiendo.

—¿De qué hablas? —dijo Roto—. Un parque no puede advertirte de nada. ¡Estás loco!

—Este parque está vivo —dijo Fridolín—. Rápido, vamos a hacer un círculo —dijo cogiendo a Rani y a Abbás de las manos.

—¿Un círculo? —dijo Roto soltando una carcajada.

—Tenemos que estar unidos —dijo Fridolín—. Es la única forma.

—Esto es una tontería —dijo Roto—. Lo que tenemos que hacer es largarnos de aquí. Parece que va a empezar a llover, y hay que buscar refugio. Además, no sé qué es ese ruido, parece algo muy grande que se acerca entre los árboles. Puede ser un animal grande. Yo, por si acaso, me voy de aquí.

—¡No puedes irte tú solo! —dijo Fridolín—. ¡Te perderás!

Roto echó a caminar. Fridolín se soltó de las manos de Rani y de Abbás, se dirigió a él y le agarró del brazo, pero Roto se soltó y le dio un fuerte empellón.

—¡Roto, vuelve aquí! —dijo Fridolín, y le agarró de nuevo para impedir que saliera de la glorieta, pero Roto se volvió, le agarró de las solapas, le dio un empujón con fuerza y le tiró al suelo. Luego se volvió y echó a andar de nuevo.

Fridolín se levantó de un salto y se abalanzó sobre Roto, agarrándole de los brazos por detrás. Roto era mucho más fuerte que él y además sabía pelear. No le costó ningún esfuerzo soltarse de la presa de Fridolín y tirarle de nuevo al suelo.

—¡Déjame, Frido! —dijo Roto amenazándole con el puño—. ¡No quiero hacerte daño!

—Yo me voy con él —dijo Abbás entonces, echando a caminar detrás de Roto—. ¡Tampoco quiero quedarme aquí!

Fridolín sintió que se le llenaban los ojos de lágrimas, lágrimas de furia, de humillación, de impotencia. Sabía que separados no podrían lograr nada, y que si Roto y Abbás se iban por su cuenta, se perderían y jamás podría volver a encontrarlos.

El viento era ahora muy fuerte, un cierzo frío y áspero que silbaba amenazadoramente a su alrededor. El ruido entre los árboles volvía a oírse, ahora mucho más cerca. Era como si una especie de gigante fuera avanzando entre los árboles, desgajando ramas y rugiendo y gruñendo horriblemente al mismo tiempo.

—¿Qué hacemos, Frido? —dijo Amapola mirándole muy asustada.

—Tenemos que ir con ellos —dijo Fridolín—. Si se separan de nosotros, ya no volveremos a encontrarlos.

Abbás y Roto acababan de salir de la glorieta por el lado opuesto al que habían entrado. Fridolín, Rani y Amapola corrieron detrás de ellos, y enseguida los vieron mucho más allá, caminando el uno al lado del otro por la sombría avenida. Parecía imposible que en los escasos instantes que llevaban caminando hubieran podido irse tan lejos. Eran como dos figuritas diminutas al fondo de la avenida, y tuvieron que correr un largo rato para alcanzarlos. Tanto, tanto corrieron que cuando por fin lograron llegar a donde estaban, Fridolín, Rani y Amapola estaban jadeantes. Aquello parecía cosa de magia.

—¡No volváis a separaros del grupo! —dijo Fridolín cuando les alcanzaron, todavía sin aliento.

—¿Quién te crees que eres? —le dijo Roto—. Tú no mandas en este grupo. Llevamos todo el día haciendo lo que tú dices. ¡Ya me he hartado!

Siguieron caminando por la avenida, que descendía y luego volvía a ascender. Al fondo se veía un espacio abierto sin árboles. Era una glorieta, y en el centro había una columna, y en lo alto de la columna una estatua que representaba un ángel retorciéndose en el aire.

—¡Hemos llegado al mismo sitio! —dijo Amapola, acercándose a leer la inscripción de la columna, donde se leía «El ángel caído».

—No puede ser —dijo Roto alarmado—. Eso es imposible.

Echaron a caminar de nuevo, esta vez por el camino de la derecha, una avenida ancha al fondo de la cual se veía la luz del sol.

Caminaban y caminaban, y la zona iluminada por el sol parecía estar siempre a la misma distancia. Finalmente, aquella zona lejana se oscureció también. La avenida giraba ligeramente hacia la derecha. Al fondo se veía una columna con una estatua.

Antes de llegar hasta allí, ya sabían de qué estatua se trataba. Era la estatua del ángel caído.

Ahora estaban todos francamente asustados. Lo intentaron una y otra vez, caminando siempre en línea recta, probando distintos caminos, pero hicieran lo que hicieran y fueran por donde fueran, siempre terminaban en la glorieta del ángel caído.

Se sentaron en el suelo. Los ruidos, los gruñidos y los sonidos de ramas desgajadas continuaban, y entre los árboles les parecía ver una forma humana de enormes proporciones. Abbás lloraba aterrorizado.

—¡Va a venir aquí! —decía.

—¡Es verdad! —dijo Rani, que también estaba muy asustada—. Hay un gigante entre los árboles.

Era verdad que se veía algo entre los árboles, algo que se movía y gruñía y rompía las ramas de los árboles. Era tan alto como una casa de tres pisos. Si les atacaba, era evidente que no podrían hacer nada para escapar de él.

A pesar del terror que sentía, Fridolín intentó recordar lo que decía la regla del acechador.

—No es posible huir —dijo, hablando con el tono más calmado de que fue capaz—. Pensad en algo que os tranquilice. Algo, una persona, un lugar en el que os sintáis tranquilos y seguros...

Aquello no parecía tan fácil, ni siquiera para el propio Fridolín. Cerró los ojos. Pensó en su madre. Pensó en su padre. Pensó en el tío Abraxas. Pensó en la biblioteca de la casa de María Jesús, y de pronto ese recuerdo le trajo una sensación de fuerza y de calma. Se recordó a sí mismo sentado en el suelo enmoquetado de la biblioteca, leyendo «El manzano del Paraíso», y se dio cuenta de lo tranquilo y feliz que se había sentido durante aquella tarde de lectura.

—Ahora vamos a cogernos de las manos —dijo Fridolín.

Cogió la mano de Abbás con la mano derecha y la de Amapola con la izquierda, y se dio cuenta de que las dos estaban temblando.

—¿Qué vais a hacer? —dijo Roto con sarcasmo—. ¿Bailar al corro?

—Fridolín —le dijo Amapola a Fridolín casi susurrándole al oído—, tienes que decirle a Roto que tú eres el acechador, y que tú eres quien tiene que llevarnos. Tienes que enfrentarte a él aunque te dé miedo.

—No me da miedo —dijo Fridolín muy indignado. Sintió que se ponía rojo, porque Amapola tenía razón: le daba miedo enfrentarse no sólo con Roto, sino con cualquiera que tuviera una opinión contraria a la suya. Siempre hacía lo que decían los demás, no porque le gustara, sino por evitar el enfrentamiento—. Roto —dijo Fridolín con toda la firmeza de que era capaz—. Aquí las cosas no funcionan como allá fuera. Cuando estamos en el colegio tú eres el más fuerte, el que más corre y el que más alto sube a los árboles, pero aquí tu fuerza no sirve para nada.

Roto le miraba con los labios apretados, y por espacio de unos segundos Fridolín se temió que le iba a dar un puñetazo para demostrarle si su fuerza servía o no servía.

—Tenemos que estar juntos —dijo Fridolín—. Cuidar los unos de los otros, apoyarnos los unos a los otros... Si nos peleamos, si cada uno quiere imponer su voluntad, nos perderemos para siempre, y jamás encontraremos el árbol de los deseos.

—¿Por qué tenemos que obedecerte a ti? —dijo Roto.

—Porque yo soy el único que sabe cómo moverse aquí dentro —dijo Fridolín intentando aparentar una seguridad que no sentía—. Y porque si no hacéis lo que hay que hacer, el parque os matará.

Los otros le miraban con gesto de miedo.

—Sí, os matará —dijo Fridolín—. ¿Por qué creéis que lo han cerrado y que ni siquiera los soldados se atreven a entrar en él?

Fridolín tenía cogidos de la mano a Amapola y Abbás, y Abbás, la mano de Rani. Entonces Roto cogió a regañadientes la mano de Rani y la de Amapola, y el círculo se cerró.

Volvió a sonar el ruido de nuevo, la gran masa que se movía a través de los árboles rompiendo ramas y haciendo retumbar el suelo con sus pisadas, bufando, jadeando o gimiendo. Pero esta vez se alejaba. Y lo oyeron alejarse durante un largo rato, hasta que los extraños sonidos terminaron por perderse completamente en la distancia.

Y empezó a salir el sol. Las nubes se descorrían, igual que unas cortinas oscuras, y el cielo volvía a ser azul de nuevo. Los pájaros se pusieron a cantar, y unos instantes más tarde comenzaron a oír también el zumbido de los insectos. Un grillo cantaba entre la hierba, muy cerca de ellos.

—¿Lo veis? —dijo Fridolín—. El peligro ha desaparecido.

—¿Te enteras, Roto? —dijo Amapola.

—Vale, vale, me entero —dijo Roto a regañadientes.

Cuando se pusieron en marcha la tarde ya estaba avanzada. Entre los troncos de los pinos vieron varios pavos reales volando lentamente, con sus grandes colas de pesadas plumas colgando por detrás.

Fridolín sonrió al verlos. Sintió que eran un signo de buena suerte.

El mar de los deseos

Esa noche durmieron en un quiosco de música que estaba situado en el centro de una amplia alameda en la que había numerosas bicicletas abandonadas. Habría sido fantástico poder continuar su camino en bicicleta, pero estaban todas oxidadas, y por mucho que buscaron no lograron encontrar ninguna que funcionara.

El quiosco no era precisamente un hotel, pero su tejadillo les protegería del rocío mañanero. También resultaba agradable dormir a una cierta distancia del suelo, ya que no sabían qué clase de animales podían habitar en las espesuras del parque, y a lo largo del día habían visto un tejón, varias zarigüeyas y un gato semisalvaje.

Estaban muertos de hambre, y se terminaron las samosas, unos pastelitos triangulares rellenos de verdura, los plátanos y la segunda tableta de chocolate, y aun así, seguían sin estar saciados. Roto le dijo a Fridolín que repartiera el resto de la comida, pero Fridolín prefería racionarla para que durara lo más posible.

—¿Racionarla? Pero ¿cuántos días te crees que vamos a pasar aquí dentro? –dijo Roto, que estaba hambriento y de mal humor–. Tenemos que estar ya muy cerca del árbol.

—¿Por qué estás tan seguro? –dijo Fridolín.

—Piénsalo –dijo Roto–. Un parque no puede ser tan grande. Llevamos todo el día andando y todavía no hemos llegado al otro lado. ¿Quién podría pasear por un parque tan grande? Fíjate en este sitio donde estamos. Se tarda un día entero, andando sin parar, en llegar hasta aquí. ¿Quién iba a venir hasta aquí a escuchar música? Hace falta un día entero para llegar hasta aquí y luego otro día entero para regresar. No tiene ningún sentido.

Lo que decía Roto era muy razonable y todos se quedaron en silencio pensando en sus palabras.

—Es que el parque no funciona así –dijo por fin Fridolín–. El parque no es «grande» ni «pequeño» en ese sentido.

—¿Qué quieres decir, Frido? –preguntó Rani.

—Quiero decir que el parque cambia según quién sea el que camina por él. El parque se va transformando de acuerdo con nuestros pensamientos. Por esa razón, no es posible tampoco volver hacia atrás. En el parque sólo se puede ir hacia delante, si te das la vuelta e intentas volver al sitio del que venías, llegarás a otro sitio.

—O al revés –dijo Amapola, que estaba escuchando con suma atención la explicación de Fridolín–. En el ángel caído sucedió al revés: caminábamos en línea recta y retrocedíamos...

—Eso es una tontería –dijo Roto–. Yo no me lo creo.

—Pues es cierto –dijo Fridolín–. Tardar mucho o tardar poco en llegar al árbol Bo depende sólo de nosotros. Podemos llegar en un día o podemos tardar un mes.

—¡Frido! —se lamentó Abbás—. ¿Piensas estar aquí dentro un mes?

Fridolín sacó su libro, lo abrió y leyó a la luz de la linterna:

«Al árbol Bo se le llama algunas veces "el manzano del mar" porque es igual que un árbol que creciera en mitad del océano. El árbol Bo crece en medio del mar de los deseos, y por esa razón la Zona que lo rodea es también cambiante como un mar, un mar de deseos que se transforman sin cesar de acuerdo con los pensamientos de los que lo atraviesan. Por eso decimos que el Parque de las Lilas de Fléroe es como el mar: los mapas no sirven para atravesarlo porque no hay en él lugares fijos, y porque en él no es posible retroceder, sino sólo ir hacia delante... Por esa misma razón, el parque es distinto para cada persona».

—Tonterías —dijo Roto—. Yo me voy a dormir.

Se tumbó en el suelo, se hizo un ovillo y un segundo después ya estaba roncando. Los demás estaban tan cansados que decidieron imitarle.

El laberinto de la reina Naya

Se despertaron con la salida del sol, desayunaron una pastilla de chocolate y lo que quedaba de los pastelitos dulces y se pusieron en camino.

Caminaron toda la mañana por largas avenidas de estatuas, estatuas de reyes antiguos, estatuas semicubiertas de enredaderas llenas de bonitas flores moradas.

—¿No os parece que hay aquí demasiados reyes? —dijo Roto—. ¡Llevamos horas y horas andando por aquí! ¡Esta avenida no se acaba nunca!

Cuando ya estaba bastante avanzada la mañana llegaron a la entrada de un laberinto. Desde fuera no lo parecía: lo único que se veía era una alta pared de laurel en la que se abría una puerta coronada por un arco vegetal que daba a un largo corredor con paredes de hojas de laurel. Al lado del arco de entrada había una antigua lápida de bronce: Amapola se acercó allí, limpió el polvo y la tierra con las manos y leyó:

—«Laberinto de la reina Naya».

En la lápida había un diagrama del laberinto y un pequeño

texto donde se explicaba, seguramente, quién lo había construido, en qué época, y quién era o había sido la reina Naya.

Aquello del laberinto les interesó a todos. Todos querían entrar.

—¿Estáis locos? —dijo Fridolín—. ¿No entendéis que no tenemos tiempo de ponernos a jugar?

—Vamos, Frido —dijo Rani—. ¡Sólo un ratito!

—¿No os dais cuenta de que el parque ya es en sí un laberinto? —dijo Fridolín—. ¿Qué más laberinto queréis? Además, si nos metemos ahí, a lo mejor no podemos salir nunca.

—Si tuviéramos el ratoncito podríamos preguntarle si deberíamos entrar o no —dijo Abbás con un suspiro. Roto se encogió de hombros.

Fridolín se metió las manos en los bolsillos. Su únicas ayudas eran una piña de ciprés, una hoja de arce, un cordón de zapato y un tornillo.

—Déjame la hoja de arce —dijo Amapola.

La cogió entre los dedos, sosteniendo por el extremo del peciolo, y la hoja comenzó a girar entre sus dedos.

—¡Mirad! —dijo muy excitada—. ¡Está dando vueltas!

—Claro —dijo Roto—. La estás moviendo tú.

—¿Yo? —dijo Amapola, que seguía mirando la hoja de arce como hipnotizada—. ¡Yo no estoy haciendo nada!

Ahora todos los niños contemplaban los rápidos giros de la hoja de arce entre los dedos de Amapola.

—Venid todos, concentraos todos en la hoja de arce —dijo Amapola.

Todos observaron fijamente la hoja que giraba y revoloteaba sujeta entre el índice y el pulgar de Amapola. De pronto, sus movimientos empezaron a hacerse más lentos, hasta que se detuvo, señalando con sus puntas de estrella en dirección a la puerta del laberinto.

—¡Está señalando al laberinto! —dijo Rani muy excitada.

—¿Entramos, Frido? —le preguntó Amapola a Fridolín.

Fridolín estaba confuso. ¿La hoja de arce era la estrella de oro del alquimista de Basilea, que le habían entregado en el parque de abajo los espíritus animales que protegían el parque, o era una simple hoja de arce? ¿Había sido un sueño todo aquel episodio del barbo, el unicornio, el Espíritu del Bosque y los demás?

—Vamos —dijo Fridolín.

Era imposible saber cómo de grande era el laberinto. Estaba compuesto por paredes de laurel muy altas y tupidas, y el suelo era de hierba. De vez en cuando, los caminos se reunían en una glorieta en la que había una estatua blanca y unos banquitos de piedra. Los pasillos estaban trazados casi todos en curva, de modo que era difícil conservar la orientación durante mucho rato. En algunos lugares, los setos estaban tan recrecidos y el suelo tan lleno de hijuelos de ailantos y de plantas salvajes que era difícil avanzar. Y cada vez que llegaban a una bifurcación, Amapola les pedía que se concentraran en la hoja de arce, y la hoja de arce giraba en sus dedos y les señalaba el camino que tenían que tomar.

Así llegaron a lo que parecía el corazón del laberinto, una especie de plazoleta semicircular en cuyo centro había un reloj de sol. Y entonces la hoja de arce se quedó inmóvil.

—Hay alguno de nosotros que no se está concentrando —dijo Amapola.

Todos miraron a Roto.

—Es ella la que está moviendo la hoja —dijo Roto—. Yo no me lo creo.

—Hazlo aunque no te lo creas —le dijo Fridolín.

La hoja de arce giró suavemente y señaló una de las salidas de la plazoleta. Los niños fueron por allí, y al cabo de un rato, volvieron a desembocar en la misma plazoleta.

Amapola parecía preocupada. La hoja de arce volvió a moverse entre sus dedos y señaló otra de las salidas. Fueron por allí, y siguieron caminando y caminando y caminando hasta que terminaron de nuevo en la plazoleta del reloj de sol, y entonces fue evidente para todos que se habían perdido.

Ahora no tenían ni la menor idea de dónde estaban, y su única preocupación era encontrar la salida de aquel laberinto. Era evidente que la hoja de arce ya no era de fiar, y Amapola se la entregó a Fridolín, que la dejó caer al suelo. Y echaron a caminar al azar, confiando en que si probaban durante mucho rato terminarían por encontrar el camino de salida.

Y así comenzaron a pasar las horas... y el sol llegó a lo alto del cielo, y sus sombras se hicieron muy pequeñas en el suelo, y luego comenzaron a crecer de nuevo. Caía la tarde, y ellos seguían dando vueltas y vueltas por el laberinto, que parecía cada vez más grande, un laberinto infinito y sin salida...

Ahora era Roto el que iba en cabeza, muy enfurruñado y caminando con decisión. Abbás iba con él, y Rani justo detrás de ellos, intentando mantener el paso.

—Esto es imposible —dijo Amapola—. ¡Este laberinto no es... no puede ser tan grande!

—Amapola —le dijo Fridolín a su amiga, hablándole casi al oído para que los demás no lo oyeran—, eras tú la que movías la hoja de arce, ¿verdad?

—¿Qué? —dijo ella—. ¿Por qué dices eso?

—Dime la verdad —dijo Fridolín.

—Pero ¿cómo iba a saber yo por dónde había que ir? —dijo Amapola poniéndose muy colorada—. ¿Cómo iba yo a decidir dónde tenía que señalar la hoja?

—En la entrada del laberinto, en la placa esa metálica, había un dibujo del laberinto... Y en el dibujo estaba marcado el camino para atravesarlo, ¿verdad?

—No lo sé, no me he fijado... —dijo Amapola bajando los ojos.

—Te lo has aprendido de memoria, y has fingido que era la hoja de arce la que nos llevaba, ¿verdad? —dijo Fridolín.

Amapola parecía a punto de llorar.

—Sólo quería ayudar —dijo con labios temblorosos—. Sí, me lo he aprendido de memoria, no me cuesta aprenderme formas y dibujos complicados de memoria... pero luego el laberinto no era como en el dibujo... ¡por eso nos hemos perdido! Al llegar a la plazoleta del reloj de sol, ¡de pronto todo era diferente!

—¿Que sólo querías ayudar? —preguntó Fridolín—. ¿Ayudar a quién?

—Ayudar... para que ellos crean... porque ellos no creen en el parque, Fridolín...

—¿Ayudarme a mí? —dijo Fridolín—. ¡Amapola! No hace falta engañar a nadie para hacerle creer que el parque es mágico... ¡el parque es mágico de verdad!

—Ya lo sé —dijo Amapola—, pero ellos no creen...

—Si es mágico de verdad, al final se convencerán y creerán —dijo Fridolín—. ¿Quién eres tú para jugar con ellos? ¡Nos has engañado a todos, y nos has metido en una trampa!

Amapola estaba llorando en silencio. Grandes lágrimas caían por sus mejillas.

—¡Roto! —gritó Fridolín apretando el paso para reunirse con los otros, que habían desaparecido al otro lado de la curva—, ¡esperad! ¡No vayáis tan rápido!

Los encontró a los tres inmóviles frente a la pared vegetal que cerraba el camino.

—Por aquí no se puede pasar —dijo Roto—. Hay que retroceder.

—¿Qué le pasa a Amapola? —dijo Rani—. Amapola, ¿estás llorando?

—Vamos a hacer una cosa —dijo Roto, que no paraba de mirar la pared que cerraba el corredor con gesto de rabia—: Fridolín se pone en mis hombros, Rani se sube en los hombros de Fridolín e intenta mirar desde arriba cuál es el camino.

—No somos lo suficientemente altos —dijo Fridolín—. Las paredes son más altas que los tres juntos.

—Entonces tú y yo hacemos de base —dijo Roto—, Abbás se pone encima de nosotros, y encima Amapola, y encima Rani...

Probaron varias veces, pero cuando Amapola intentaba trepar a los hombros de Abbás, que estaba ya en equilibrio precario sobre los hombros de Fridolín y de Roto, toda la torre se desmoronaba. Después de caer rodando por la hierba varias veces y de darse unos cuantos golpes, decidieron abandonar la idea.

La única solución para salir de allí, por tanto, era seguir caminando y caminando por los corredores del laberinto hasta dar con la salida.

Retrocedieron por el corredor que les había llevado hasta allí. Pero esta vez vieron algo que no estaba antes. Era algo que se movía por el suelo, por entre la hierba, algo grande y pesado que producía un siseo característico. Los cinco quedaron inmóviles.

—¿Qué es eso? —dijo Abbás—. Es una serpiente.

Roto se puso a buscar algo para defenderse, un palo, una piedra, pero no había nada, sólo hierba en el suelo y hojas de laurel en las paredes.

—¡Eh! —gritó Roto, dando una patada en el suelo.

Entonces lo que se arrastraba por el suelo se detuvo y se alzó. Estaba sólo a unos diez metros por delante de ellos.

En efecto, era una serpiente, pero una serpiente de un tamaño enorme. Era tan gruesa como el muslo de un hombre, y cuando levantó la cabeza y se irguió para contemplarlos, se dieron cuenta de que era más alta que cualquiera de ellos. Y se quedó allí, inmóvil en mitad del camino, observándolos con sus ojitos diminutos y sacando y metiendo rápidamente su rosada lengua bífida. El color de su piel y el de los poderosos anillos de su abdomen era muy pálido, casi blanco. Debía de ser una serpiente albina.

—¡Vámonos! —dijo Abbás, poniéndose detrás de todos—. ¡Vámonos, vámonos de aquí!

—No hay donde ir —dijo Fridolín—. El camino está cerrado a nuestra espalda. Tenemos que espantarla para que nos deje pasar.

Entonces el cuello de la serpiente empezó a hincharse y todos se dieron cuenta de que se trataba de una cobra, una de las serpientes más venenosas que se conocen, y que se estaba poniendo en actitud de ataque.

¿Qué podían hacer? Si retrocedían, la serpiente avanzaría hasta acorralarlos y entonces podría picar a cualquiera de ellos.

Entonces Fridolín hizo algo que les dejó a todos helados. Avanzó unos pasos en dirección a la serpiente y se sentó en la hierba sobre los talones, frente a ella.

—¿Te acuerdas de mí? —dijo Fridolín—. Nos hemos encontrado en el parque de abajo. Tienes que ayudarnos a salir de aquí.

Entonces la serpiente avanzó en dirección a Fridolín hasta quedar justo frente a él. Parecía como una torre blanca frente al pequeño Fridolín sentado sobre los talones entre la hierba. Fridolín miraba a la serpiente y la lengua rosada de la serpiente aleteaba en el aire justo encima de su cabeza. Entonces la serpiente abrió su boca inmensa y mostró sus largos colmillos.

Por espacio de un instante, pareció que la serpiente se iba a abalanzar sobre el niño y le iba a morder. Pero de pronto cerró la boca, se dio la vuelta y empezó a deslizarse por la hierba a toda prisa.

—Venid —dijo Fridolín incorporándose—. Vamos a seguirla.

Al ponerse de pie se dio cuenta de que estaba tan tembloroso por el miedo que casi no podía caminar. Fueron todos siguiendo a la serpiente a una prudente distancia y enseguida, dos o tres vueltas más allá, llegaron a la salida del laberinto.

Un largo pasadizo rectilíneo conducía al arco de salida, a través del cual se veía un paisaje de cedros y columnas blancas.

La serpiente avanzó por este pasadizo y al llegar a la salida se irguió de nuevo, y quedó allí, inmóvil, como guardando la salida.

—Diablos hervidos —dijo Roto—, ahora no nos deja salir.

—Si nos ha traído hasta aquí, tiene que dejarnos salir —dijo Rani.

Fueron acercándose hacia la serpiente, primero Fridolín, que pasó por su lado y salió del laberinto, luego Roto, con Abbás pegado, después Rani, y por último Amapola.

Y cuando Amapola estaba cruzando el arco de salida, la serpiente se inclinó en un rápido movimiento, abrió sus enormes fauces y le clavó a la niña los colmillos en la pierna.

Amapola dio un grito y se cayó sobre la hierba. Durante unos segundos se quedó allí, inmóvil y como incapaz de reaccionar. Luego se incorporó y echó a correr hacia donde estaban los demás, tambaleándose. Logró salir del laberinto y luego cayó de nuevo sobre la hierba y empezó a llorar. Después de su velocísimo ataque, la serpiente desapareció de nuevo en el interior del laberinto.

Los niños rodearon a Amapola, que estaba caída en el suelo llorando a gritos. En la pantorrilla izquierda tenía dos horribles orificios donde se habían clavado los colmillos de la serpiente.

Fridolín había leído muchas veces en libros de aventuras lo que había que hacer en estos casos: intentar chupar el veneno de la herida y escupirlo inmediatamente. Y es lo que hizo, arrodillándose en el suelo al lado de Amapola.

—¡Quieta, Amapola! —gritó—. ¡Ayudadme, sujetadla entre todos!

Los niños sujetaron a Amapola y Fridolín intentó chupar las heridas y extraer el veneno, pero lo único que consiguió fue llenarse la boca de la sangre que ahora manaba a borbotones de las dos heridas.

Después de unos cuantos intentos, Fridolín se apartó y los niños soltaron a Amapola, que seguía gritando histérica.

—¡Me ha picado! —gritaba—. ¡Me voy a morir!

—Hay que hacer un torniquete —dijo Roto.

Le quitó a Amapola la rebeca que llevaba, y le ató una manga justo por debajo de la rodilla, por encima de la picadura de la serpiente, para que el veneno no se extendiera. Luego ató la otra manga también por encima de la rodilla, y apretó los nudos con toda su fuerza, hasta que hizo aullar de dolor a Amapola.

Se sentaron en el suelo, alrededor de Amapola.

No había nada que pudieran hacer. No tenían medicinas, ni podían llevarla a ningún sitio. Amapola dejó de llorar y comenzó a entrar en un estado alucinatorio. Decía que veía el aire lleno de hadas y de espíritus. Reía, y hablaba con los seres que decía ver en el aire, y así estuvo durante un largo rato.

Y, mientras tanto, su pierna izquierda se ponía roja y se hinchaba horriblemente, y comenzaba a ponerse morada en los lugares en que Roto había puesto el torniquete, de modo que decidieron desatarlo.

Era evidente que el veneno se había extendido. Amapola tenía toda la pierna hinchada, desde el tobillo hasta el muslo. La tumbaron en uno de los amplios bancos de piedra que había por allí y se sentaron a su alrededor, y Fridolín se sentó en el suelo, al lado del rostro de Amapola, y no paraba de hablarle y decirle que resistiera, que luchara contra el veneno.

Al principio parecía que Amapola le oía, incluso en el estado de enajenación en que se encontraba. Luego, hasta las alucinaciones desaparecieron, y la niña cerró los ojos y se puso muy pálida. Una espuma extraña asomaba por las comisuras de sus labios. Fridolín le abrió la boca con los dedos, y todos pudieron ver que su lengua se había puesto morada.

Amapola se estaba muriendo, y no había nada que pudieran hacer para impedirlo.

Abbás estaba llorando.

—¿Lo veis? —dijo Abbás entre sollozos—. Yo ya sabía que iba a pasar algo así. Por eso tenía miedo. Vosotros siempre decís que no pasa nada. Pero sí pasa, pasan cosas terribles, y entonces todo el mundo tiene miedo, hasta los mayores.

—¿Cosas? —preguntó Roto—. ¿Qué cosas?

—Cosas, guerras, accidentes. Y te puedes hasta morir de miedo. ¡Pero morirte de verdad!

—Qué tontería —dijo Rani—. Uno no se puede morir de miedo.

—¡Claro que sí! —dijo Abbás—. ¡No tenéis ni idea! Mi hermano se murió así.

—¿Tu hermano se murió? —le preguntó Rani.

—Sí. Era mi hermano mayor, y tenía dieciseis años. Era muy mayor, y se murió de miedo.

—Pero eso es imposible —dijo Roto—. Estaría enfermo, Abbás.

—¡No, no estaba enfermo! —dijo Abbás—. Estaba en la guerra, y caían muchas bombas, y había muchos disparos, y mi hermano tenía tanto, tanto, tanto miedo, que se murió. Estaba en una casa, con otros soldados, y entonces empezaron a tirarles bombas. Y mi hermano vio cómo los otros soldados se morían, soldados que eran sus amigos, y morían a su lado... Y entonces se murió... ¡Y Amapola se va a morir también!

—Pero ¿no le dispararon? —preguntó Fridolín.

—No —dijo Abbás—. Se murió por el miedo que sentía.

—Pero ¿qué guerra era esa? —preguntó Roto—. ¿Quién le disparaba?

—¿Y eso qué importa? —dijo Abbás—. No lo sé. Me lo dijeron, pero ya no me acuerdo, y además no me importa. No me importa porque yo no pienso luchar nunca en ninguna guerra. A lo mejor soy un cobarde, pero si me obligan a ir a la guerra, me escaparé.

—Nadie te puede obligar... —comenzó a decir Fridolín, poco convencido.

—¿Que no? A mi hermano le obligaron —dijo Abbás—. No tenéis ni idea. Claro que te obligan. Si no te obligaran, ¿quién iba a ser tan tonto de ir a que le maten?

—Sólo a los cobardes tienen que obligarles —dijo Roto—. A mí nadie tendría que obligarme. Si hubiera una guerra, iría a luchar voluntariamente.

—Pues entonces vete —dijo Rani—, pero si uno no quiere ir, que le dejen en paz, ¿no?

—No es tan sencillo —dijo Roto—. ¿Y qué pasa si unos enemigos invaden tu país? ¿Qué pasa si tienes que defender tu país?

—Yo me marcharía a otro país —dijo Abbás—. Me iría a un sitio donde pudiera vivir tranquilo y poner una zapatería.

—¿Una zapatería? —preguntó Fridolín, que no estaba seguro de haber oído bien.

—Sí —dijo Abbás tímidamente.

—¿Es eso lo que quieres ser de mayor? —preguntó Rani con incredulidad—. ¿Quieres tener una zapatería?

—Sí —dijo Abbás—. También vendería zapatillas de deporte.

El sacrificio

Pasaban las horas y caía la noche. El cielo se llenó de estrellas y poco después salió la luna. Amapola no mejoraba, y Fridolín decidió que lo único que podía hacer era volver a entrar en el laberinto y buscar a la cobra. Era una idea ciertamente insensata, pero la situación era desesperada y no se le ocurría qué otra cosa hacer.

Amapola estaba inconsciente, pero seguía respirando, aunque su pulso y los latidos de su corazón eran muy débiles.

—Voy a volver a entrar en el laberinto —dijo Fridolín.

—¿Para qué? —dijo Roto—. Te perderás.

Pero Fridolín había tomado una decisión. Entraría en el laberinto, buscaría a la cobra y le preguntaría qué podía hacer para salvar a su amiga. De pronto, había comprendido el sentido del nombre del laberinto. Se llamaba laberinto de Naya porque era el laberinto donde vivía Naya, la gran Reina Blanca de las Serpientes. Su encuentro con la cobra gigante no había sido, por tanto, una casualidad. Ella era la reina Naya.

Cuando volvió a atravesar el arco de la entrada sintió que le recorría un escalofrío. La idea de que la enorme serpiente podía estar escondida en cualquier sitio y atacarle cuando menos lo esperara le llenaba de terror, pero algo le decía que debía confiar en sí mismo, y que no había nada en el parque que sucediera arbitrariamente.

En la oscuridad era mucho más difícil moverse por el laberinto. La luz de la luna iluminaba muy débilmente los corredores. Las luciérnagas brillaban en el aire, aquí y allá.

—¡Reina Naya! —dijo Fridolín en susurros—. ¡Ven, ayúdame!

Caminaba por los corredores sin pensar, dejando que fuera su intuición quien le llevara.

Así llegó a una glorieta circular por la que no habían pasado antes, y en cuyo centro había un aljibe lleno de agua. En el agua negra se reflejaba nítidamente la luna. Varias ranas que cantaban en la oscuridad se lanzaron al agua cuando él se acercó, enturbiando la claridad del reflejo.

Fridolín se acercó al borde del aljibe. Se oía el crujido acuático de algo que se movía por entre las plantas parásitas. Era un pez, un barbo de largos bigotes que enseguida asomó la cabeza del agua.

—¿Qué pasa, chico? —dijo el barbo.

—Tenéis que curar a mi amiga —dijo Fridolín—. Se está muriendo.

El barbo pareció pensar durante unos instantes.

—Busca a la serpiente —dijo por fin, con su voz ronca de fumador empedernido—. Ella te ayudará. Pero tendrás que llevarle un regalo.

—¿Un regalo? —dijo Fridolín—. ¿Qué regalo puedo llevarle?

El barbo pensó de nuevo unos instantes.

—Un ratoncito o un topo estaría bien, pero ¿de dónde vas a sacar tú un topo ahora?

—Ni idea.

—Bueno —dijo el barbo—. A las serpientes también les gustan los peces. Tendrás que llevarle un pez, entonces.

—¿Qué pez? —preguntó Fridolín.

—¿Qué pez? ¿Qué pez? —le imitó el barbo—. Chico, no te funcionan las neuronas. ¿Ves a algún pez por aquí?

—Sólo a ti —dijo Fridolín.

—Pues venga, péscame, chico, péscame —dijo el barbo, y luego soltó una carcajada sorda, tras la cual se puso a toser aparatosamente—. Esta tos me está matando. Mira, tú a mí no me pescas ni con un rifle submarino. Te voy a echar una mano. ¿O debería decir una aleta?

Cogió impulso, dio un salto y cayó sobre la hierba, donde comenzó a retorcerse.

—¡Rápido, chico! —dijo el barbo jadeando y dando saltos sobre la hierba—. ¡Cógeme de la cola, no lo dudes un instante!

Fridolín cogió al barbo, que era muy viscoso y resbaladizo y se le escurría una y otra vez entre las manos.

—¡Estate quieto, por favor! —le dijo.

—Mira, chico, me estoy ahogando —dijo el barbo—. Déjame que me muera como me dé la gana, ¿no te parece? ¡No te fastidia, el chaval!

Fridolín agarró al barbo como pudo y se incorporó con él entre los brazos. Entonces vio que al extremo de la glorieta había aparecido Naya, la gran cobra blanca. Estaba allí, inmóvil y erguida, observándole con sus ojitos diminutos e implacables. Su cuerpo blanco resplandecía débilmente a la luz de la luna.

Fridolín se acercó a ella temblando de miedo, y sabiendo

que igual que había picado a Amapola, la serpiente podía igualmente picarle a él.

—Te he traído un regalo, reina Naya —le dijo, poniendo el barbo sobre la hierba justo enfrente de la serpiente.

—¿Un regalo? —dijo la serpiente—. ¿Por qué?

—Tienes que curar a mi amiga —dijo Fridolín.

—¿Qué te hace pensar que puedo curarla? —dijo la serpiente—. Yo soy el que da la vida eterna, no la vida terrena.

—Creo que puedes hacer las dos cosas —dijo Fridolín.

—Quédate quieto —dijo la serpiente.

Fridolín obedeció, y la serpiente comenzó a deslizarse por la hierba en dirección a él. Fridolín se quedó muy quieto y la iba siguiendo con el rabillo del ojo, y vio cómo le rodeaba y se ponía a su espalda, y luego sintió cómo la cobra comenzaba a subir lentamente por su espalda. Sentía el roce de sus anillos por la columna vertebral, y luego por el cuello y la nuca, y luego sintió cómo la amplia capucha de la cobra coronaba lo alto de su cabeza, y seguía avanzando hasta alcanzar su frente y luego el punto que hay entre las cejas. Al llegar allí se detuvo, y de pronto, toda sensación de peso desapareció.

—¿Dónde estás? —preguntó Fridolín.

—Estoy dentro de ti —dijo la serpiente.

Fridolín se volvió. No se veía a la serpiente en parte alguna. El barbo seguía retorciéndose en el suelo. Fridolín lo cogió como pudo y volvió a echarlo al agua.

—¡No te ha comido! —le dijo Fridolín al barbo.

—No —dijo el barbo nadando en círculos, muy alegre—. Pero ha aceptado mi sacrificio. Mira, chico, las cosas pueden vivirse de dos maneras, literalmente y simbólicamente. ¿Lo entiendes?

—No —dijo Fridolín.

—Quiere decir que la vida de la imaginación es tan real como la vida externa —dijo la serpiente en su interior—. La mitad de lo que vives, lo vives en la imaginación.

—Pero la imaginación es mentira —dijo Fridolín—. Y esto es un sueño, ¿verdad?

—A lo mejor es un sueño —dijo la serpiente en su interior—. Pero los sueños no son mentira. Lo que sueñas y lo que deseas no son mentiras: son la sustancia de tu alma. Es todo lo que podrías ser, tanto lo bueno como lo malo.

—Escúchala bien, chico —dijo el barbo desde el aljibe—. ¡Esa tía sabe latín! Es la más vieja de todos nosotros.

—Ahora me voy a dormir —le dijo la serpiente a Fridolín—. Me voy a enroscar en la base de tu columna vertebral. Cuando me necesites, despiértame. Subiré por tu columna vertebral hasta el lugar que hay entre tus cejas, y entonces comprenderás lo que quieras.

—¿Cómo puedo ayudar a mi amiga? —preguntó Fridolín.

Pero la serpiente ya no le oía. Tal como le había dicho, se había enroscado en la base de su columna vertebral y se había quedado profundamente dormida.

—¡Naya! —dijo Fridolín—. ¡Contéstame!

—Siempre hace igual —dijo el barbo—. Ahora te va a costar lo tuyo despertarla.

—¿Qué puedo hacer? —preguntó Fridolín desesperado—. Amapola se está muriendo.

—Si yo fuera tú —dijo el barbo con una tosecita discreta—, claro está, que esto es si yo fuera tú... pues si yo fuera tú, chico, lo que yo haría, y mira que a mí me costaría bastante más que a ti...

—Déjate de rodeos —dijo Fridolín—. ¿Qué harías?

—Besarla en los morros —dijo el barbo—. ¿No es eso lo que se hace siempre en los cuentos? La princesa está dormida, enferma, medio muerta, hecha polvo, en fin, y el maromo viene, le da un beso y... ¡listo! ¡A comer tortitas con nata!

—¿Un beso? —se extrañó Fridolín.

—Pero en la boca, ¿eh? —dijo el barbo.

A Fridolín no le costó demasiado salir del laberinto. Unos diez o quince minutos más tarde ya estaba de vuelta con sus amigos. Seguían todos despiertos, todos alrededor de Amapola, que estaba muy pálida y con los ojos cerrados, como si estuviera muerta. Y Fridolín se arrodilló en el suelo al lado de ella y la besó en los labios. Durante unos instantes nada sucedió, luego Amapola abrió los ojos lentamente y le sonrió.

Prisioneros

Cuando se despertó a la mañana siguiente, Fridolín se quedó asombrado al comprobar lo hermosa que era la parte del parque en la que habían aparecido después de atravesar el laberinto.

Se encontraban en una zona de blancas columnas, pérgolas de piedra cargadas de leñosas glicinas en flor y jardines escalonados en los que había estanques ornamentales que se iban vaciando sucesivamente en el estanque del escalón siguiente, una especie de parque descendente que terminaba, allá abajo, en un gran estanque. Todo estaba lleno de glicinas en flor, y las pérgolas creaban agradables paseos en sombra.

Cuando se despertaron los demás, Fridolín comprobó asombrado que ninguno recordaba nada de lo sucedido la noche anterior. Nadie recordaba que había entrado de nuevo en el laberinto, que a su regreso había besado a Amapola y que ella había despertado.

—¿Que me has besado en la boca? —le dijo Amapola—. ¡Qué atrevido eres!

—Eso lo has soñado, Frido —dijo Abbás.

—¿Que entraste *otra vez* en el laberinto y hablaste con la serpiente? —dijo Roto—. Eso era un sueño, Frido.

—¿Por qué has soñado que la besabas *a ella*? —dijo Rani, furiosa.

Fridolín ya no estaba seguro de nada. ¿Sería posible que todo lo sucedido la noche anterior en el laberinto hubiera sido un sueño?

La pierna de Amapola tenía muy mal aspecto. Seguía hinchada y roja, y le dolía. Amapola podía caminar, pero con dificultades. Cada vez que apoyaba en el suelo la pierna izquierda, aparecía en su rostro una expresión de dolor.

Ya no tenían nada de comer, de modo que se pusieron en camino enseguida. En aquella ocasión, Fridolín no tuvo ninguna duda del camino que tenían que tomar. Fueron descendiendo por los parques escalonados en dirección al gran estanque que había más abajo, y luego lo fueron rodeando.

Al otro lado del estanque había varias cafeterías medio en ruinas, que los niños saquearon con la esperanza de encontrar algo de comer. Pudieron encontrar una sartén, velas, cerillas, sal, varios cuchillos y también un botiquín con todos los productos caducados o inservibles. Por supuesto, nada de comer ni de beber.

—¿Y ahora para dónde vamos? —preguntó Roto.

Fridolín se puso a mirar a todas partes. Metió la mano en el bolsillo: allí sólo tenía la piña de ciprés, el cordón de zapato y el tornillo.

Entonces ató el tornillo al extremo del cordón de zapato y lo dejó colgar totalmente inmóvil.

—¿Qué es eso, Frido? —preguntó Rani.

—Es un péndulo —dijo Amapola.

—¿Hacia dónde tenemos que ir? —preguntó Fridolín.

El péndulo comenzó a moverse. El movimiento era casi imperceptible al principio, pero luego crecía en intensidad, y no resultaba difícil entender la dirección marcada.

—Es una tontería —dijo Roto—. El péndulo se mueve en dos direcciones. ¿Por qué sabes que es precisamente para allá?

—Se ve clarísimamente —dijo Abbás, que miraba el péndulo como hipnotizado—. Se ve claramente hacia dónde señala.

—Es verdad, Roto —dijo Amapola.

Y era cierto que el movimiento del péndulo no dejaba lugar a dudas, y que se movía señalando claramente en una dirección y no en ambas.

A partir de entonces, cuando tenían una duda sobre el camino, utilizaban el péndulo.

No podían avanzar muy deprisa porque Amapola tenía que irse parando a cada rato. En una de las pausas, Roto subió a un árbol, y arrancó una rama, y luego la cortó un poco como pudo con el cuchillo de cocina más grande para fabricarle una muleta a Amapola.

Cruzaron parques infantiles, una pista de patinaje, una rosaleda completamente salvaje pero todavía llena de fantásticas rosas. Fuentes, estatuas, setos, paseos, plazas, glorietas se sucedían una tras otra, una tras otra... Y los niños ya no prestaban atención a lo que veían... Llevaban tres días en el parque, y estaban hambrientos y agotados, y por mucho que caminaban no parecían llegar a ningún sitio.

Al mediodía llegaron a una especie de palacete que en tiempos debió de haber sido una sala de exposiciones. Era una construcción de dos pisos, con ventanas de estilo veneciano y la vieja pintura amarilla plagada de lamparones y manchones de humedad.

El péndulo indicaba que se alejaran de allí, pero a pesar de todo se sentían tan intrigados con el edificio que comenzaron a rodearlo para ver si podían entrar por algún lado.

Y entonces, Fridolín vio algo que le heló la sangre en las venas. En una de las ventanas había alguien contemplándolos, un rostro humano que inmediatamente, al ver que el niño le estaba mirando, se retiró de donde estaba. Por espacio de unos segundos, Fridolín pensó que había visto mal, y siguió observando la ventana de reojo, porque no quería alarmar a sus amigos inútilmente.

—¿Qué pasa, Frido? —dijo Rani.

—Nada —dijo Fridolín.

—Había alguien mirándonos en la ventana —dijo Roto.

—¿Sí?

Fridolín estaba ahora temblando de nerviosismo y de miedo, y le resultaba imposible utilizar el péndulo. Pero ya les había dicho una vez que se alejaran de allí, y el propio Fridolín sabía que no se debe consultar dos veces.

—¿Estás seguro? —le preguntó Amapola a Roto.

—Yo también he visto a alguien mirándonos por la ventana —dijo Fridolín.

Amapola se había sentado en el suelo para descansar. Le costaba mucho andar, y su pierna no tenía buen aspecto. Decidieron que Abbás, Rani y Amapola se quedarían allí mientras Roto y Fridolín daban una vuelta al edificio para tratar de ver algo.

Y así lo hicieron. Al otro lado del edificio, Roto y Fridolín encontraron la entrada principal, aunque las puertas parecían estar cerradas desde hacía muchos años y no había señal de que nadie las hubiera forzado. Siguieron dando la vuelta al edificio mirando a las ventanas con la esperanza de descubrir algo más, pero no volvieron a ver nada fuera de lo ordinario. Roto propuso que entraran por una de las ventanas de la planta baja para descubrir quién diablos se escondía allí, pero Fridolín pensó que era arriesgarse demasiado, y que lo mejor era alejarse de aquel lugar lo más rápidamente posible. Roto propuso entonces que lo discutieran con los otros, algo poco habitual en él, que siempre solía tomar decisiones impulsivamente y sin contar con nadie. Fridolín accedió, aunque sabía que las leyes del parque eran distintas de las del mundo de todos los días, y que allí lo importante no era discutir las cosas para encontrar una «solución», sino escuchar la voz del parque y seguirla.

De modo que regresaron a donde habían dejado a los otros. Pero los otros ya no estaban allí. Se pusieron a buscarlos por los alrededores, pero no estaban por ningún lado.

—¡Abbás! ¡Rani! ¡Amapola! —gritó Fridolín.

—¡Abbás! ¿Dónde os habéis metido?

Al final, decidieron ir rodeando el edificio cada uno por un lado llamando a sus amigos, y encontrarse en la puerta que había al otro lado.

Y Fridolín echó a caminar llamando a sus amigos, y mirando por todas partes, hasta llegar de nuevo a la escalinata de entrada. Esperó a que llegara Roto por el otro lado, pero Roto nunca acababa de llegar. Entonces Fridolín comenzó a preocuparse de verdad. ¿Dónde se habían metido sus cuatro amigos?

—¡Roto! —gritó Fridolín—. ¿Dónde estás?

Y de pronto sintió que unos brazos le atrapaban por detrás y le levantaban en el aire con suma ligereza. Intentó resistirse y patalear, pero fue completamente inútil. Fuera quien fuera el que le había cogido, era alguien dotado de una enorme fuerza física. Sintió cómo le tapaban los ojos, cómo le amordazaban, cómo sus manos y sus pies eran inmovilizados y cómo era transportado a toda prisa a hombros del que le había capturado. Intentó debatirse y retorcerse, pero era inútil. El que le había cogido era muchísimo más alto y más fuerte que él.

Estaba aterrado, más aterrado de lo que había estado nunca en su vida. El que le había atrapado tampoco decía nada, y eso era quizá lo más terrorífico, el hecho de que todo hubiera sucedido en silencio.

Sintió que entraban en el edificio, que avanzaban por corredores o habitaciones y que subían unas escaleras. Luego le dejaron en el suelo. Como tenía las manos sujetas detrás de la espalda y los pies inmovilizados, no podía hacer otra cosa más que quedarse allí sentado, medio apoyado en la pared.

De un tirón le arrancaron la capucha de tela que le habían puesto sobre los ojos.

Se encontró sentado en una sala del palacete, una habitación grande y vacía con ventanas que daban al parque. Roto, Amapola, Rani y Abbás estaban también allí, todos atados y amordazados igual que él, todos mirando a todas partes con ojos de susto.

Y frente a ellos había seis hombres jóvenes, muy morenos, con aspecto extranjero, vestidos con trajes verdes, que les miraban con la misma expresión de terror con que los niños les miraban a ellos.

Tenían todos el pelo rapado y grandes bigotes negros. Llevaban todos metralletas colgando del hombro y un cinturón de balas alrededor de la cintura. Uno de ellos, que parecía el jefe, se puso a decirles cosas a los otros en un idioma incomprensible para los niños. Y entonces, de pronto, Rani pareció volverse loca. Comenzó a retorcerse, y a emitir ruidos salvajes a través de su mordaza. Intentó levantarse, pero como tenía los pies atados se caía al suelo una y otra vez. Los hombres la miraban estupefactos. Al final, uno de ellos se acercó a Rani y le quitó la mordaza.

Entonces Rani comenzó a gritar. De sus labios pequeños y cincelados empezó a salir un chorro de palabras en su idioma, y los hombres la oían y se miraban entre sí, y al final uno de ellos, el que parecía ser el jefe, se acercó a ella y se puso a desatarla, hablándole suavemente y como para tranquilizarla.

Una vez libre de sus ataduras, Rani empezó a frotarse las muñecas y siguió regañando a los hombres en su idioma. Ahora todos reían, y los hombres comenzaron a soltar las ataduras de los otros niños.

—¿Qué pasa, Rani? —dijo Fridolín en cuanto pudo hablar—. ¿Quiénes son estos hombres?

—Son soldados de Lankapur —dijo Rani—. ¡Son de mi país! Y les he dicho que soy la hija del embajador y que si no nos soltaban inmediatamente se iban a meter en un lío tremendo.

Entonces Fridolín comprendió que aquellos hombres eran los seis soldados de Lankapur que habían logrado meterse en el parque. ¿Cuántos días habían pasado de aquello? ¿Una semana? ¿Diez días?

Tenían todos aspecto cansado, sus trajes estaban sucios, y

llevaban barba de varios días. Debían de llevar más de una semana perdidos en el parque.

¿Habrían logrado encontrar el árbol Bo? Y, en ese caso, ¿habrían logrado destruirlo? Fridolín se moría por averiguarlo, pero no podía decir nada. No podía dar a entender que sabía quiénes eran aquellos soldados y por qué estaban allí.

—Rani, no digas nada —le dijo a su amiga en susurros—. ¡No les cuentes nada de nada!

Usando a Rani de intérprete, los soldados les preguntaron que qué estaban haciendo allí. Fridolín dijo que se habían colado en el parque por jugar, y que ahora no sabían encontrar la salida.

El que parecía el jefe de los soldados les preguntó si habían visto algo extraño.

—¿Extraño como qué? —preguntó Fridolín.

—Como un hombre muy grande... un gigante que camina por entre los árboles —explicó el jefe de los soldados imitando los andares de lo que parecía un oso erguido sobre sus patas traseras o un gigantesco y deforme troll de cuento de brujas.

Los niños se miraron entre sí.

—No hemos visto nada parecido —dijo Fridolín.

—¿Cuántos días lleváis en el parque? —preguntó el soldado.

—Ya le he dicho que entramos anteayer —le dijo Rani—, pero no me cree.

—¿Por qué no te cree? —preguntó Fridolín.

—Porque dice que ellos llevan doce días, y que han tardado diez días en llegar hasta aquí.

La ley de la obediencia

Los soldados de Lankapur no parecían en absoluto amistosos y tampoco parecían precisamente buenas personas. Estaban asustados y hambrientos y lo primero que hicieron fue vaciar la mochila de Fridolín en busca de comida. Prohibieron a los niños que hablaran entre ellos y le prohibieron a Rani que les tradujera las cosas que decían, a menos que se lo pidieran ellos expresamente. Fridolín comprendió enseguida que los cinco acababan de convertirse en algo así como prisioneros de guerra.

Enseguida se pusieron en marcha. Los soldados llevaban dos días enteros refugiados en aquel edificio porque estaban atemorizados con aquella especie de gigante del que habían hablado a los niños, pero tenían que completar su misión y, además, no podían quedarse allí indefinidamente sin agua y sin comida.

A Fridolín le sorprendió comprobar que el jefe de los soldados tenía una brújula y un plano, y que intentaba utilizarlos para orientarse por el parque.

Soltaron las ligaduras de los niños y se pusieron todos en camino. Enseguida los niños se dieron cuenta de que estaban deshaciendo el camino que ellos habían hecho esa mañana, y que se dirigían a la zona de los parques escalonados. Llegaron a la rosaleda que ellos habían cruzado esa mañana. Entre las rosas había un corzo, que escapó como una exhalación nada más verlos. Los soldados lo persiguieron durante un rato y le dispararon con sus pistolas, pero no lograron atraparlo.

Llegaron también a la cafetería que habían encontrado esa mañana, pero ahora al otro lado no estaba el estanque, sino un larguísimo paseo de hierba, una avenida interminable que avanzaba en línea recta hasta que llegaba un momento en que quedaba interrumpida por los árboles. Entonces todos se detuvieron, y los soldados empezaron a discutir entre sí animadamente.

–¿Qué pasa? –le preguntó Roto a Rani.

Daba la impresión de que a los soldados les daba miedo entrar entre los árboles. Miraban temerosamente por entre los troncos de los ojaranzos, las acacias y los olmos que crecían en desorden, sin atreverse a entrar. Los pájaros, muy alegres, y completamente indiferentes a los problemas de los visitantes humanos, volaban y cantaban por entre las ramas.

–Les da miedo entrar entre los árboles a causa del gigante –les dijo Rani en un susurro.

Uno de los soldados empezó a dar gritos, señalando entre los árboles. Y entonces todos oyeron con claridad el mismo sonido que los niños habían oído al lado de la estatua del ángel caído: el sonido de un ser muy grande que avanzara por entre la vegetación chocando violentamente con las hojas y chascando ramas, y gruñendo y gimiendo y dando grandes pisadas que hacían temblar el suelo.

–¡Mamiiiiiiiiiii! –chilló Rani tapándose los ojos.

Los soldados retrocedieron unos pasos, sacaron sus metralletas, quitaron los seguros y se prepararon para disparar.

La criatura se acercaba a toda velocidad, y enseguida vieron su sombra por entre los árboles. Era un ser gigantesco, tan alto como los árboles más altos, y tenía forma humana, pero no podían ver qué tipo de criatura era. ¿Era un gigante? ¿Un ogro? ¿Un simio gigantesco? ¿Un cíclope?

—¡Es el monstruo! —gritó Abbás histérico—. ¡Yo sabía que había un monstruo! ¡Yo lo sabía!

Uno de los soldados le dio un brutal golpe en la cabeza con el cañón de la metralleta para hacerle callar, y Abbás cayó al suelo rodando.

—¡Bestia! —le gritó Roto al soldado—. ¡Cobarde!

Abbás se incorporó, tambaleándose y sujetándose la cabeza con las dos manos. La sangre corría entre sus dedos, y dos regueros de lágrimas manaban de sus ojos, pero estaba tan aterrado que no acertaba a sollozar. Sangraba, y lloraba, y de sus labios entreabiertos no salía ningún sonido. Amapola se acercó a él y le pasó el brazo por el hombro.

—¿Por qué no me pegas a mí, cobarde? —le gritó Roto al soldado, poniéndose delante del cañón de su ametralladora, pero el soldado se limitó a apartarle de un manotazo.

—¡Roto, no te metas! —le gritó Fridolín—. ¡Te harán daño a ti también!

El ser monstruoso seguía avanzando entre los árboles, pero parecía que no tenía intención de dejarse ver ni de salir al espacio descubierto. Estaba allí, entre los árboles, respirando poderosamente y jadeando y gruñendo, un gigante de más de diez metros de altura, o quizá más grande, porque las ramas de los árboles no les permitían contemplarlo con claridad.

Entonces los soldados empezaron a disparar sus metralletas. Dispararon y dispararon en dirección a la figura del monstruo, y los casquillos de las balas caían en el suelo a sus pies. El estruendo era espantoso. Los niños jamás habían imaginado que las armas de fuego pudieran hacer tanto ruido.

El monstruo no pareció verse afectado por los disparos. Seguía inmóvil entre los árboles. Entonces el jefe de los soldados ordenó que dejaran de disparar y que volvieran en dirección a la plaza de las columnas. Se retiraron caminando hacia atrás para asegurarse de que la extraña criatura no les seguía. Cuando habían retrocedido una decena de metros, todos vieron y escucharon cómo la figura se alejaba de nuevo, gruñendo y gimiendo y desgajando ramas enteras de los árboles, hasta que se perdió en la distancia.

El jefe ordenó entonces que retrocedieran y que regresaran al palacete. Volvieron por la larga avenida de hierba, encontraron la cafetería y luego la rosaleda de nuevo, pero a partir de allí el paisaje había cambiado y era totalmente diferente. Era evidente que el palacete jamás volvería a aparecer ante sus ojos.

Los soldados estaban asustados, y acusaban a su jefe de estarles perdiendo a propósito. Los niños también estaban muy asustados. La herida de Abbás había dejado de sangrar, pero Abbás estaba como en estado de shock. Caminaba muy callado y con una expresión extraña en el rostro. Amapola caminaba apoyándose en la tosca muleta que Roto había fabricado para él y tenía la frente cubierta de sudor por el esfuerzo y el dolor que le producía mantener el paso, pero a pesar de todo se acercó a Abbás y le pasó el brazo por los hombros y comenzó a hablarle en voz baja al oído para tranquilizarle. Entonces uno de los soldados la agarró del brazo con fuerza y la apartó de Abbás. Que los niños estuvieran callados parecía ser de suprema importancia para ellos. Amapola perdió el equilibrio y se cayó al suelo, y su muleta se partió por la mitad. Fridolín se precipitó hacia ella, y la ayudó a levantarse.

Entonces el jefe de los soldados ordenó que se detuvieran, le dijo a Rani que tradujera y comenzó a hablarles a los niños.

—El jefe dice que tenemos que obedecer sin preguntar, y caminar en fila y sin hablar unos con otros —tradujo Rani.

El jefe volvió a hablar. A pesar del silencio del lugar y de que estaban a unos pasos unos de otros, hablaba a gritos. A Fridolín, su voz le recordaba a los ladridos de un perro furioso.

—El jefe dice que el que desobedezca será ejecutado en el acto —les tradujo Rani con voz muy temblorosa—. Quiere decir que si no obedecemos, nos matará.

El jefe de los soldados sacó su arma automática, quitó el seguro, la apuntó a la cabeza de Fridolín y luego a la de Roto y luego a la de Amapola, y fue diciendo «bang, bang» cada vez, muerto de risa, como si aquello fuera lo más divertido del mundo.

Dios mío, pensó Fridolín, ahora sí que estamos metidos en un buen lío. Intentó recordar qué era lo que sugería la regla del acechador para los casos como este, pero estaba tan nervioso y tan asustado que no podía pensar con claridad.

—El jefe pregunta que si hemos entendido —dijo Rani.

—Dile que sí, que hemos entendido, y que haremos lo que nos digan —dijo Fridolín.

—Dile también que es peor que un piojo leproso —le dijo Roto a Rani—. Dile que tiene la cara más fea que el culo de un mono con diarrea.

Amapola soltó una carcajada nerviosa a su pesar. Uno de los soldados fue hacia ella y levantó la mano para darle una bofetada. Sin pensarlo un instante, Fridolín se lanzó sobre el soldado, le agarró la mano y se la mordió con fuerza.

El soldado dio un grito y ya se iba a abalanzar sobre Fridolín para machacarle la cabeza con la culata de la metralleta cuando el jefe le detuvo con un grito. Luego cogió a Fridolín del pelo y le habló a gritos, mirándole a los ojos.

—Dice que una cosa más como esa y te disparará en el acto —tradujo Rani con voz temblorosa.

—Amapola no puede caminar sola —dijo Fridolín—. Dile que va a ir apoyada en mí.

El jefe de los soldados todavía le tenía agarrado del pelo.

—Traduce, Rani —dijo Fridolín sintiendo que le ardía el rostro y que se le saltaban las lágrimas por el dolor—. Dile que va a ir apoyada en mí, y que si no, no nos moveremos. ¡Díselo!

El jefe de los soldados soltó una exclamación divertida, como admirado de que un niño fuera tan insolente.

—¡Traduce, Rani! —dijo Fridolín sintiendo que las lágrimas le corrían por las mejillas.

Rani tradujo con voz temblorosa.

Después de esto, los niños caminaron en fila india y en silencio, Amapola apoyada en Fridolín y cojeando todavía más que antes, y nadie volvió a decir ni palabra. Los soldados caminaban muy rápido, a paso ligero, y los niños, que tenían las piernas más cortas, tenían que correr para mantener su paso.

Cuando alguno comenzaba a quedarse atrás, los soldados le golpeaban en los costados con el cañón de la metralleta. Después de recibir uno de estos golpes, Fridolín ya no volvió a pensar en aflojar la marcha.

La pradera

Unas horas más tarde llegaron a una pradera muy despejada y el jefe les ordenó detenerse. Estaban todos exhaustos. Amapola se dejó caer en la hierba jadeando por el esfuerzo.

Era una pradera amplia como el mar, que se extendía indefinidamente, cortada a lo lejos por grupos de árboles, y la hierba estaba tan crecida que les llegaba a los niños a la cintura. La brisa movía amplias olas plateadas a lo largo de la pradera, como si la hierba hiciera lentas olas. Los soldados parecían muy excitados, casi alegres. Entonces los niños se dieron cuenta de que todos los arbolitos que crecían en la pradera eran manzanos. No tenía ninguna lógica, porque los manzanos no dan fruta en primavera, pero estaban todos cargados de manzanas, manzanas amarillas, verdes, rojas, manzanas grandes y pequeñas, redonditas y alargadas.

Todos los niños miraron a Fridolín con gesto anhelante. ¿Era alguno de aquellos el árbol Bo, el manzano de las doradas manzanas de los deseos? Pero Fridolín no movió ni un músculo y no dijo ni una palabra.

El jefe de los soldados dijo a los niños por medio de Rani que se quedaran quietos donde estaban y luego les ladró unas cuantas órdenes a sus hombres. Entonces los soldados comenzaron a examinar los árboles uno por uno.

—¿Qué están haciendo? —preguntó Roto.

—El jefe de los soldados cree que alguno de estos es el árbol Bo —les dijo Rani muy excitada—. ¿Cuál es, Fridolín?

—¡No! —gimió Amapola desde el suelo—. ¡No lo digas! ¡Ni siquiera lo mires!

Estaba con los ojos cerrados y el rostro contraído en un gesto de dolor.

—No os preocupéis —dijo Fridolín—. No es ninguno de estos.

—¿Cómo lo sabes? —dijo Roto.

Los soldados se gritaban los unos a los otros. Los niños pronto entendieron qué era lo que estaban haciendo. El árbol Bo era, según la leyenda de los acechadores, un manzano cargado de manzanas doradas. De modo que los árboles que daban manzanas normales no podían, en modo alguno, ser el árbol de los deseos. Por esa razón, los soldados se dedicaban ahora a arrancar manzanas rojas, verdes y amarillas y a devorarlas a toda prisa. Se estaban dando un verdadero festín.

—¡Eh! —dijo Roto—. ¡Se están comiendo las manzanas!

—No me importaría nada comerme unas cuantas manzanas yo también —dijo Rani—. Estoy muerta de hambre.

Abbás estaba muy callado y tenía las manos en la cabeza todo el rato.

—Abbás, ¿te duele la herida? —le preguntó Fridolín.

—Sí, me duele —dijo Abbás—. Pero no pasa nada, Frido.

El jefe de los soldados gritaba a sus hombres muy enfadado. Había un manzano cargado de frutas de un amarillo bronceado que, bajo cierta luz, podrían parecer doradas. Les ordenó que derribaran el árbol, y dos de los soldados sacaron sendas hachas de sus mochilas y comenzaron a tirarlo abajo.

—Bueno —dijo Fridolín a sus amigos—, es hora de que continuemos nuestro camino.

—¿Quieres que nos escapemos de los soldados? —le dijo Rani—. Son muy fuertes y corren mucho más que nosotros. Si intentamos escaparnos, nos cogerán.

—No lo creo —dijo Fridolín.

Los soldados estaban talando ahora todos los manzanos que daban frutas amarillentas, y de cada uno de ellos cogían un par de manzanas de muestra para llevarlas de vuelta. Pero había muchos manzanos con frutas doradas, muchos más de los que parecía en un principio, y además estaban cada vez más lejos. Ahora los soldados estaban tan lejos de los niños que sus voces les llegaban entrecortadas. Les llegaba también el ruido sordo de los hachazos cuando iban talando los troncos.

—Bien —dijo Fridolín—. Si nos agachamos, la hierba nos cubrirá, y los soldados no podrán vernos.

—Verán cómo la hierba se mueve —dijo Abbás—. Nos descubrirán de todos modos. Vendrán corriendo y nos cogerán.

—¡Esos tíos están locos, Abbás! —dijo Roto—. Si nos quedamos con ellos, vamos a acabar mal. Tenemos que largarnos.

De modo que se agacharon entre las altas hierbas y comenzaron a retroceder lo más rápido que podían. Avanzar agachados no resultaba cómodo, y Fridolín no estaba seguro de que sus cabezas o sus espaldas no fueran visibles.

—¿Tú sabes hacia dónde vamos, Fridolín? —le preguntó Amapola jadeante al cabo de unos minutos.

—Vamos en dirección al agua —dijo Fridolín.

No sabía por qué tenía tanta seguridad, pero de pronto la imagen del agua corriendo había aparecido con toda claridad en su imaginación.

De pronto, la pradera comenzaba a descender. Primero suavemente, luego de forma cada vez más pronunciada. Al cabo de un rato, la inclinación era tanta que resultaba demasiado incómodo seguir corriendo encogido. Fridolín se puso de pie, y echó a correr cuesta abajo, y los demás hicieron lo mismo.

Cuando llevaban un rato avanzando por entre la hierba, les sorprendió comprobar lo mucho que había cambiado el paisaje a su alrededor. Ya no se veía ni rastro de la gran pradera soleada y salpicada de manzanos. La cuesta cubierta de hierba descendía hasta un arroyo que corría ente juncales, cañaverales y grandes robles de sombra. Justo frente a ellos, atada con una soga al tronco de un roble viejo y retorcido, había una barca con los remos dentro.

Los niños corrieron hasta allí. Roto y Fridolín desataron la soga del tronco, y mientras tanto los demás empujaron la barca, que estaba encallada en la orilla de arena, para hacerla entrar en las aguas. Entonces todos subieron a bordo menos Roto, que se había quitado las botas y se había remangado los pantalones, y había entrado en el agua para darle a la barca el último impulso. Luego saltó también a su interior.

—¡Viva, viva, viva! —cantaron y gritaron los niños al notar la facilidad con que la barca se dirigía río abajo—. ¡Nos hemos escapado!

A pesar de todo, miraban ansiosamente a la ladera de hierba que descendía hasta allí, temiéndose que aparecieran los soldados. Pero no apareció nadie, y la corriente les arrastraba a toda velocidad.

Río abajo

Con el agua fresca del río le limpiaron a Abbás la herida de la cabeza y también la sangre seca que tenía pegada al pelo. Estaban todos en un estado lamentable, agotados, sudorosos, sucios, asustados, pero la que peor estaba era, sin duda, Amapola.

Entonces Rani se sacó de la ropa una botellita metálica en la que había escritas palabras en un alfabeto desconocido. Desenroscó la tapa y se la entregó a Amapola.

—Toma —le dijo a Amapola—. Tómatelo de un trago.

—¿Qué es esto? —preguntó Amapola cogiendo la botellita.

—Es para el veneno de las cobras —dijo Rani—. En mi país todo el mundo conoce estas botellitas. Cuando te pica una cobra, te tomas una de estas y ya está.

—Pero Rani, ¿llevabas esta botellita todo el rato y no has dicho nada? —dijo Fridolín.

—¡No, tonto! —dijo Rani muy enfadada—. Se la he robado al capitán de los soldados. Estaba segura de que tendrían, y en un descuido he abierto su mochila. ¡Y también les he quitado la brújula!

—¡Rani, eres una ladrona! —dijo Roto muerto de risa.

Rani, que también estaba muerta de risa, les enseñó a todos la brújula muy orgullosa. Amapola se bebió el contenido de la botellita de un trago.

Fridolín se había sentado a popa para sostener el timón y guiar la barca en su rápido descenso por el río. Y desde allí contemplaba a los demás con una vaga sonrisa. Y de pronto se sintió muy afortunado al pensar que eran amigos suyos.

Navegaron río abajo hasta que empezó a caer la noche. Se detuvieron un par de veces para recoger moras, grosellas y arándanos que crecían cerca de la ribera del río, y esas frutas del bosque fueron lo único que comieron aquel día. Cuando se hizo de noche atracaron en la ribera y estuvieron hablando en la oscuridad, sin atreverse a hacer fuego para no ser descubiertos por los soldados. Hablaron de todo lo que había sucedido ese día, del gigante que habían visto entre los árboles, de lo brutales y crueles que habían sido los soldados, y compararon los golpes y los moratones que todos tenían en el cuerpo.

Pero el tema que más les obsesionaba, ahora que se encontraban lejos de los soldados, era el del monstruo que había estado a punto de atacarles.

—¿Qué dice tu libro sobre ese monstruo? —le preguntó Roto.

—No dice nada —dijo Fridolín.

—¿Nada? ¿De un «pequeño detalle» como ese no dice nada? Fridolín suspiró.

—El monstruo no existe, Roto —dijo Fridolín—. Es lo mismo que este río, que ha aparecido para salvarnos de los soldados. Son todo creaciones de nuestros pensamientos.

—¡Castaña pilonga! —rezongó Roto.

—No creo que pueda dormir, pensando en ese monstruo —dijo Abbás.

Pero al final a todos les venció el cansancio, y todos se fueron durmiendo. Todos menos Fridolín y Amapola. Les acompañaba el rumor del río y la luz de la luna.

—¿Qué tal te encuentras? —preguntó Fridolín—. ¿Te sigue doliendo la pierna?

—No, ya no me duele —dijo Amapola—. Esa medicina que me ha dado Rani es milagrosa.

—Me alegro —dijo Fridolín suspirando profundamente—. Ayer pensamos que te morías. Nos diste un susto horrible a todos.

—Frido —dijo Amapola después de una pausa—, siento haberte fallado.

—¿Qué quieres decir? —preguntó Fridolín—. ¿Por qué dices que me has fallado?

—Entonces, ¿no estás enfadado conmigo?

—¿Enfadado? ¿Por qué?

—Por lo de la hoja de arce... por lo del laberinto... por haber engañado a todo el mundo diciendo que la hoja se movía sola...

—Claro que no —dijo Fridolín—. Pero no vuelvas a hacerlo... ya has visto lo peligroso que es...

—¿Tú crees que la serpiente me mordió por esa razón?

—No lo sé —dijo Fridolín—. No me atrevería a decirlo. Pero creo que en el parque hay que tener cuidado... No por el parque en sí, sino porque aquí te encuentras con todo lo que tú tienes dentro...

Los dos quedaron en silencio.

—Gracias —dijo Amapola.

—¿Por qué?

—Por defenderme de esa bestia de soldado —dijo Amapola—. Por ayudarme luego, cuando se me ha roto la muleta.

—Pero si tú estás ayudando siempre a todo el mundo, Amapola —dijo Fridolín.

—¿Yo? Todos nos ayudamos.

—Pero tú siempre estás ayudando a todos, y diciéndole palabras amables a todo el mundo... a Abbás, cuando tiene miedo, y antes, cuando el soldado le ha pegado... Tú eres muy buena con todo el mundo, Amapola.

Amapola quedó en silencio.

—Me alegro de que no estés enfadado conmigo —dijo Amapola por fin—. Me voy a dormir.

Y acercándose a Fridolín, le dio un beso en la mejilla.

De caza

A la mañana siguiente encendieron un fuego para calentarse. Seguían teniendo miedo a los soldados, pero el frío y el hambre les tenían tan entumecidos que prefirieron correr el riesgo.

La pierna de Amapola estaba mucho mejor y la hinchazón había desaparecido por completo. Amapola podía ya caminar sin dificultad.

Lo único que tenían para desayunar eran las moras y las grosellas que crecían por allí por todas partes, una comida con poco alimento y que sólo les servía para sentir todavía más hambre. Pero era mejor que no comer nada.

Luego empujaron la barca al agua y saltaron al interior, y Fridolín volvió a ponerse al timón. Navegaron durante la mayor parte del día, y vieron cómo el sol ascendía a lo alto del cenit y luego comenzaba a descender.

Entonces Roto descubrió que toda la popa de la barca era una especie de armario que se abría con dos puertecitas correderas. Se arrodilló allí, muy excitado, y al cabo de un rato de hacer esfuerzos, logró abrir las puertecitas, que estaban encalladas por la humedad y la falta de uso.

En el interior encontraron una cuerda, una palanca de hierro, una red y unos aparejos de pesca: sedal, anzuelos y plomada. También había una revista muy antigua, con todas las páginas dobladas por la humedad. Miraron la fecha: era de más de veinte años atrás. Metiéndose a cuatro patas hasta el fondo del armario, Roto encontró una caja metálica muy pesada, que sacó de allí con enorme esfuerzo. La colocaron en el centro de la barca y la abrieron forzándola con la palanca de hierro. En su interior había todo tipo de cosas inverosímiles: unas botas de pescador dobladas dos veces; un espejo; una botella de cristal verde llena de tierra; una estampa de san Crisóstomo Pescador y una de la Virgen de los Caminos; una guía de hoteles de Aquitania; un libro con pastas de piel de serpiente en cuyo interior había flores antiguas prensadas, entre ellas (según les informó Amapola, que era la que más sabía de flores) un hibisco, una buganvilla y un gladiolo; un botiquín con una botella de alcohol; una caja metálica como las que se usan para guardar jeringas, en cuyo interior había viejas fotografías en blanco y negro de dos niños que eran, sin duda, hermanos; un tablero de madera con el juego de la oca por un lado y el del parchís por el otro, y muchas cosas más.

Roto enseguida perdió el interés por aquella caja llena de cosas maravillosas pero también viejas e inútiles, y se puso a componer uno de los aparejos de pesca, uniendo un anzuelo al extremo de un sedal y añadiendo unos plomos para que el anzuelo se hundiera bien en el agua.

—Chicos —dijo—. Necesitamos cebo para pescar.

—¿Qué es «cebo»? —preguntó Rani, que no conocía esa palabra.

—Un gusanito o algo para poner en el anzuelo y que piquen los peces —dijo Roto—. Tenemos que parar un momento y buscar unas cuantas lombrices.

Siguieron durante un par de curvas más del río hasta que vieron aparecer una playa de arena donde podrían encallar la barca sin dificultad. Fridolín dobló el timón y dirigió la barca hacia allí. La quilla se hundió en la arena, y la barca quedó inmóvil. Roto y Abbás saltaron a tierra con la cuerda y ataron la barca a una roca. Luego todos los demás saltaron a tierra.

Habían llegado a una zona que ya no parecía un parque en absoluto, sino el campo abierto.

Amplias praderas salpicadas de alcornoques y de robles se extendían a ambos lados del río. La hierba estaba llena de margaritas y de amapolas, y vibrantes insectos y mariposas de todos los colores volaban entre las flores.

Roto y Abbás se pusieron a buscar insectos por debajo de las piedras de la orilla. Luego, instruidos por Roto, todos cogieron palitos y se pusieron a hurgar en la tierra en busca de lombrices. Todos menos Rani, que dijo que no se debía hacer daño a los animales y que eran todos unos bestias y unos comedores de ojos de perro, de ranas y de pájaros muertos.

Fridolín decidió echar a caminar y alejarse un poco del río para intentar tener una visión más amplia del lugar donde estaban.

El terreno estaba bastante despejado, con alcornoques y robles creciendo aquí y allá, y ascendía en una suave cuesta. Fridolín se alejó unos doscientos metros. Desde allí arriba veía la línea del río flanqueada de árboles, y un paisaje de colinas verdes manchadas irregularmente con parches de bosque.

Ya no estaban en el Parque de las Lilas. ¿O quizá sí? ¿Serían aquellos campos abiertos parte del parque?

Se sentó entre la hierba, en medio de las margaritas y las amapolas y los vuelos de las mariposas multicolores, abrió su mochila y sacó *La regla del acechador*.

El viento comenzó a soplar a su alrededor. Pero Fridolín ya sabía que ese viento no era simplemente viento. Abrió el libro al azar y leyó:

«El acechador busca el río del origen, el mar del pensamiento y la montaña del alma. El acechador desea recorrer el río del origen, atravesar el mar del pensamiento y ascender a la montaña del alma».

¿Qué querría decir aquello? Fridolín no estaba seguro. Pero sí estaba seguro de una cosa: el libro le estaba diciendo que seguir el río era lo correcto.

Seguir por el río, ¿hasta dónde? ¿Cuánto tiempo? Pero Fridolín sabía que hacerse esas preguntas no tenía sentido. En el parque sólo existía el presente y el lugar donde uno estaba. Todo lo demás estaba sujeto a permanente cambio.

Unos gritos que venían del río le sacaron de sus pensamientos. Levantó la vista y vio a Roto corriendo por entre los árboles, mientras los otros tres gritaban muy excitados. Al principio no entendía por qué corría Roto de aquella manera. Luego vio al conejito que corría dando grandes saltos, unos diez o quince metros por delante de él.

Sin pensarlo dos veces, Fridolín guardó el libro en la mochila y echó a correr ladera abajo para cortarle el paso al conejo. Sin duda su madriguera estaría por allí cerca, y si el animalito conseguía meterse en ella ya no podrían atraparlo.

Fridolín nunca había perseguido a ningún conejo en su vida, y no sabía que esos pequeños animalitos pudieran correr tanto. Enseguida se dio cuenta de que por mucho que corriera, no llegaría nunca a cortarle el paso al conejo, y entonces se puso a gritar.

Pero esto funcionó: al oír sus gritos, el conejo se asustó y torció su camino dirigiéndose hacia el río. Debía de estar aterrado y había cometido un error fatal, porque enseguida se encontró con el río y tuvo que regresar sobre sus pasos, y entonces se encontró con Roto por un lado y con Fridolín por el otro.

—¡Frido! —le gritó Roto—. ¡Córtale el paso por el otro lado!

Fridolín corrió en dirección al río trazando una curva para ponerse al otro lado de donde estaba el conejo y evitar así que pudiera escapar corriendo orilla abajo. No tenía ni idea de dónde estaba el animalito, que debía de haberse refugiado entre los arbustos con la esperanza de que se olvidaran de él.

Y entonces, de pronto, apareció, corriendo a toda prisa en dirección al campo abierto y al lugar, seguramente, donde estaba una de las bocas de su madriguera.

Roto echó a correr detrás de él, dando saltos por encima de los matorrales y luego corriendo por la alta hierba. El conejo había desaparecido de la vista, y ahora sólo se veía a Roto corriendo. Luego vieron cómo se lanzaba entre la hierba y, al cabo de unos segundos, se incorporaba con el conejo entre las manos.

—¡Lo ha cogido! —gritó Abbás—. ¡Lo ha cogido! Roto, ¡eres un cazador de verdad!

Roto traía al conejo sujeto por las orejas y por las patas traseras.

Regresaron todos al lugar donde estaba la barca.

—Ya tenemos comida —dijo Roto muy excitado—. ¡Hemos tenido suerte!

El conejo les miraba a todos con ojos de terror, y apenas se movía. Roto le tenía sujeto con fuerza. En sus brazos parecía, de pronto, un animal enorme. Era como si hubiera crecido al doble de su tamaño. Ya no parecía un conejito, un animalito que corre por el campo, sino una enorme liebre con una larga panza blanca y largos bigotes y larguísimas orejas.

Ahora sólo quedaba el problema práctico de matar al conejo, despellejarlo, quitarle las vísceras y cocinarlo. ¿Quién iba a hacer todo eso?

Se sentaron en la arena de la orilla, al lado de la barca.

—Bueno —dijo Roto—. Yo mato el conejo y lo despellejo. Lo he visto hacer cuando he ido de caza con mi padre. Vosotros encended un fuego.

—¿Cómo lo vamos a cocinar? —preguntó Fridolín.

—Es fácil —dijo Abbás—. Hay que clavarlo en un palo y ponerlo encima del fuego.

Fridolín suspiró profundamente. Era verdad que así dicho parecía muy fácil: mataban el conejo y lo despellejaban, luego lo clavaban en un palo y lo asaban al fuego. Pero ninguno de ellos había hecho nunca nada parecido.

Rani estaba callada y los miraba a todos muy asustada.

—¿Vas a matar al conejito? —le preguntó a Roto con voz muy débil.

—¡No empieces, Rani! —le dijo Roto.

Rani se quedó callada.

—No podemos hacer otra cosa —dijo Roto—. Llevamos cuatro días casi sin comer y andando sin parar. ¡Tenemos que comer algo!

—Si por lo menos hubiéramos cogido manzanas cuando estábamos en el prado —suspiró Abbás.

—Bueno, ya está bien —dijo Roto, que se cansaba de sujetar al conejo, aunque el animal apenas se movía—. No puedo estar agarrando a este bicho todo el día.

—¿Cómo lo vas a hacer? —preguntó Abbás.

—Intenta que no sufra —dijo Amapola.

—Con una piedra —dijo Abbás—. Le rompemos la cabeza.

Amapola hizo un gesto de profunda repelencia.

—¿Y si lo ahogas? —dijo Fridolín—. Es lo más fácil. Lo metes dentro del río y esperas hasta que deje de moverse...

Fridolín, de pronto, se sintió como enfermo. Nada más decir esas palabras sintió que la sensación extraña que tenía todo el rato en el estómago se transformaba en náuseas, y se dio cuenta de que jamás podría comerse aquel animal.

—Es una muerte horrible, morir ahogado —dijo Rani.

Roto resopló.

—No —dijo—. ¡No pienso ahogarlo! ¡Vaya idea de chorlito! Sé cómo hay que hacerlo. Hay que torcerle el cuello, es muy fácil. Y no sufrirá.

Rani dio un grito, se levantó, se tapó los oídos y fue a esconderse detrás de la barca.

—¡No quiero verlo! —dijo desde el otro lado de la barca.

—Yo tampoco —dijo Abbás, levantándose también.

Ahora todos se sentían enfermos.

—Roto —le dijo Amapola, que llevaba un rato haciendo un dibujo en la arena con el dedo—, suelta al conejo.

Roto parecía indeciso. Lo más terrible de todo era que el conejo no luchaba, ni intentaba liberarse de las manos que lo tenían atrapado, ni parecía sentir el menor interés por defender su vida. Sin embargo, su costado se movía a toda prisa, y en sus ojos brillaba un destello de terror.

—Suéltalo, Roto —repitió Amapola—. No lo mates. Deja que se vaya.

—No —dijo Roto—. Soy un cazador. No me da ningún miedo matar a un conejo.

—Suéltalo —dijo Amapola—. No tienes que demostrarnos que eres valiente. Todos sabemos que eres valiente.

—Entonces, ¿para qué lo hemos cazado? —dijo Roto.

Sin soltar el conejo, Roto se incorporó, y cogió al conejo por el cuello con la mano izquierda, mientras que con la mano derecha, que era con la que le sujetaba por las orejas, le agarró con fuerza la cabeza.

Amapola y Fridolín se habían levantado también y lo miraban aterrados.

—¡Déjalo, Roto, por favor! —dijo Fridolín—. ¡No lo mates, deja que se vaya!

Roto hizo un intento de partirle el cuello al conejo, pero resultaba más difícil de lo que había pensado. El conejo se puso a chillar. Fridolín pensó que jamás había oído chillar a un conejo, y que ni siquiera sabía que esos animales pudieran emitir sonido alguno.

—¡Suéltalo, Roto! —le dijo Amapola con lágrimas en los ojos.

Roto hizo otro intento, giró la cabeza del aterrado conejo con todas sus fuerzas, y en esta ocasión se oyó un ruidito, como de un resorte que se rompe, y la cabeza del conejo cayó inerte.

Los tres quedaron inmóviles unos segundos. Roto seguía sosteniendo el conejo entre sus manos, pero ahora el cuerpo del animal estaba completamente exangüe. Roto lo dejó sobre la arena lentamente. Los ojos del conejo todavía estaban abiertos y brillantes, pero algo había cambiado en su brillo. Ya no había vida en ellos.

Abbás y Rani se asomaron cautelosamente de detrás de la barca.

—Por mí no te molestes en despellejarlo —dijo Fridolín—. Yo no voy a comer nada de ese conejo.

—Yo tampoco —dijo Abbás.

—Ni yo —dijo Amapola.

—Ni yo —dijo Rani.

Roto seguía mirando el conejo, que yacía muerto sobre la arena. Y de pronto se dio la vuelta y echó a correr.

Los niños se miraron entre sí. Fridolín fue detrás de él, y se lo encontró un poco más allá, sentado entre unas rocas, cubriéndose la cara con las manos.

—¿Qué te pasa? —dijo Fridolín—. Roto, lo siento, es que...

—¡Déjame en paz! —dijo Roto.

Amapola apareció también.

—Roto... —empezó a decir.

Entonces se dieron cuenta de que Roto estaba llorando.

—¿Qué te pasa? —dijo Amapola—. Roto, estás llorando.

Roto les miró con los ojos rojos y llenos de lágrimas. Amapola se sentó a su lado y le pasó el brazo por los hombros.

—Déjame —dijo Roto entre sollozos, apartando el brazo de Amapola con fuerza.

—No te preocupes, Roto —dijo Amapola—. Ya encontraremos otra cosa para comer.

Rani y Abbás aparecieron también.

—¿Qué le pasa a Roto? —le preguntó Rani a Fridolín en un susurro.

—Creo que le da pena haber matado al conejo —le dijo Fridolín.

Amapola volvió a pasarle el brazo por el hombro a Roto, y esta vez Roto no la rechazó.

Fridolín, Rani y Abbás regresaron a la barca. El conejo seguía allí, caído sobre la arena. Con los palos que habían estado usando para buscar lombrices se pusieron a cavar un agujero en la tierra, que estaba húmeda y blanda, para enterrarlo.

Caía la tarde, y pronto se haría de noche. Amapola y Roto regresaron un largo rato después, cada uno con una brazada de ramas.

—Hemos cogido madera para hacer un fuego —dijo Amapola.

Roto tenía todavía los ojos rojos.

Se pusieron todos a coger ramas y troncos para hacer un fuego, y cuando lograron encenderlo ya era casi noche cerrada.

—Mi padre siempre me dice que los hombres tienen que aprender a cazar —dijo Roto, cuando estaban los cinco alrededor del fuego contemplando las llamas—. Pero yo nunca más voy a matar a ningún animal.

—¿Por qué le gusta tanto cazar a tu padre? —le preguntó Fridolín.

—No sé —dijo Roto—. Mi padre quiere que yo sea como él. Pero yo no quiero ser como él. Mi padre es muy fuerte, y le gusta disparar. Desde pequeño me ha enseñado a disparar.

—¿Con una escopeta de verdad? —preguntó Fridolín.

—No —dijo Roto—. Tengo una escopeta de perdigones. Pero con perdigones puedes cazar pájaros, y ranas, y ardillas...

—Pero ¿por qué quiere tu padre matar animales? —le preguntó Amapola.

—Porque le gusta cazar —dijo Roto—. Dice que es un deporte de hombres. A mi madre no le gusta, a las mujeres no les gusta.

—No a todos los hombres les gusta —dijo Fridolín—. A mi padre no le gusta cazar.

—Al mío tampoco —dijo Rani.

—Ni al mío —dijo Abbás.

Roto quedó en silencio unos instantes, mirando el fuego.

—Bueno, sea como sea, me da igual. No pienso volver a matar a ningún animal en mi vida. Están vivos como yo, y yo no quiero que venga ningún gigante y me agarre y me rompa el cuello.

Todos quedaron en silencio. Tenían tanta hambre que les resultaba difícil conciliar el sueño, pero a pesar de todo se durmieron. Fridolín vio cómo iban cayendo uno a uno. Al final, sólo Amapola y él estaban despiertos.

—¿Ya no te duele la pierna? —preguntó Fridolín. Lo preguntaba por hacer conversación, porque Amapola no se había vuelto a quejar de ningún dolor, y además la hinchazón de la mordedura de la cobra había desaparecido por completo.

Pero Amapola estaba también muy cansada y se caía de sueño.

—¿Qué? —dijo levantando la cabeza y parpadeando—. ¿Has dicho algo?

Fridolín suspiró. La noche anterior, Amapola se había acercado a él con toda naturalidad y le había dado un beso en la mejilla. Él sentía también deseos de hacer lo mismo. Le hubiera gustado acercarse a ella y darle un beso de buenas noches, pero no se atrevía.

Eres un cobarde, Fridolín, se dijo a sí mismo. Vamos, cobarde, ¡muévete!

—Me voy a dormir —dijo Amapola entonces.

Fridolín pensó que era ahora o nunca. Entonces se levantó y se dirigió hacia ella.

—¿Qué? —dijo Amapola viendo que Fridolín se acercaba a ella mirándola a los ojos, muy serio y con expresión concentrada.

Las caras de los dos estaban ahora muy cerca, casi rozándose, y Amapola le miraba con expresión de extrañeza.

—¿Qué pasa? —preguntó.

Por espacio de un instante Fridolín dudó. Vamos, bésala, se dijo a sí mismo.

—¿Tengo algo? —dijo Amapola.

—Un mosquito —dijo Fridolín espantándole un imaginario mosquito de la cara.

Sucio cobarde, se dijo mientras volvía a su sitio. ¡Estúpido cobarde!

—Buenas noches, Frido —dijo Amapola haciéndose un ovillo en el suelo al lado del fuego.

—Buenas noches —dijo Fridolín.

Y se quedó todavía un largo rato mirando cómo ardía el fuego y escuchando los silbidos de la madera húmeda al quemarse.

El valor

Fridolín se despertó al sentir que alguien le chupaba la cara. ¿Quién sería? Se incorporó de pronto, apartando al bromista con las manos. ¿Sería Rani? ¿Sería Amapola? Y entonces vio que era un perro, un gran perro negro.

Los otros se despertaron también.

El perro se acercó de nuevo a Fridolín, con la lengua colgando y moviendo el rabo alegremente. Era un perro muy grande, pero parecía amigable.

—¡Un perro! —chilló Rani frotándose los ojos con fuerza—. ¿De dónde ha salido ese perro?

Fridolín le acarició la cabeza y el perro ladró alegremente. Parecía muy contento de haberles encontrado, e iba de uno a otro, como saludándoles.

Entonces Fridolín supo, al instante, que aquel era Brabante, el perro de Waldstein. Según le había contado el tío Abraxas, Waldstein siempre se llevaba a su gran perro negro con él, y el animal le ayudaba a acechar y a encontrar el árbol Bo. En su último viaje, el perro se habría quedado abandonado en el parque, a lo mejor porque él solo no sabía volver, a lo mejor porque no quería irse lejos del lugar donde había muerto su dueño.

—¡Brabante! —dijo Fridolín—. ¿Eres Brabante?

Al oír su nombre, el animal se puso a ladrar y a agitar la cola muy excitado.

—Es Brabante, el perro de Waldstein —dijo Fridolín—. Eso quiere decir que estamos en el buen camino.

—¿Quién es Waldstein? —preguntó Roto.

—Fue un acechador, como mi padre —dijo Fridolín—. El tío Abraxas me contó que los soldados lo mataron una vez que estaba intentando entrar en el parque.

—Entonces su perro es ahora tuyo —dictaminó Roto.

Desataron la barca y la empujaron de nuevo al agua. El perro saltó a su interior inmediatamente y se puso a ladrar muy alegre.

—¡Mira! —dijo Abbás—. ¡No ha sido nada difícil convencerle!

La corriente les arrastró de nuevo río abajo, y así comenzó su quinto día de aventura dentro del Parque de las Lilas. Si es que estaban todavía dentro del Parque de las Lilas.

—¡Mirad! —gritó Abbás, sacándoles a todos de la somnolencia.

En la orilla crecía un cerezo cargado de cerezas rojas. Estaban tan maduras que parecía que brillaban. Fridolín guió la barca a la orilla, y todos saltaron a tierra y comenzaron a arrancar cerezas y a devorarlas a toda prisa. Un poco más allá, descubrieron un peral cargado de frutas, y una higuera cargada de higos maduros y también varias sandías, medio hundidas en la tierra.

Cuando se hartaron de comer fruta, guardaron en la barca toda la que pudieron. Desenterraron las cuatro sandías que quedaban y arrancaron el resto de las cerezas y de las peras, y buena parte de los higos, hasta que el armario de popa de la barca quedó lleno de fruta.

—¡Ya no cabe más! —dijo Roto cerrando las puertecitas del armario—. ¡Tenemos fruta para un mes!

Pero entonces notó que los demás habían quedado en silencio.

Fridolín había levantado la mano para pedirles silencio y miraba a su alrededor, como si presintiera algo extraño. Todos los pájaros de los árboles cercanos y los grillos de la hierba habían dejado de cantar.

—¿Qué pasa? —dijo Roto.

Brabante parecía muy nervioso, y estaba gruñendo y mostrando los dientes.

—No lo sé —dijo Fridolín—. El perro se ha puesto a gruñir, como si se acercara alguien.

La orilla se elevaba por allí en una alta pendiente de tierra que les impedía ver el campo que había más allá. Parecía que lo que tanto inquietaba al perro estaba en lo alto, más allá de aquella pendiente de tierra.

—¿Serán los soldados? —preguntó Abbás aterrado.

—No se oye nada —dijo Amapola.

Y entonces oyeron un bramido distante, algo así como el rugido de un trueno. Era un ruido poderoso y temible, muy parecido al que habían oído acercándose entre los árboles cuando estaban prisioneros de los soldados.

—Es el monstruo —dijo Abbás muerto de miedo.

—Cállate, Abbás —dijo Roto.

—Es el monstruo que apareció cuando estábamos con los soldados —dijo Abbás con un hilo de voz—. Pero nosotros no tenemos armas.

—Voy a subir a ver —dijo Fridolín.

—¡No, Frido! —dijo Rani—. ¡No vayas!

Fridolín agarró a Brabante por el pelo del cuello para que le acompañara, pero el aterrado animal no quería avanzar ni un paso. El extraño sonido de trueno sonó de nuevo, esta vez mucho más cerca.

—¡No vayas, Frido! —chilló Amapola.

Fridolín fue subiendo lentamente la pendiente de tierra. Estaba más empinada de lo que parecía desde abajo, y tuvo que ayudarse con las manos para avanzar. Y cuando había llegado casi hasta lo alto y estaba a punto de asomar la cabeza para ver qué era lo que había al otro lado,
entonces
lo que había al otro lado
se asomó
para mirarle
a él.

Era como una enorme cara dorada, rodeada de una hirsuta melena y una gran barba dorada. Y bajo la enorme cara dorada, dos columnas doradas, erizadas de garras amarillentas. Dos patas musculosas. Dos ojos amarillos.

Era un león.

El enorme animal había aparecido por encima de Fridolín con la suavidad y el sigilo de un sueño. Fridolín le miró y se quedó absolutamente paralizado por el terror.

—¡Corre, Fridolín! —dijo Rani.

—¡No, quédate quieto! —dijo Roto—. ¡No te muevas!

Amapola se echó a llorar histéricamente.

—¡No debe notar que tienes miedo! —dijo Roto—. No te muevas.

Los cuatro estaban aterrados. Frente al inmenso león, Fridolín parecía tan pequeñito como un muñeco de juguete.

Entonces el animal abrió las fauces y dio un rugido, y todos pudieron ver sus enormes colmillos. Tenía una bocaza enorme llena de dientes amarillentos y labios negros y violáceos de los que pendían espumosos hilos de baba. ¿Qué iba a pasar? Fridolín estaba paralizado por el terror.

El león rugió de nuevo, y esta vez su rugido pareció tener la virtud de despertar a Fridolín de su estupor, que inmediatamente se dejó caer por la cuesta de tierra, con tanta prisa que tropezó y cayó rodando.

Entonces el león descendió también, abriendo su boca enorme y lanzando espantosos rugidos. Y Fridolín cayó rodando hasta el pie de la cuesta, y una vez allí intentó incorporarse, pero tenía ya al león encima. Las enormes fauces babeantes se abrían justo encima de su cabeza, y el león le puso a Fridolín una zarpa encima del estómago, como para impedir que se moviera.

Ahora todos gritaban histéricamente, Amapola lloraba a gritos y Rani gritaba el nombre de Fridolín, y Roto seguía gritándole que se quedara quieto, que se hiciera el muerto. Pero el león, que debía de estar muy hambriento, acababa de ver cómo Fridolín se movía con toda facilidad y no era probable que pudiera creerse que estaba muerto. Además, Fridolín tenía tanto terror que lo único que hacía era taparse la cara con los ojos y gritar.

El león parecía no tener prisa ahora que se había asegurado una presa, que mantenía inmóvil con su gran pataza. Rugió de nuevo mirando al grupo de niños. Hilos amarillentos de baba colgaban de sus fauces y caían sobre el cuerpo y el rostro de Fridolín. Y sus colmillos se preparaban para partir el cuello del niño y comenzar a comérselo allí mismo.

El perro ladraba ahora con toda su furia y se acercó unos pasos en dirección al león, y por espacio de unos instantes pareció que iba a atacarle, pero el león le mostró los colmillos y el perro reculó, con el rabo entre las piernas, y gimiendo lastimeramente.

—Vamos —le dijo Roto al perro, empujándole y dándole con la mano en el costado—. ¡Vamos, Brabante, ayuda a Fridolín!

Y otra vez el perro se fue en dirección al león ladrando furiosamente, y el león le mostró los colmillos con furia, pero esta vez el perro tomó impulso para saltar y se abalanzó contra el león con las fauces abiertas. Pero el león era mucho más fuerte. Con un solo zarpazo envió al perro a varios metros de distancia, y el perro lanzó un aullido y se vieron varias marcas de sangre en su costado.

Entonces sucedió algo inesperado.

Alguien apareció por detrás de los niños, corriendo y gritando y empuñando un objeto muy largo, y se dirigió directamente al león, y le golpeó en el rostro con el objeto. Era Abbás, que había empuñado uno de los remos de la barca.

—¡¡Déjale!! —le gritó Abbás al león—. ¡¡Déjale, deja a mi amigo!!

El león parecía sorprendido. Aquel golpe no le había gustado nada y, además, le había cogido por sorpresa.

Abbás blandió el remo con todas sus fuerzas y golpeó con él de nuevo en el morro del león, y el león rugió con fuerza y sacudió la cabeza.

—¡¡Deja a mi amigo!! —gritaba Abbás, al borde de la histeria, preparándose para darle otro golpe al león con el remo.

El remo era muy largo y muy pesado, y Abbás no podía manejarlo con ligereza. Tenía que echarlo hacia atrás, apoyar bien los dos pies en el suelo y blandirlo con todas sus fuerzas para propinar el siguiente golpe. Pero ahora el león estaba sobre aviso y además estaba furioso porque los golpes anteriores le habían hecho daño.

Retiró la pata del cuerpo de Fridolín y se dispuso a atacar a Abbás.

—¡¡Corre, Frido!! —gritó Rani—. ¡¡Corre, corre!!

Y Fridolín se incorporó como pudo y se alejó de allí corriendo, y el enorme león se enfrentaba ahora a Abbás, que seguía empuñando su remo.

El león estaba preparado para saltar sobre Abbás, y todos sabían que esta vez el niño tenía poco que hacer contra una bestia tan grande. Pero en vez de acobardarse y salir corriendo, Abbás hizo precisamente lo contrario. Empuñó con fuerza el remo como si fuera una lanza y se lanzó a la carga contra el león.

—¡¡Fuera!! ¡¡Vete, vete!! —gritó Abbás cargando contra el león, y volvió a clavarle la punta del remo en el morro con todas sus fuerzas.

El león acusó el golpe con un gemido sordo. Y Abbás le seguía gritando con furia, y le golpeaba una y otra vez en el morro, y de pronto el león se dio la vuelta y huyó de allí. Se fue, trotando pesadamente, trepó por la ladera de tierra y desapareció de la vista.

Aquello era tan asombroso que Abbás se quedó como paralizado en el sitio.

—¡Vamos, a la barca, todos a la barca! —gritó Roto.

Como Abbás seguía inmóvil, Roto corrió hacia él y le agarró del brazo.

Y todos empujaron la barca y saltaron luego a su interior a toda prisa, lanzando miradas temerosas hacia el lugar donde había desaparecido el león, porque los grandes felinos siempre suelen ir en grupos, y si había un león era posible que hubiera más leones en las proximidades. Y una vez en la barca, sintiendo que la corriente los alejaba fácilmente de la orilla, todos se abalanzaron sobre Abbás para abrazarle.

—¡Abbás, has salvado a Fridolín! —le dijo Amapola.

—Abbás es valiente, valiente, valiente —dijo Rani.

Pero Abbás no decía nada. Les miraba a todos con una expresión extraña, y estaba muy pálido, y no acertaba a pronunciar palabra.

—Gracias, Abbás —dijo Fridolín—. Es verdad que me has salvado la vida.

Cuando había pasado un largo rato, Abbás abrió por fin la boca y murmuró:

—¡He luchado contra un león!

—¡Y le has vencido! —le dijo Roto, dándole un puñetazo amistoso en el hombro.

—He luchado contra un león y le he vencido —dijo Abbás—. Entonces, si he podido hacer eso... podría hacer cualquier cosa, ¿no os parece?

—¡Claro, Abbás! —dijo Roto—. Cada vez que tengas algo delante que te da miedo, sólo tienes que pensar que es el león, y lanzarte como te has lanzado al león.

—¡Sí! —dijo Abbás con los ojos brillantes—. Ya no pienso tener miedo nunca más.

Durante el resto del día, no se atrevieron a descender de la barca, por miedo a los leones. A primera hora de la tarde, el río se unió a otro río más grande, que corría mucho más despacio.

En las playas de arena vieron cocodrilos tumbados tomando el sol. Un poco más allá, varios hipopótamos se bañaban en las aguas color té con leche.

–¿Por qué hay tantos animales? –preguntó Rani–. ¿Por qué, Fridolín? ¿De dónde han salido? ¿Es que hay alguien pensando en animales?

–No lo sé –dijo Fridolín–. Mi padre me dijo que en el parque había un zoológico. A lo mejor se escaparon de allí hace años y ahora viven en libertad.

El río era ahora mucho más ancho, y tenía islitas verdes llenas de garzas y otras aves acuáticas. La corriente les arrastraba ahora mucho más despacio, de modo que empezaron a hacer turnos para remar, aunque les resultaba agotador mover unos remos tan grandes y pesados. Así llegó la noche del quinto día.

Hicieron noche en una de las isletas del río, pero durmieron todos en la barca por miedo a los cocodrilos.

Lo que pasó en la isla

Al sexto día los despertó la lluvia, finas gotas de lluvia que les golpeaban en el rostro. Los niños saltaron de la barca y se refugiaron debajo de uno de los árboles de la isleta. Desde allí, helados de frío, contemplaban cómo la lluvia caía suavemente sobre las aguas plateadas del gran río. El perro, indiferente a la lluvia, corría de acá para allá ladrando alegremente.

—¿Qué vamos a hacer ahora? —preguntó Amapola.

—Nada —dijo Fridolín—. Esperar a que deje de llover y luego seguir.

Todos quedaron en silencio.

—Estamos perdidos —dijo Roto—. No sabes dónde estamos, y no sabes adónde nos llevas.

Era lo que pensaban todos. Fridolín notó al instante que los otros habían estado hablando, y que lo que decía Roto reflejaba lo que pensaban todos los demás.

—Ya no estamos en el Parque de las Lilas —dijo Roto—. Creo que ni siquiera estamos en Aquitania. En Aquitania no hay ríos como este, con leones en las orillas y cocodrilos dentro del agua.

—Te equivocas —dijo Fridolín—, sí estamos en el Parque de las Lilas. Lo que sucede es que el parque no está en ningún lugar.

—¿Qué dices, Frido? Eso no lo entiendo —dijo Abbás.

—Es verdad que no estamos en Aquitania —dijo Fridolín—, pero sí estamos dentro del parque. Estamos dentro de la imaginación del parque. ¿Lo entendéis?

—No —dijeron sus amigos.

Fridolín se quedó callado porque tampoco él mismo entendía del todo lo que acababa de decir.

Como no sabía qué hacer, abrió su mochila y sacó su libro. Sus amigos le miraban con una expresión extraña.

—Frido —dijo Roto—, no queremos que vuelvas a mirar en ese libro.

—¿Qué? —dijo Fridolín.

—Hemos estado hablando —dijo Abbás—. Todos queremos volver.

Fridolín abrió mucho los ojos y les miró asombrado.

—¿Volver? —preguntó—. ¿Volver adónde?

—Nos estamos alejando cada vez más —dijo Amapola, mirándole con expresión de desconsuelo—. Estamos en un territorio salvaje, lleno de animales peligrosos. Tenemos que volver, Frido.

—¿Y tú, Rani? —preguntó Fridolín—. ¿También piensas lo mismo?

Rani le miró con sus grandes ojos oscuros y con los labios contraídos en una mueca de disgusto.

—Tenemos que volver, Frido —dijo Roto—. Este río es cada vez más grande. Tenemos que regresar río arriba, retornar al parque e intentar encontrar el camino para volver a casa.

—¿Eso es lo que habéis estado hablando? —dijo Fridolín—. ¿Es que no lo entendéis? No se puede «volver». No hay ningún sitio adonde volver. Os lo he explicado un montón de veces. En el libro lo dice con toda claridad...

En ese momento, Roto agarró el libro que Fridolín tenía en la mano, se lo arrancó de un tirón, echó a correr con él hasta la orilla y lo arrojó con fuerza a las aguas del río. Todos vieron cómo el libro trazaba un arco en el aire y luego caía en el agua con una salpicadura y se quedaba flotando unos instantes. Luego se hundió como una piedra.

—¡Roto! —dijo Amapola—. ¿Por qué has hecho eso?

—Ya está —dijo Roto regresando con los demás—. Se acabó el libro.

—Entonces, ¿no queréis llegar al árbol de los deseos? —dijo Fridolín.

—Queremos volver a casa —dijo Abbás.

Fridolín se apartó de sus amigos, llamó a Brabante y se dirigió con él al borde del río, al lugar donde Roto había tirado al agua *La regla del acechador*. Seguía lloviendo muy suavemente, pero no le importaba mojarse. Sentía la lluvia como un llanto muy suave, como si todo el mundo estuviera llorando. Él mismo también estaba llorando por dentro. A lo mejor los otros tenían razón. Al fin y al cabo, él no era un verdadero acechador. Los acechadores aprendían su arte de otros acechadores, y en ocasiones pasaban muchos años hasta que un aprendiz de acechador se atrevía a entrar solo en el parque. Él no había recibido ningún entrenamiento real, y estaba actuando a lo loco y poniendo en peligro su vida y las vidas de sus amigos. ¿Cómo se le había ocurrido meterse en aquella aventura?

A lo mejor sus amigos tenían razón, y lo que tenían que hacer era darse la vuelta. De pronto, Fridolín empezaba a dudar de todo.

A lo mejor el árbol de los deseos no existía. Al fin y al cabo, en los últimos días les habían pasado cosas muy extrañas, pero si uno se ponía a pensar en ello, no había sucedido nada que fuera verdaderamente «mágico», nada que no pudiera explicarse de forma racional. Encontrarse con un león era algo muy extraño, es cierto, pero no imposible. En el mundo real existen los leones, y las serpientes, y los soldados, y la gente se pierde, y a veces cuando estás asustado o en un lugar extraño la imaginación te juega malas pasadas, como cuando ves un monstruo en los pliegues de una cortina o en las sombras de una pared.

Sí, era posible que sus amigos tuvieran razón y que fuera una locura seguir y seguir aquel viaje sin sentido. Uno tiene que aprender a aceptar los errores y los fracasos, se dijo Fridolín. A veces las cosas no son como nosotros esperamos.

Se puso en cuclillas en la orilla cenagosa, y el perro se sentó a su lado, respirando afanosamente y con la lengua colgando, y los dos se pusieron a mirar el río. Era un río muy ancho, todavía más ancho que la tarde anterior. Parecía como si durante la noche se hubiera hecho el doble o el triple de ancho que antes.

Y, de pronto, algo apareció en mitad de las aguas, como a unos diez metros del lugar donde él estaba. Era un objeto redondeado y muy grande, que se asomaba apenas sobre la superficie del agua. ¿Qué sería aquello? Fridolín se volvió a mirar a sus amigos. Seguían todos debajo del árbol, pero ahora se habían sentado en el suelo y parecían estar discutiendo animadamente.

El objeto que había dentro del río comenzó a ascender poco a poco. Y entonces Fridolín vio cómo surgían, en medio de brillantes chorros de agua color chocolate con leche, una frente muy arrugada, unos ojos abiertos que parpadearon enseguida con enormes párpados, una gran nariz y una boca de gruesos labios. Era una cabeza gigantesca, que le miraba directamente a los ojos con expresión de pocos amigos.

El perro no ladró, ni manifestó sorpresa de ninguna clase. Se incorporó y se puso a mover el rabo alegremente, mirando la gran cabeza que acababa de surgir de las aguas como si aquello fuese lo más normal del mundo.

—Fridolín —dijeron los labios de la cabeza gigantesca.

—¿Quién eres? —preguntó Fridolín.

—Soy Miedo —dijo la cabeza—. Llevo bastante tiempo siguiéndoos.

—¿El miedo? —preguntó Fridolín—. ¿Quieres decir que te llamas Miedo, o que eres el miedo en general?

—Soy Miedo —repitió la cabeza—. Surjo cuando hay discusiones, cuando os enfrentáis unos con otros.

—Entonces, ¿por qué no me das ningún miedo? —dijo Fridolín—. Fíjate, más que miedo casi me das hasta risa.

La gran cabeza sonrió.

—Eso es lo que les pasa a todos cuando ven a Miedo directamente —dijo—. Se dan cuenta de que no hay nada que temer.

—¿Por qué estás dentro del río?

—Siempre estoy escondido en algún sitio.

—¿Eres tú el que oímos acercarse en la estatua del ángel caído?

—Sí. Siempre voy cuando hay sospechas, o envidia, o violencia, o cuando alguien se siente más importante que los demás...

—Y eres también el monstruo que apareció cuando estábamos con los soldados.

—Sí.

—¿Y no te hicieron nada sus disparos?

—Claro que me hicieron —dijo la gran cabeza que salía del río—. Ese día crecí tres o cuatro metros más. Cuando se disparan armas de fuego, Miedo crece.

Fridolín se quedó pensativo.

—Has utilizado la palabra «monstruo» —dijo entonces la gran cabeza—. ¿Es así como me veis? ¿Como un gran «monstruo»?

—No te veíamos con claridad —dijo Fridolín.

—No sé por qué tenéis que considerarme un «monstruo» —dijo la gran cabeza, que parecía muy ofendida—. ¿Sólo por ser más grande que vosotros? Yo soy tan grande como vosotros me hacéis.

—No —dijo Fridolín—, es porque no te veíamos, y no sabíamos qué forma tenías...

—Sí —dijo la gran cabeza suspirando—. Eso es lo que le pasa a casi todo el mundo. Que no pueden verme con claridad.

—No te ofendas —dijo Fridolín.

—Cuando se me conoce, uno se da cuenta de que no soy mala persona. Soy muy útil. Aviso de los peligros.

—Gracias, Miedo.

—En vez de darme las gracias, ¿por qué no me haces un regalo? Así quedaríamos en paz.

—¿Un regalo? —dijo Fridolín—. ¿Te conformarías con...? ¿Te conformarías con el rubí inmortal de la princesa Flermonde...?

En los ojos de Miedo hubo un brillo de codicia. Una mano inmensa salió del agua del río. Fridolín se sacó del bolsillo la piña de ciprés que todavía llevaba y la lanzó al aire. La mano de Miedo la atrapó sin dificultad.

La gran cabeza comenzó a hundirse en el agua.

—¿Hay algún peligro del que debas avisarnos ahora? —preguntó Fridolín.

—Tened mucho cuidado con el árbol —dijo la cabeza—. Tened mucho cuidado con el...

Ahora sus labios se hundían en el agua, y las siguientes palabras no provocaron más que burbujeos en las aguas del río. Luego se hundieron la enorme nariz, los ojos muy abiertos y las cejas. Al cabo de unos segundos, sólo un remolino señalaba el lugar donde se había asomado la gran cabeza. Luego, el agua siguió corriendo.

Cuando la cabeza desapareció completamente bajo las aguas, el perro volvió a sentarse sobre los cuartos traseros.

—¿Tú has visto eso, Brabante? —le preguntó Fridolín.

El perro ladró dos veces.

En ese momento, Fridolín vio que había otra cosa que se acercaba moviéndose sinuosamente bajo la superficie del agua. Era un cocodrilo.

No se dio cuenta de lo enorme que era hasta que lo vio salir del agua y arrastrarse unos cuantos pasos sobre la arena de la orilla.

Fridolín se apartó prudentemente. Sabía que los cocodrilos eran torpes en tierra, pero que podían dar saltos muy rápidos y atacar con ferocidad a cualquier presa. El cocodrilo traía una cosa roja entre los dientes. En un primer momento pensó que se trataba de un trozo de carne. El animal avanzó unos metros arrastrando su vientre sobre la arena, abrió las mandíbulas y soltó lo que traía. Era *La regla del acechador*. Luego se dio la vuelta y volvió a meterse en el agua.

–Mira, Brabante –dijo Fridolín muy excitado–. ¡Nos ha devuelto el libro!

Lo cogió de la arena y regresó a donde estaban los otros. El libro estaba chorreando, y tenía claramente las marcas de los dientes del cocodrilo en la portada y la contraportada.

Los otros seguían debajo del árbol, sentados o en cuclillas sobre la hierba húmeda.

–¿Qué era eso? –dijo Rani–. ¡Había un gigante dentro del río!

–Sí –dijo Fridolín.

–¡Y luego ha salido un cocodrilo del agua! –dijo Abbás.

–Sí –dijo Fridolín–. Me ha devuelto el libro.

Lo abrió. Todas las páginas estaban en blanco.

–¡Está todo en blanco! –dijo Fridolín.

–Se ha borrado la tinta –dijo Roto.

Los niños se pusieron a mirar el libro. Era el mismo, no cabía duda, y en la portada seguía poniendo *La regla del acechador* con letras doradas, pero todas las páginas estaban ahora blancas.

–No me lo creo –dijo Rani–. Yo una vez metí un libro dentro de la bañera y la tinta no se borró, pero luego hubo que tirarlo porque se quedaron pegadas las páginas.

–La tinta no se borra tan fácilmente –dijo Abbás–. Debe de ser un truco.

—¿Es que no lo entendéis? —dijo Fridolín, sintiendo que no podía soportar más la incredulidad de sus amigos—. ¿Qué más queréis? ¡El parque nos está hablando! Roto ha tirado el libro al agua, y el parque nos lo devuelve. ¡Nos habla todo el rato, cuida de nosotros, nos escucha, nos contesta! ¿Qué más pruebas queréis?

Todos quedaron en silencio.

—Si el parque quiere decirnos algo, como tú dices, podría hablar más claro —dijo Abbás—. Además, ¿por qué lo ha devuelto sin letras?

—Porque ya no necesitamos el libro —dijo Fridolín—. ¿Qué más señales queréis? ¿Por qué tenéis el corazón tan duro?

—Creo que Fridolín tiene razón —dijo entonces Amapola—. Creo que no podemos volver, y que lo único que podemos hacer es seguir hacia delante.

—¡Amapola! —protestó Roto.

—Tenemos que estar juntos —dijo Amapola—. Ya veis lo que pasa cuando discutimos.

—Pero Amapola, estábamos todos de acuerdo —dijo Roto.

—Pues yo he cambiado de idea —dijo Amapola—. Fridolín tiene razón, y yo me voy con él.

—Yo me voy también con Frido —dijo Abbás entonces—. Si puedo enfrentarme con un león, puedo enfrentarme con cualquier cosa.

Roto le miró con cara de fastidio.

—Bueno, está bien —dijo—. Está bien, yo también voy.

—¿Rani? —preguntó Fridolín.

Rani parecía muy disgustada. Se había cruzado de brazos y tenía los labios contraídos en un puchero.

—Estoy harta —dijo—. Hace no sé cuántos días que no me

baño. Estoy sucia, y me pica el pelo, y quiero beber un vaso de leche caliente y comer tarta de chocolate, y dormir en mi cama y que mi mamá me cante una canción para dormirme, y montar en mi elefante de verdad por el jardín, e ir a la piscina, y ponerme guapa y estar en una comida de gala con mis papás, y que todos me digan lo guapa que estoy, y que Sundri me lave el pelo tres veces seguidas con champú y luego me peine y me haga coletas, y ver la tele, y jugar con mis muñecos, y ver el vídeo de *El mundo de las hadas*, y ponerme mi disfraz de hada, y jugar al escondite con Ozman y Bharat, y estoy harta de este sitio y de estar mojada y con los pies mojados y sin comer y con soldados estúpidos que cuando volvamos de aquí le voy a decir a mi padre que los meta a todos en la cárcel, y ya no aguanto más...

—Pero Rani... —comenzó a decir Fridolín.

—¡Estoy sucia! —dijo Rani—. Tengo los pies mojados. Me ha picado un mosquito, ¡mira! —añadió mostrando un habón en el brazo con gesto muy dramático—. ¡Ahora esta picadura me picará y me picará y yo me rascaré y me rascaré, y como no tenemos crema para los mosquitos se me pondrá rojo y no se me curará, y me picará tanto que no podré dormir, y luego vendrá otro mosquito y me picará en otro sitio, y ya estoy harta!

Todos quedaron en silencio, sin saber cómo reaccionar ante aquella explosión de furia.

—Rani —dijo Fridolín—, todos tenemos ganas de volver a nuestra casa, y de estar con nuestros padres.

—¡No es verdad! —dijo Rani—, ¡porque vuestras casas son feas, y no tenéis criados, y vuestra madre tiene que fregar los cacharros y se les ponen las manos rojas y se ponen viejas y gordas y feas porque trabajan todo el día, no como mi mamá, que es guapísima y salió una vez en una revista, y además no tenéis jardín, ni elefante de verdad como yo, y por eso no os importa estar aquí sucios y sin comer y durmiendo en el suelo como si fuerais perros sarnosos, y ya estoy harta!

–Oye, Rani... –empezó a decir Amapola.

–Espera, Amapola, yo creo que Rani tiene razón –dijo Roto–. La pobre lo debe de estar pasando muy mal, porque no es como nosotros, es una niña especial.

–¡Claro que soy especial! –dijo Rani–. ¡Claro que no soy como vosotros! ¡Mi padre sale en la televisión y tiene un traje de chaqué y los vuestros huelen a sudor y van al trabajo en autobús! ¡Y mi padre va a todas partes en coche oficial, y yo también voy en coche oficial cuando voy a la piscina del Club Diplomático, y ya estoy harta! ¡Y mi padre juega al polo, y es campeón de polo, y vosotros no tenéis ni idea de lo que es el polo, y no sabéis montar a caballo! ¡Estoy harta!

–Pobrecita Rani –decía Roto–. Ella debe de estarlo pasando mucho peor que nosotros. Debe de tener muchas ganas de darse un baño.

–¡Pues sí! –dijo Rani–. ¡Un baño de sales, y no como vosotros, que os dais una ducha y os laváis con jabón, y luego se os corta la piel y por eso cuando sois mayores sois tan feos y tenéis tantas arrugas, como vuestros padres, que parecen todos viejos y enfermos, y además huelen mal porque no se ponen perfume, y mi mamá sólo usa perfume francés, y yo tengo mi propio frasco de perfume sólo para mí, y un día vi a Sundri ponerse el perfume de mi madre y pintarse con su pintalabios y probarse unos pendientes y un collar de mi madre y no me chivé, pero le dije que si hacía algo que no me gustaba me chivaría, y desde entonces Sundri hace todo lo que yo le digo, ja, ja!

—Tenemos que ayudar a Rani —dijo Roto—. ¡Pobrecita! Vamos a darle un baño.

—¿Qué? —dijo Rani.

Abbás y Amapola cogieron a Rani de los brazos y Roto la cogió de las piernas, y entre los tres la levantaron del suelo, y Rani al instante se puso a chillar y a retorcerse.

—¡Ya verás qué limpia te quedas! —decía Roto.

Entre los tres llevaron a Rani a la orilla del río.

—¿Qué hacéis? —gritó Fridolín—. ¡Dejadla en paz!

Intentó detenerles, intentó que Abbás soltara a Rani y que Amapola también la soltara pero no lo consiguió, y los otros tres, muertos de risa, llevaron a Rani hasta la orilla del río.

—¡Está lleno de cocodrilos! —dijo Fridolín.

—¡A la una! —dijo Roto, comenzando a balancear a Rani—. ¡A las dos! ¡Y a las tres!

—¡¡Mamiiiiiiiiiiiiiiiiiiiiiiiiiiiiiiiiiiiiiiiii!! —chilló Rani en su vuelo por el aire.

Todavía le dio tiempo de taparse la nariz antes de caer a las aguas color chocolate unos metros más allá. Y se hundió en el agua con una salpicadura y salió inmediatamente resoplando como un perrito, y se puso a nadar para regresar a la orilla.

—¡Los cocodrilos! —dijo Roto señalando detrás de ella—. ¡Corre, Rani, que vienen!

Era cierto. Varios cocodrilos se dirigían a toda velocidad en dirección a Rani, que en dos brazadas llegó al lugar donde hacía pie y salió del agua disparada y sin dejar de chillar.

Cinco o seis cocodrilos estaban ya en el lugar donde Rani había caído al agua, y los niños se apartaron de la orilla riendo. Rani había pasado tanto miedo que al salir del agua no había parado de correr y se había perdido gritando entre los árboles de la isleta.

Dios mío, pensó Fridolín, que no podía evitar reír también a carcajadas, si no llegamos pronto al árbol Bo, nos vamos a convertir todos en unos salvajes.

Y se fue a buscar a Rani, que estaba llorando tumbada sobre las raíces de un árbol, en el interior de la isleta. A su lado estaba Miedo, el inmenso gigante, sentado con las piernas cruzadas. Era extraño que Rani no pudiera verle, porque el gigante era alto como una casa, y una de sus enormes rodillas estaba justo encima de ella. Cuando vio aparecer a Fridolín, Miedo le hizo un gesto de saludo con los ojos, se levantó sigilosamente y desapareció entre los árboles, rumbo a las aguas del río.

Cuando Fridolín y Rani regresaron un rato más tarde, la niña tenía un aspecto lamentable. Tenía el pelo y el vestido llenos de barro del agua turbia del río, y por su rostro sucio le corrían dos regueros de lágrimas.

—Soy una imbécil y os pido perdón a todos —dijo con voz contrita pero decidida.

—No te preocupes, Rani —le dijo Amapola—. Todos tenemos malos momentos.

—Sois mis mejores amigos —dijo Rani—, y yo no pienso todas esas tonterías que os he dicho. No sé por qué he dicho todo eso. Yo os quiero mucho.

—Has dicho un montón de barbaridades —dijo Roto—, nos has insultado y has insultado a nuestras familias, y nosotros, a cambio, te hemos tirado a los cocodrilos. O sea que estamos en paz, ¿no?

Rani soltó una carcajada y estrechó la mano que Roto le ofrecía.

—¡Sí, estamos en paz!

En ese momento dejó de llover. Comenzó a salir el sol, y Brabante empezó a ladrar alegremente y a correr en círculos alrededor de los niños.

—Gracias, sol —dijo Fridolín haciendo una reverencia al gran astro que aparecía ahora entre las nubes que se abrían.

—Yo creo que sí que piensas todas esas cosas —le dijo Amapola a Rani, mientras se apretaba el labio inferior con su gesto característico—. Si las has dicho es porque las piensas.

—Pues me da vergüenza pensarlas —dijo Rani—. Sólo una niña muy tonta y muy mimada puede pensar cosas así, ¿verdad?

—A lo mejor es que eres una niña mimada —dijo Amapola.

—Sí, creo que sí... creo que lo soy —dijo Rani con un suspiro—. Pero de todas formas somos amigas, ¿no?

—Pues claro que somos amigas —dijo Amapola.

El día se había abierto y un sol espléndido iluminaba las aguas del gran río. Los niños montaron de nuevo en la barca y echaron a navegar río abajo.

Mar en calma y próspero viaje

Un par de kilómetros más allá descubrieron varios nidos de ánades y de garzas llenos de huevos, se detuvieron para hacer un fuego y cocinarlos en la sartén que Frido todavía llevaba en su mochila y se dieron un festín de huevos revueltos. Cuando el sol estaba en lo alto del cielo, llegaron a la desembocadura del río. El río era ahora tan ancho que apenas podían ver la orilla más alejada.

—¡El mar! —gritó Rani—. ¡Hemos llegado al mar!

—¿Tenemos que cruzar el mar de verdad? —le preguntó Amapola a Fridolín.

—«Navegando por el río del origen se llega al mar del pensamiento, atravesando el mar del pensamiento se alcanza la montaña del alma» —dijo Fridolín, recordando las palabras del libro.

Amplias playas de cocoteros, de arenas blanquísimas, se abrían a ambos lados de la desembocadura. Los parquenautas dirigieron la barca hacia la playa, la vararon en la arena empujándola no sin mucho esfuerzo y luego se pusieron a recoger cocos. Fue Rani quien les explicó cómo trepar por el tronco del cocotero y cómo cortar los frutos y hacerlos caer a la arena. Roto y ella treparon a sendas palmeras y luego los cocos, envueltos en su verde cáscara de protección, iban cayendo a la playa.

Quedaba el problema de romperlos. Estaban tan duros que lo único que podían hacer era quitarles la cubierta verde y luego arrojarlos contra una roca, pero entonces toda la leche del interior se derramaba. Tardaron un buen rato en aprender a resquebrajarlos sin romperlos del todo, y había tantos que aunque muchos se les vaciaron, pudieron darse un festín de leche de coco. Luego guardaron las cáscaras para comerse la carne blanca del interior. Seguía siendo fruta, pero cualquier variación en la dieta les parecía deliciosa.

Estaban tan contentos que se pusieron a jugar y a perseguirse por entre los cocoteros.

—¿A quién le apetece darse un baño? —dijo Roto quitándose los pantalones y la camiseta.

—¡No tenemos tiempo para baños! —dijo Fridolín. Pero era inútil, porque sus amigos ya estaban todos quitándose la ropa y corriendo medio desnudos en dirección a las olas. De modo que él también se quitó la ropa y corrió para reunirse con ellos.

El agua era transparente, color verde claro, y apenas había olas.

—Podríamos quedarnos aquí unos días —dijo Roto—. ¡Este sitio es genial!

No durará mucho, pensó Fridolín, pero no dijo nada para no estropear la diversión de sus compañeros.

Unos cien metros mar adentro había como un rompiente de rocas. Roto fue nadando hasta allí, pero no eran rocas, sino un arrecife de coral. Les hizo señas de que se acercaran, y todos se echaron a nadar y se reunieron con él. Los corales petrificados estaban llenos de ostras, y todos menos Rani se dieron un festín de ostras crudas. Era la comida más fácil que habían encontrado hasta la fecha: lo único que había que hacer era arrancar la ostra de la piedra, separar las valvas y comérsela. Eran tan suaves que uno apenas tenía que masticarlas, y sólo sabían a agua de mar.

Luego regresaron a la playa, se tumbaron todos al sol para secarse, y volvieron a ponerse la ropa.

—Se acabaron las vacaciones —dijo Fridolín—. Tenemos que continuar nuestro camino.

—¿De verdad tenemos que cruzar el mar? —preguntó Abbás.

—Sí —dijo Fridolín.

—¿En esa barca? —preguntó Abbás.

—Si tú tienes otra mejor...

Empujaron la barca de nuevo en dirección a las olas, saltaron al interior y remaron para alejarse de la orilla. Pero enseguida notaron que remar no era necesario, y que había una fuerza que les impulsaba mar adentro.

Al cabo de un rato perdieron de vista la orilla, la línea blanca y verde de la playa, y entraron en mar abierto. Había un poco de oleaje, pero la barca parecía avanzar en línea recta, subiendo y bajando las olas, dirigiéndose incansablemente hacia poniente.

Y así fue cayendo la tarde, y se puso el sol, y salió la luna, y la barca seguía cruzando las olas. Fridolín se propuso permanecer toda la noche en vela, porque le daba miedo dormirse mientras iban navegando por el mar, pero no lo consiguió. El sueño acabó por vencerle, y lo mismo les sucedió a los demás.

La entrada del bosque

Cuando se despertaron, el sol estaba ya alto en el cielo. Fue Brabante quien despertó a Fridolín dándole lametazos en el rostro.

—¿Qué pasa? —dijo Fridolín abriendo los ojos sobresaltado.

Seguían todos dentro de la barca, tumbados y dormidos en extrañas posturas. Pero la barca estaba inclinada sobre uno de los costados. Fridolín tuvo de pronto un extraño presentimiento: era como si la barca estuviera en seco y no pudiera, por tanto, mantenerse horizontal.

Frotándose los ojos se incorporó y comprobó que eso era exactamente lo que había sucedido. La barca estaba en tierra, caída sobre el costado derecho. Estaban en mitad de un valle salpicado de flores. El terreno se elevaba suavemente a ambos lados, y un poco más arriba comenzaban los árboles, pinos, abetos, piceas de altísimos troncos.

La barca estaba varada en medio de un valle, hundida entre la hierba. Fridolín no podía explicarse cómo habían logrado llegar hasta allí. No cabía duda de que estaban muy lejos del mar, en algún valle situado entre las montañas.

A lo lejos, más allá de la masa oscura de las copas de los árboles del bosque, se veía el perfil de una alta cordillera cuyos azules picos estaban coronados de nieve.

Fridolín se frotaba los ojos, como sin poder creer lo que estaba viendo. Y entonces descubrió lo más asombroso de todo. A la entrada del bosque había dos enormes abetos, cuyos troncos formaban algo así como una entrada natural, un portal separado por dos columnas. Aunque no había caminos en este valle, parecía que por entre aquellos dos enormes abetos era por donde se debía entrar en el bosque, y una amplia avenida invisible parecía conducir hasta allí y perderse luego entre los árboles. Y allí, precisamente, en aquella entrada, había una mujer muy alta, vestida con una túnica blanca, con largos cabellos azules y unas enormes alas blancas en la espalda.

Fridolín la miraba asombrado. Se diría hecha de luz, como si no fuera enteramente material, y estaba inmóvil como una estatua. Tenía los brazos ligeramente levantados como en un ademán de bienvenida. Sus cabellos, su túnica, sus alas, parecían todos construidos de fulgores, fulgores azules, fulgores blancos. Estaba tan lejos que Fridolín no era capaz de distinguir si era una mujer, o una estatua, o una simple imagen, o un espíritu flotante. Ni siquiera estaba seguro de que sus pies tocaran realmente la tierra.

Brabante estaba correteando por la hierba alrededor de la barca, y daba la impresión de no sentir la presencia de aquella figura espectral. ¿Sería que no la veía? ¿Sería que ya la había visto otras veces? ¿Sería que le parecía algo tan natural que no le provocaba el menor interés?

Y poco a poco los otros despertaron también.

—¿Dónde está el agua? —dijo Rani bostezando aparatosamente y mirando por encima de la borda—. ¡No está el agua!

Y estiró el brazo como para comprobar que el agua no estaba allí, y se encontró con las altas hierbas, y arrancó una larga gramínea.

Esa fue la primera sorpresa de todos: el encontrarse en tierra firme, tan lejos del mar y sin rastro de agua por ningún lado.

—¿Hemos cruzado el mar? —preguntó Amapola—. ¿Hemos llegado?

Fridolín les señaló a la mujer con alas que aguardaba en la entrada del bosque.

—¡Es un ángel! —dijo Roto.

—¿Es de verdad? —preguntó Rani, guiñando los ojos para ver mejor.

—Está guardando el camino del árbol Bo —dijo Fridolín—. El árbol está muy cerca, caminando valle arriba.

Mientras desayunaban fruta y leche de coco, que todavía llevaban en los termos, hubo una pequeña discusión sobre si los ángeles eran siempre chicos o podían ser también chicas. Fridolín, Amapola y Roto opinaban que los ángeles eran siempre chicos, pero Abbás y Rani aseguraban que no, que podían ser tanto ángeles como ángelas.

Dirigidos por Fridolín, todos echaron a caminar en dirección a la ángela, que estaba inmóvil en la entrada del bosque.

A medida que se acercaban allí, sentían que algo cambiaba en el aire. De pronto, todos quedaron en silencio, y notaron, además, que había un extraordinario silencio a su alrededor. No era que los pájaros no cantaran ni que los insectos no emitieran sus ruidos característicos. El silencio que sentían era interior. Era un estado de enorme paz, de atención, de claridad.

Enseguida se dieron cuenta de que la ángela era mucho más grande de lo que les había parecido en un principio, y también que estaba hecha de luz y era semitransparente. Estaba flotando como a un metro del suelo, aunque los contornos de su figura no se hallaban completamente definidos. Tenía una altura de unos nueve metros.

Los cinco niños se encontraban ahora inmóviles frente a la ángela. Su túnica era blanca, pero estaba adornada de innumerables estrellas y resplandores de todos los colores, que refulgían alternativamente con destellos plateados, azules, verdes, dorados, rosados, y sus alas ondulaban muy lentamente en el aire, como si las estuviera batiendo todo el rato con extraordinaria lentitud. Sus cabellos eran de color azul turquesa espolvoreado de estrellitas de hielo, y parecían evocar el fluir de un torrente de agua o de una cascada. Cuando uno no los miraba directamente parecían estar en movimiento y fluir y caer sobre los hombros de la ángela, pero al fijar en ellos la mirada, parecían inmóviles. Su piel era blanca y estaba recorrida por venas rosadas casi invisibles. Sus ojos les miraban con una expresión de enorme amor y serenidad.

—¿Qué hacemos, Frido? —le preguntó Rani a Fridolín en un susurro.

—¿Crees que podemos hablar con ella? —preguntó Amapola, mirando a los ojos de la ángela.

—No lo sé —dijo Fridolín.

—¿Eres un ángel de verdad? —preguntó Abbás, también mirando a los ojos de la ángela.

—¡Abbás! —le dijo Roto, que parecía asustadísimo—. ¡Cállate!

—¿Por qué? —preguntó Abbás.

—Porque se va a enfadar —dijo Roto susurrando.

La ángela entonces se inclinó hacia ellos, y pareció plegarse muy lentamente sobre sí misma, como si se estuviera poniendo de rodillas, y descendió de este modo casi hasta su altura.

Entonces, con una voz inmensamente triste, dijo, o quizá cantó, el siguiente poema:

El verano ha terminado.
La tierra entera reposa.
Aún son cálidos los días.
Mas ha de haber otra cosa.

Toda la tarde está llena
de una paz tan misteriosa
que parece de otro mundo.
Mas ha de haber otra cosa.

Nunca la luz fue tan bella
ni la vida tan hermosa.
Se han realizado mis sueños.
Mas ha de haber otra cosa.

La vida me acogió siempre
bajo su ala generosa.
No me abandonó la suerte.
Mas ha de haber otra cosa.

*Los años dorados pasan
en procesión luminosa.
Todo tiene, al fin, sentido.
Mas ha de haber otra cosa.*

Ahora la ángela estaba casi a la altura de los niños. Y entonces, de una de sus amplias mangas azules, sacó una mesita de cámping, un proyector de cine de juguete y una pantalla desplegable, colocó el proyector sobre la mesita y luego extendió la pantalla. Era uno de esos antiguos proyectores de cine de plástico de color naranja, que hacen mucho ruido y proyectan una imagen a menudo temblorosa. Con un gesto invitó a los niños a que se sentaran sobre el suelo cubierto de agujas de abeto, el proyector se puso en marcha y enseguida la pantalla se iluminó con una película de dibujos animados.

Parecía muy antigua, ya que estaba en blanco y negro. Trataba de un niño y una niña que vivían en el jardín de un palacio. En el palacio habitaba un mago que les decía a los niños que no probaran del manzano del jardín, porque era un árbol venenoso y morirían, pero un pájaro rojo aparecía posado en una de las ramas del manzano y le decía a la niña que si comía del manzano no sólo no le pasaría nada, sino que ella y su amigo podrían escapar de aquel jardín y vivir donde quisieran. La niña comió una de las manzanas, y entonces sintió que ya no quería seguir viviendo en aquel jardín, que quería salir de allí y conocer el mundo. Y le dio a comer al niño, y al niño le pasó lo mismo. Pero cuando iban a salir del jardín apareció el mago, que les estaba espiando desde una ventana del palacio, y los encerró en una de las mazmorras. En cuanto al pájaro rojo, el mago, como castigo, lo convirtió en una serpiente que se arrastraba por la tierra, para que no pudiera volar y escaparse. Pero lo que el mago no sabía era que las manzanas habían dado poderes mágicos a los niños, que ahora eran capaces de atravesar las paredes y de hacerse invisibles. De este modo salieron de la mazmorra y buscaron a la serpiente para escaparse los tres juntos. La serpiente mordió también una de las manzanas y logró anular, en parte, la magia del mago, y aunque no consiguió convertirse en un pájaro de nuevo, sí logró que volvieran a salirle alas. Y los niños se montaron en la serpiente, y la serpiente con alas echó a volar, y así lograron los tres escapar del jardín.

Fridolín estaba totalmente absorto viendo esta película cuando, de pronto, se dio cuenta de que los rasgos de la niña de la película le recordaban poderosamente a alguien. Era una cosa extraña, porque de pronto le daba la impresión de que estaba dentro de la película, volando en aquella serpiente que ahora era un dragón, y que se volvía para mirar a la niña que estaba sentada a su espalda, y entonces veía que el rostro de la niña era en realidad el rostro de la ángela.

Eran unos ojos de un color azulado mezclado con brillos dorados, pero de pronto se transformaban, y eran exactamente igual que unos ojos humanos. Eran, de hecho, los ojos de Amapola.

—¿Amapola? —dijo Fridolín extrañado—. ¿Eres tú, Amapola?

«¿Por fin me has reconocido?», oyó decir a la ángela. Pero la voz era la de Amapola, su amiga.

—¿Reconocerte? —preguntó Fridolín.

«Fridolín, ¿te acuerdas ya?», dijo de nuevo la voz de Amapola.

De pronto sintió que se caía, como sucede a veces en los

sueños, que uno parece perder pie y como deslizarse entre dos nubes. Y sintió que descendía y descendía y descendía desde una enorme altura, hasta aterrizar por fin en el suelo del bosque.

Se despertó de golpe, como si se hubiera quedado dormido. Del proyector de cine, la mesa y la pantalla no había ni rastro en parte alguna.

—Fridolín, ¿estás bien? —le preguntó Amapola acercándose a él.

Estaba tumbado en el suelo, y sus amigos se encontraban a su alrededor mirándole.

También Brabante se hallaba a su lado, gimiendo lastimeramente y lamiéndole las manos como para ayudarle a volver en sí.

—El ángel me ha hablado —dijo Fridolín.

—A mí también —dijo Abbás.

—A mí también —dijo Rani.

—Y a mí —dijo Amapola.

Roto no decía nada.

—Vale, vale, a mí también —dijo por fin.

—A mí me ha dicho que me estoy convirtiendo en una niña tonta —dijo Rani con lágrimas en los ojos—. En una mimada y una caprichosa. Y tiene razón.

—A mí me ha dicho que me siento superior a los demás y que siempre quiero tener razón —dijo Amapola, con las mejillas rojas—. Y que si sigo siendo así me haré arrogante y estúpida.

—A mí me ha dicho que las personas que tienen miedo se vuelven malvadas —dijo Abbás—, y que tengo que quitarme el miedo si quiero ser feliz.

—¿Y a ti, Roto? —le preguntó Rani.

—A mí me ha enseñado mi vida futura —dijo Roto—. Me ha dicho que seré una persona violenta y que mataré a... bueno, que mataré a alguien... pero me ha dicho también que todo lo que está en el futuro se puede cambiar...

—¿Y a ti, Frido? —le preguntó Amapola.

—¿A mí? —dijo Fridolín poniéndose rojo—. A mí me ha dicho con quién me voy a casar cuando sea mayor.

—¿Qué hacemos ahora, Frido? —preguntó Roto.

—Vamos a regresar a la barca —dijo Fridolín—. Creo que todos necesitamos pensar bien qué es lo que vamos a hacer cuando lleguemos al árbol Bo. Dedicaremos el resto del día a descansar y a estar en silencio y luego, por la tarde, iremos hasta el árbol.

Fridolín hizo un vago saludo de despedida a la ángela, que los contemplaba muy por arriba, cerca de la copa de los árboles, casi transparente, y creyó distinguir una sonrisa en sus labios difuminados.

Rani, Abbás y Roto echaron a caminar de vuelta a la barca, que se veía allá abajo, caída en medio de la hierba del valle.

—Espera —le dijo Fridolín a Amapola, cogiéndola de la muñeca.

—¿Qué pasa? —dijo ella mirándole con ojos de sorpresa.

—Ven —dijo Fridolín—. Ven, por favor.

Quería mirarla a los ojos y ver si todo aquello que le había mostrado la ángela era realidad o sólo una especie de sueño. Y cuando se puso a mirar los ojos de Amapola se dio cuenta de que allí, en la luz de aquellos ojos castaños, estaba todo lo que había visto en los ojos de la ángela: inteligencia, conciencia, compasión, amor.

—¿Por qué me miras? —preguntó Amapola.

Entonces Fridolín se inclinó hacia ella y la besó en los labios. Y en aquella ocasión no necesitó valor, ni tuvo que convencerse a sí mismo, ni le costó ningún esfuerzo, porque de pronto hacer aquello era lo más natural.

Amapola parecía sorprendida.

—¡Eh! —dijo.

—Ya sé cuál va a ser la segunda cosa que le voy a pedir al árbol Bo —dijo Fridolín.

—¿El qué? —preguntó Amapola.

—Casarme contigo cuando sea mayor —dijo Fridolín.

—No —dijo Amapola.

—¿No? —dijo Fridolín.

—No —dijo Amapola.

—¿No quieres? —dijo Fridolín.

—Has dicho que todos deberíamos pedir sólo una cosa —dijo Amapola.

—No importa —dijo Fridolín—. Puedo pedir dos cosas y todavía me quedará un tercer deseo.

Amapola le miró con expresión divertida. Fridolín se sentía confuso. ¿Qué estaba pasando allí?

—No merece la pena que malgastes un deseo para pedir eso —dijo Amapola.

—¿Por qué no? —preguntó Fridolín.

Amapola se acercó a Fridolín y le dijo al oído:

—Porque yo voy a pedir lo mismo. ¿Vale?

—Vale —dijo Fridolín.

El árbol Bo

Regresaron a la barca, y se sentaron en el interior. Ahora que estaban cerca del árbol Bo, de pronto ya no sentían ninguna prisa por acercarse a él. Al cabo de un rato vieron pasar un grupo de ciervos entre los árboles, y una media hora más tarde, dos tigres, que se movían sigilosamente entre la hierba.

La ángela seguía flotando entre los árboles, pero estaba ahora mucho menos luminosa. Parecía casi un jirón de niebla, o un rayo de sol que se colara entre las copas de los abetos.

Apenas hablaron durante el resto del día, pero cuando se juntaron para comer, Roto preguntó:

—¿Ya sabéis lo que vais a pedir?

—Yo sí —dijo Amapola mirando a Fridolín.

—Yo también —dijo Fridolín.

—Yo voy a pedir tener una tienda muy grande de calzado deportivo cuando sea mayor —dijo Abbás.

Roto soltó una carcajada.

—¡Vaya cosa! —dijo.

—¿Qué pasa? —se defendió Abbás—. Ese es mi deseo.

—¿Y tú, Rani?

—Yo voy a pedir vivir en un palacio y ser muy rica y muy famosa —dijo Rani.

—¿Eso vas a pedir? —se asombró Amapola.

—Sobre los deseos de los otros no hay nada que decir —dijo Fridolín.

—¿Y tú, Roto? —preguntó Rani.

—Yo no quiero pedir nada —dijo Roto—, pero pienso comerme una de las manzanas.

—¿De verdad? —se asombró Fridolín—. Piénsatelo bien.

—Ya lo he pensado —dijo Roto—. Ser viejo es un asco. Te pones enfermo y sólo puedes comer sopa, como le pasa a mi abuelo.

—Pero ¿para qué quieres pedir una tienda de zapatos? —le dijo Rani a Abbás—. Es mejor que pidas ser millonario, y luego podrás comprarte todas las tiendas de zapatos que quieras.

—Es que sólo quiero una —dijo Abbás.

—Bueno, ya está bien —dijo Fridolín—. Vale de hablar. Los deseos de cada uno son de cada uno. Nadie tiene que meterse.

Cuando comenzó a caer la tarde, Fridolín dijo:

—Ahora todo el mundo ha tenido tiempo de pensarse bien las cosas. Vamos a acercarnos al árbol.

Echaron a caminar valle arriba. Iban todos en silencio. No había camino, pero resultaba fácil avanzar a través de la hierba llena de flores. Rani iba arrancando flores a su paso, flores amarillas, blancas y moradas. Cuando llevaban una media hora caminando, Brabante pareció comenzar a ponerse muy nervioso. Gemía, y corría en círculos, y se acercaba lastimeramente a Fridolín para lamerle las manos.

Enseguida comprendieron el motivo de que el perro estuviera tan inquieto y angustiado. Le vieron correr y correr y perderse entre los arbustos, y enseguida lo encontraron un poco más allá, gimiendo lastimeramente y dando vueltas en torno de algo que estaba caído en la hierba.

Era un esqueleto, el esqueleto de un hombre adulto caído entre la hierba y medio enterrado en la tierra y las plantas. En uno de los orificios oculares de la calavera crecía una amapola. Las margaritas inocentes asomaban por entre sus costillas.

—¡Un esqueleto! —chilló Rani.

Estaba caído a lo largo, con uno de los brazos estirados y una pierna flexionada. El hombre parecía haber caído al suelo y haber sido sorprendido por la muerte mientras intentaba arrastrarse trabajosamente. Pero ¿hacia dónde iba?

Unos veinte o treinta metros más allá, en la dirección insinuada por el brazo extendido del esqueleto, se veía un arbolito, un manzano del que pendían algunas manzanas de un hermoso color dorado. Parecía que el hombre se estaba arrastrando hacia aquel arbolito cuando le sorprendió la muerte.

Fridolín señaló el árbol. No era muy grande ni muy alto, y sus manzanitas eran pequeñas y, por su color, más parecían albaricoques. Estaba al lado de unos altos arbustos de escaramujos, y no tenía, al menos en apariencia, nada de solemne ni de especial.

—Tened mucho cuidado —les dijo a los otros—. Ese es el árbol Bo.

—¿Ese? —se asombró Roto.

—Es muy pequeño —dijo Abbás.

—Y estos son los huesos de Waldstein —dijo Fridolín señalando el esqueleto—. Por eso Brabante está tan afectado. Son los restos de su dueño. ¡Pobre Waldstein! Si hubiera conseguido llegar al árbol, se habría curado, pero murió antes...

—Tenemos que enterrarlo —dijo Amapola.

—Sí —dijo Fridolín.

Decidieron enterrarlo al pie de un gran cedro cercano. No tenían instrumentos para cavar en la tierra, y tardaron mucho en hacer un agujero en el que acomodar los huesos. Una vez terminado, Fridolín y Roto cogieron cuidadosamene el esqueleto, lo pusieron en la tumba y lo cubrieron de tierra.

—Deberías decir algo —dijo Roto.

—¿El qué? —preguntó Fridolín.

—No sé. En las películas siempre dicen algo cuando entierran a alguien.

Fridolín pensó unos instantes.

—Adiós, Waldstein —dijo por fin—. Descansa en paz.

Brabante se tumbó sobre la tierra removida donde reposaban los huesos de Waldstein aullando y gimiendo tristemente. Rani colocó sobre la tumba un ramito de flores silvestres.

—Bueno —dijo Fridolín—, ahora vamos a entrar bajo la sombra del manzano. Cada uno ya sabe lo que tiene que hacer.

—¿Todos al mismo tiempo? —preguntó Amapola.

—Hay sitio para todos —dijo Fridolín.

Fueron avanzando hacia el árbol. A la luz del sol del atardecer, su sombra se había alargado mucho sobre la hierba. ¿Bastaba con ponerse justo debajo del árbol, o era más importante estar realmente en su sombra?

Fridolín miró a Amapola cuando se acercaban al árbol.

—Yo sólo voy a pedir un deseo, si tú pides un deseo —dijo Fridolín.

—Muy bien —dijo Amapola.

—Pero lo vas a pedir, ¿verdad?

—Yo no digo mentiras —dijo Amapola.

Entonces Fridolín se acercó al manzano y entró bajo las ramas, que crecían horizontalmente llenas de manzanitas doradas y de hojas lustrosas y oscuras, y se sentó en la hierba al lado del tronco. Amapola entró también y se sentó a su lado. Rani les siguió y se sentó también con ellos.

Roto y Abbás no se decidían todavía a acercarse al árbol.

Fridolín cerró los ojos con fuerza, y pidió lo que había venido a pedir. Luego se levantó y salió de debajo del árbol Bo, y se apartó unos metros hasta asegurarse de que no estaba ni siquiera pisando su sombra, y enseguida Amapola y Rani hicieron lo mismo y se unieron a él.

Roto se acercó entonces al árbol, arrancó una de las manzanas doradas y salió de debajo de la sombra con la manzana en la mano. Todos le miraban con curiosidad. ¿Qué iría a hacer?

Roto miraba la manzana con atención. Parecía una manzana normal, pero era de un intenso color dorado.

—No lo hagas, Roto —dijo Amapola.

—¡Roto, piénsalo bien! —dijo Fridolín.

Roto se llevó la manzana a la boca, la mordió y empezó a masticar. Todos le miraban aterrados.

De pronto, Roto escupió los trozos de manzana que tenía en la boca, y siguió escupiendo y escupiendo sobre la hierba para asegurarse de que no quedaba en su boca ni la menor partícula de manzana.

—¡Bien hecho! —dijo Fridolín.

Roto se había metido los dedos en la boca y rebuscaba trocitos de manzana que le hubieran podido quedar por detrás de las muelas.

Parecía muy asustado.

—¡Creo que me he tragado un trozo! —dijo—. ¡Me he tragado un trozo!

De pronto Abbás echó a correr, se puso debajo del árbol y le vieron cerrar los ojos con fuerza y murmurar algo en voz baja. Luego regresó con sus amigos lo más deprisa que pudo.

Los cinco estaban ahora a una respetable distancia del árbol Bo. Se sentaron en la hierba y contemplaron el árbol, y siguieron así, inmóviles y contemplando el árbol durante un largo rato. Los insectos volaban en el aire. En una de las horquetas del árbol había un pequeño panal, y diminutas avispas entraban y salían de allí. Entre las ramas más bajas del árbol y los arbustos de escaramujo de debajo, una araña había comenzado a tejer su tela, y uno de los hilos brillaba a la luz del sol como si fuera de vidrio. Un águila volaba lentamente en lo alto, con las alas extendidas. En el bosque, los pájaros cantaban al sol que se iba.

—Bueno —murmuró Fridolín—, ya está hecho.

Final

Fridolín abrió los ojos. Frente a él había una niña pequeñita que le miraba con gesto de extrema preocupación.

—¡Freda! —dijo Fridolín—. ¡Mi hermanita Freda!

Le asombró descubrir que estaba metido en la cama y con el pijama puesto. A través de la cortinas corridas de su habitación se veía entrar la luz de la mañana.

—¡Papá! ¡Mamá! —gritó Freda saliendo de la habitación—. ¡Fridolín se ha despertado!

Fridolín pensó que jamás se había sentido tan a gusto como se sentía en aquellos instantes. Su cama era infinitamente cómoda, cálida y suave. Sentía la blandura del colchón, el calor de la manta, el olor a limpio de la funda de la almohada. Era como estar en el paraíso.

Estaba de nuevo en su casa, en su habitación, metido en su cama. Pero ¿cómo había llegado hasta allí? No lo recordaba con claridad.

Después de tantos días durmiendo a la intemperie y pasando hambre y frío, su habitación le parecía el lugar más maravilloso de la tierra. Sus ojos medio adormilados fueron recorriendo con asombro la alfombra de dibujos entrelazados, las cortinas de color naranja, las estanterías pintadas de verde donde estaban colocados sus libros, el muñeco de trapo de cuando era pequeño sentado sobre la cómoda, que le miraba con la sonrisa de un viejo conocido... ¡Qué familiar y qué mágico al mismo tiempo le resultaba todo aquello!

Rosa Bonpensant apareció en la puerta del cuarto muy sonriente. Tenía el rostro cansado, y grandes bolsas bajo los ojos. Detrás de ella apareció Hugo.

—Fridolín —le dijo su padre—, ¡llevas un día y medio durmiendo!

Luego los dos se acercaron a él y empezaron a besarle y a abrazarle.

—Tengo hambre —dijo Fridolín—. Tengo un hambre horrible.

—¡Me imagino! —dijo su madre—. ¡Estás en los huesos! ¿Qué habéis comido durante toda la semana?

—¿Hemos estado fuera una semana? —preguntó Fridolín.

Tenía un recuerdo confuso de lo que había sucedido. En realidad lo recordaba todo con claridad, pero era tan extraño que le parecía como si lo hubiera soñado.

Su madre no dejaba de darle besos y de revolverle el pelo.

—¿Papá va a quedarse a vivir aquí con nosotros? —preguntó Fridolín con cautela, viendo a su padre y a su madre juntos.

—Sí, Frido —dijo Hugo—. Me he puesto en tratamiento. No pienso volver a beber. Y me voy a poner a trabajar.

Rosa Bonpensant se volvió a mirar a su marido con una vaga sonrisa. Los dos tenían expresión cansada, y Fridolín imaginó que habían pasado una semana espantosa. Entonces los dos se dieron un beso, y Fridolín pensó que hacía mucho, mucho tiempo que no veía a sus padres besarse.

—Siento mucho haberme marchado —dijo Fridolín—. Siento mucho que hayáis estado preocupados.

—Voy a hacerte un superdesayuno —dijo su madre levantándose de la cama—. Tú, Hugo, quédate con él. Tenéis muchas cosas de que hablar.

Padre e hijo quedaron en silencio. Freda se había subido a la cama de Fridolín con su muñeca y se había sentado con las piernas cruzadas al lado de su hermano. Fridolín miró a su padre. Tenía buen aspecto a pesar del cansancio que se veía en sus ojos. Se había empezado a dejar barba, una barba oscura y afilada, y quizá por esa razón parecía mayor.

—¿Lo has encontrado? —le preguntó entonces Hugo a su hijo.

—Pero... —preguntó Fridolín con cautela—, ¿vosotros sabéis dónde he estado todos estos días?

—¿Cómo no vamos a saberlo... si te has venido con Brabante?

—¿Qué? —dijo Fridolín extrañado.

—¡Brabante! —dijo Hugo en voz alta volviéndose en dirección a la puerta.

Se oyó un ladrido, y el gran perro negro entró en la habitación, se abalanzó sobre Fridolín y comenzó a darle lametazos.

—¡Brabante! —dijo Fridolín abrazando al perro—, ¡estás aquí!

—Bueno —dijo su padre—, ¿lo encontraste, entonces?

—Sí —dijo Fridolín.

Su padre apartó los ojos. Fridolín pensó que estaba enfadado, y que iba a empezar a regañarle. Pero entonces vio que tenía los ojos húmedos.

—Entonces eres un acechador, supongo —dijo.

—Supongo que sí —dijo Fridolín.

—¿Cuántos deseos pediste?

—Sólo uno —dijo Fridolín.

—Bien —dijo Hugo—. Ya verás como dentro de pocos días se realiza.

—Ya se ha realizado —dijo Fridolín.

—¿Ya? —se sorprendió su padre—. ¡Pero si ni siquiera has salido de la cama!

—Pues se ha realizado ya —dijo Fridolín.

—¿Comiste las manzanas? —preguntó Hugo después de una pausa.

—No.

—Bien —dijo Hugo—. ¿Alguno de tus amigos tocó las manzanas?

—No. Roto cogió una y la mordió, pero luego escupió los trozos.

—Bien —dijo Hugo.

Después de esto pareció quedarse sin saber qué decir.

—Papá —dijo Fridolín—, he estado pensando mucho sobre los deseos que pediste. El tío Abraxas me lo contó.

—El tío Abraxas es un bocazas.

—Me contó que pediste ganar dinero y que te dieran un premio —dijo Fridolín—. ¿Es verdad?

—Sí —dijo su padre, después de dudar unos instantes—. No lo pedí así exactamente, pero sí.

—He estado pensando que no me parecen tan malas peticiones —dijo Fridolín—. Con el dinero compraste esta casa y la tienda de flores de la que hemos vivido todos estos años. Y el premio lo necesitabas para tu carrera, para tener algo a lo que dedicarte cuando abandonaras tus viajes al parque.

—¿Tú crees?

—Eran buenas peticiones —insistió Fridolín—. Creo que no debes seguir sintiéndote culpable por lo que pediste, papá.

—Pero no pedí que se salvara mi hermano.

—Ya lo sé, papá —dijo Fridolín—. Pero ¿por qué no te lo llevaste contigo al parque para que él mismo recuperara la salud?

—No quiso venir —dijo Hugo—. Se lo ofrecí. Intenté convencerle, pero me dijo que eso eran estupideces, que él no creía en esas cosas.

—Entonces, si él no quería luchar por su propia vida... —comenzó a decir Fridolín.

—No, Fridolín —dijo su padre, que parecía a punto de llorar—. Lo que hice estuvo mal, porque yo había entrado en el parque para pedir por él, y además tenía tres deseos, ¡tres nada menos! Y los usé todos para mí.

—Para ti y para mamá —dijo Fridolín—. Y por eso, también para nosotros.

Ahora Hugo estaba llorando. Las lágrimas caían de sus ojos y ni siquiera se esforzaba por contenerlas. Luego respiró profundamente, se secó los ojos y esperó unos segundos hasta tranquilizarse.

—Dime qué visteis —dijo Hugo—. Cuéntame...

—Encontramos los restos de Waldstein —dijo Fridolín—. Y los enterramos. Estaba al lado del árbol. Iba arrastrándose hacia él, pero no consiguió llegar...

—Pobre Waldstein —dijo Hugo con un suspiro—. Y al ángel, ¿lo visteis?

—Sí —dijo Fridolín—. Nos enseñó muchas cosas. ¡Nos puso películas de dibujos animados!

Hugo soltó una carcajada.

—¿Películas de dibujos animados? Sí, el parque es así. Es diferente para cada uno.

—Papá —preguntó Fridolín—, ¿dónde vas a trabajar ahora? ¿Qué vas a hacer?

—Voy a entrar a trabajar en un banco —dijo Hugo con un profundo suspiro—. Me vestiré con chaqueta y corbata, cogeré mi maletín y saldré todos los días a las ocho de la mañana, y regresaré quién sabe cuándo... a las seis, a las ocho, a las diez... El trabajo en el banco es muy exigente, y además, tendré que quedar bien con el jefe para que me paguen extras y bonificaciones, ya sabes. Al que mejor trabaja le ponen por delante de sus compañeros... y si tengo suerte, dentro de unos años podré ser jefe yo también.

—Ah —dijo Fridolín—, entonces, ¿ya no vas a escribir poemas?

—Sí, escribiré poemas también —dijo Hugo—. Los fines de semana seguro que puedo sacar algo de tiempo. Al fin y al cabo, en escribir un poema no se tarda tanto...

Fridolín se quedó un poco triste y pensó que sin duda su padre sabía qué era lo mejor para él y para la familia. Además, ahora ya estaban todos juntos de nuevo y su padre había decidido dejar de beber, y eso era lo importante.

En ese momento oyeron la voz de Rosa llamando a Freda para que le ayudara a poner la mesa.

—Ya voy, mamá —dijo la niña. Se bajó de la cama y desapareció agarrando a su muñeca del pelo.

Fridolín y Hugo se quedaron solos.

—Fridolín —dijo Hugo—, voy a volver a ser acechador. Voy a volver a entrar al parque.

—Ah —dijo Fridolín con los ojos brillantes—, pero cuándo, ¿los fines de semana?

—No, no, no —dijo Hugo—. Tu madre y yo hemos estado hablando mucho y muy en serio. Lo del banco era una broma, Frido. ¿Tú me ves a mí trabajando en un banco, pasándome horas y horas sentado en una mesa con un jefe estúpido mirándome por encima del hombro, dedicado todo el día a algo que no me interesa y que no tiene nada que ver conmigo? Yo no podría vivir así, Frido.

—Mucha gente vive así —dijo Fridolín débilmente.

—Ya lo sé. Y a lo mejor ellos pueden, o incluso les gusta, pero yo no puedo, y no me gusta. Sólo tenemos una vida, Frido, y no podemos permitirnos el lujo de malgastarla, ¿no te parece? Uno tiene que vivir haciendo cosas que le llenen y que le ilusionen, no cosas que llenen y que ilusionen a su jefe, ¿no te parece?

—Pero entrar al parque es muy peligroso —dijo Fridolín.

—Ya lo sé, Frido —dijo su padre—. Pero también es peligroso llevar una vida que no te gusta. Fíjate en lo que me ha pasado a mí. Fíjate en cómo podría haber terminado.

Entonces Fridolín se acordó del hotel de la calle de la India, y en todas las personas que había visto allí, personas rotas, desilusionadas y enfermas, y en su padre tumbado en una cama con la ropa y los zapatos puestos, sin afeitar y oliendo a vino barato. Y luego se acordó con un escalofrío del león que se había abalanzado sobre él y de sus colmillos amarillentos justo encima de su rostro. Y se dio cuenta de que aquel león de enormes colmillos está en todas partes, acechándonos detrás de cualquier esquina, sólo que tiene distintas formas, distintas apariencias.

Los dos quedaron en silencio.

—¡El desayuno está listo! —oyeron decir entonces a Rosa Bonpensant.

—Bueno —dijo Hugo—, venga, Frido, sal de la cama, ponte las zapatillas y vamos a comer algo.

—Espera, papá —dijo Fridolín—. Antes quiero preguntarte una última cosa. ¿Cuál fue el tercer deseo que le pediste al árbol Bo? Abraxas no me lo dijo, no lo sabía.

—¿Para qué quieres saberlo? ¿Qué importa eso ya?

—Quiero saberlo —dijo Fridolín.

Hugo le miró con una sonrisa y luego bajó los ojos y suspiró profundamente.

—Mira, Fridolín —dijo Hugo—, cuando tu madre y yo nos casamos, yo sabía que yo no podía tener hijos. Ella también lo sabía. A los dos nos hubiera gustado tener hijos, pero sabíamos que nunca podríamos tenerlos.

—¿Y a pesar de todo os casasteis?

—Claro, Frido —dijo su padre—. Nos casamos porque nos queríamos, y porque queríamos vivir siempre juntos.

—Ya —dijo Fridolín.

—Esa fue la tercera cosa que pedí —dijo Hugo—. Poder tener hijos.

—¿De verdad? —preguntó Fridolín abriendo mucho los ojos.

—En realidad no fue la tercera cosa —dijo Hugo—. Fue la primera cosa que pedí.

—¿Entonces Freda y yo hemos nacido gracias al árbol?

Su padre asintió con la cabeza, y Fridolín le abrazó. Y siguieron abrazados un largo rato.

Nota del autor

El poema de las páginas 272-273 es una versión muy libre de un poema de Andréi Tarkovski que aparece en la película *Stalker*.

ANDRÉS IBÁÑEZ
ha escrito por primera vez una novela pensada
para los más jóvenes.

Si eres profe y quieres tener la guía de lectura
que hemos preparado de este libro,

conéctate a:
www.editorialmontena.com